El misterio del tren azul

Biblioteca Agatha Christie

Biografía

Agatha Christie es conocida en todo el mundo como la Dama del Crimen. Es la autora más publicada de todos los tiempos, tan solo superada por la Biblia y Shakespeare. Sus libros han vendido más de dos mil millones de ejemplares en todo el mundo. Escribió un total de ochenta novelas de misterio y colecciones de relatos breves, más de veinticinco obras de teatro y seis novelas escritas con el pseudónimo de Mary Westmacott. Probó suerte con la pluma mientras trabajaba en un hospital durante la Primera Guerra Mundial, y debutó en 1920 con *El misterioso caso de Styles*, cuyo protagonista es el legendario detective Hércules Poirot, que luego aparecería en treinta y tres libros más. Alcanzó la fama con *El asesinato de Roger Ackroyd* en 1926, y creó a la ingeniosa Miss Marple en *Muerte en la vicaría*, publicado por primera vez en 1930. Se casó dos veces, una con Archibald Christie, de quien adoptó el apellido con el que es conocida mundialmente como la genial escritora de novelas y cuentos policiales y detectivescos, y luego con el arqueólogo Max Mallowan, al que acompañó en varias expediciones a lugares exóticos del mundo que después usó como escenarios en sus novelas. En 1961 fue nombrada miembro de la Real Sociedad de Literatura y en 1971 recibió el título de Dama de la Orden del Imperio Británico, un título nobiliario que en aquellos días se concedía con poca frecuencia. Murió en 1976 a la edad de ochenta y cinco años. Sus misterios encantan a lectores de todas las edades, pues son lo suficientemente simples como para que los más jóvenes los entiendan y disfruten, pero a la vez muestran una complejidad que las mentes adultas no consiguen descifrar hasta el final.

www.agathachristie.com

Agatha Christie
El misterio del tren azul

Traducción de José Mallorquí Figuerola

ESPASA

PEFC Certificado

Este libro procede de bosques gestionados de forma sostenible

PEFC

PEFC/14-38-00305 www.pefc.es

Traducción de José Mallorquí Figuerola

Espasa, un sello editorial de Editorial Planeta, S. A.
Avda. Diagonal, 662-664, 08034 Barcelona (España)
www.espasa.com
www.planetadelibros.com

Publicado de acuerdo con Grupo Planeta Argentina S.A.I.C.

Diseño de la cubierta: Booket / Área Editorial Grupo Planeta
Ilustración de la cubierta: © David Sierra
Primera edición en Colección Booket: septiembre de 2025
Segunda impresión: febrero de 2026

Depósito legal: B. 13.310-2025
ISBN: 978-84-670-7851-0
Impreso en España

Personajes

Relación de los personajes que intervienen en esta obra:

ADA MASON: doncella de Ruth Kettering.

ARMAND, EL CONDE DE LA ROCHE: aristócrata francés.

CHARLES EVANS (TAMBIÉN CONOCIDO COMO CHUBBY): cuarto y actual esposo de lady Tamplin, más joven que ella.

DEREK KETTERING: esposo de Ruth, heredero de lord Leconbury.

HÉRCULES POIROT: el famoso detective belga.

JOSEPH AARON: conocido de Poirot, experto en personas del ámbito «dramático» (artístico/teatral).

KATHERINE GREY: exacompañante de Mistress Harfield. Hereda toda la fortuna de su empleadora.

LADY ROSALIE DE TAMPLIN: madre de Lenox, prima de Katherine; Katherine se hospeda en su villa.

LENOX TAMPLIN: hija de lady Tamplin.

MIRELLE: bailarina parisina, amante de Derek.

MISTER GOBY: informante de Rufus.

MONSIEUR CARRÉGE: juez de instrucción.

MONSIEUR CAUX: comisario de policía en Niza.

MONSIEUR PAPOPOLOUS: joyero, padre de Zia.

PIERRE MICHEL: asistente del tren.

RICHARD KNIGHTON: secretario de Van Aldin.

RUFUS VAN ALDIN: millonario estadounidense, padre de Ruth.

RUTH KETTERING: única hija de Van Aldin, esposa de Derek.

ZIA PAPOPOLOUS: hija de Monsieur Papopolous.

Capítulo 1

El hombre de los cabellos blancos

Era alrededor de medianoche cuando un hombre atravesaba la plaza de la Concordia. A pesar del magnífico abrigo que cubría su raquítico cuerpo, había en él algo ruin y miserable.

Era un hombrecillo con cara de rata, uno de esos tipos que parece imposible que puedan ocupar algún puesto importante en las altas esferas de la sociedad. Sin embargo, quien creyese tal cosa estaría totalmente equivocado, ya que aquel individuo de cuerpo escuálido y miserable aspecto representaba un importante papel en los destinos del mundo. En el imperio gobernado por las ratas, él era el rey.

En aquellos momentos, en una embajada aguardaban su regreso. Pero antes tenía otras cosas que hacer, aunque no de forma oficial. A la luz de la luna, su rostro aparecía blanco y afilado, y en él se destacaba su nariz ligeramente curvada. Su padre, un judío polaco, oficial de sastre, se habría mostrado muy satisfecho con el trabajo que aquella noche llevaba allí a su hijo.

Se dirigió al Sena, lo cruzó y avanzó por uno de los

barrios de peor reputación de París. Luego entró en una alta y ruinosa casa, y subió hasta una de las habitaciones situadas en el cuarto piso. Llamó con los nudillos a la puerta. Aún no se había extinguido el ruido de los golpes cuando le abrió una mujer que, sin duda, estaba esperándole. No le saludó, pero le ayudó a despojarse del abrigo. Después le guio a un saloncito amueblado con el más pésimo gusto. La luz, velada por una chillona pantalla de seda roja, suavizaba, pero no ocultaba, la pintura que cubría el rostro de la muchacha; como tampoco los trazos de su rostro. No cabía la menor duda de la profesión y nacionalidad de Olga Demiroff.

—¿Va todo bien, pequeña?

—Todo va perfectamente, Boris Ivanovitch.

El tal Boris Ivanovitch movió la cabeza murmurando:

—No creo que me hayan seguido.

Sin embargo, había cierto nerviosismo en sus palabras. Se dirigió hacia la ventana y, apartando con disimulo los visillos, miró hacia la calle. Lo que le hizo retroceder con rapidez.

—Hay dos hombres en la acera de enfrente. Miran hacia aquí...

Se detuvo y empezó a morderse las uñas, gesto habitual en él cuando le dominaba la ansiedad.

La muchacha rusa movió la cabeza lentamente y le dijo para tranquilizarle:

—Estaban aquí antes de que tú llegaras.

—De todas formas, me parece que vigilan la casa.

—Tal vez —respondió ella indiferente.

—Pero entonces...

—¿Y qué? Aunque ellos sepan, no será a ti precisamente a quien sigan.

En los labios del hombre apareció una cruel sonrisa.

—No —convino él—, eso es verdad.

Durante unos minutos, el ruso estuvo reflexionando y al fin dijo:

—Ese dichoso estadounidense ya se las compondrá como pueda.

—Hay que suponerlo.

Boris Ivanovitch se dirigió otra vez hacia la ventana.

—Son tenaces —murmuró con una sonrisa—. Supongo que son conocidos de la policía. Bien, bien, les deseo a los dos delincuentes una excelente caza.

Olga Demiroff movió dubitativamente la cabeza a la vez que decía:

—Si el estadounidense es el hombre que él dice ser, se necesitaría algo más que una pareja de cobardes delincuentes para someterlo. —Se detuvo un momento y luego siguió—: Me extraña...

—¿El qué?

—No creo que sea nada. Verás: esta noche ha pasado dos veces por esta calle un hombre de cabellos blancos.

—¿Y qué?

—Pues que, al pasar junto a esos dos tipos, ha dejado caer un guante. Uno de los hombres lo ha recogido y se lo ha devuelto. Un truco muy usado.

—Entonces ¿tú crees que ese individuo de los cabellos blancos está confabulado con ellos?

—Algo por el estilo.

El ruso pareció alarmarse.

—¿Estás segura de que el paquete está en un lugar seguro, que no lo han tocado? Se ha hablado mucho..., se ha hablado demasiado.

Se mordió de nuevo las uñas.

—Juzga por ti mismo.

La muchacha se dirigió hacia la chimenea y revolvió hábilmente los carbones. Del fondo, entre un montón de periódicos arrugados, sacó un paquetito de forma oblonga, envuelto en una mugrienta hoja de diario, y se lo tendió a Boris.

—Muy ingenioso —aprobó el ruso.

—Ya han registrado dos veces la habitación. Incluso han buscado dentro del colchón de mi cama.

—Sí, lo que he dicho antes —exclamó él—: se ha hablado demasiado. Ese regateo en el precio ha sido un error.

Mientras hablaba había desenvuelto el paquete, dentro del cual había un pequeño envoltorio hecho con papel de estraza. Lo abrió a su vez, miró el contenido y rápidamente lo envolvió de nuevo. Apenas acababa de hacerlo cuando sonó el timbre.

—Es puntual —dijo Olga, echando una mirada a su reloj.

Y salió de la habitación. Poco después entró seguida por un hombre alto, de anchos hombros. Su aguda mirada pasó de uno a otro.

—¿El señor Krassnine? —preguntó con amabilidad.

—Servidor —dijo Boris. Y añadió—: Le ruego que me perdone por lo impropio del lugar en que le he citado. Pero se imponía la mayor discreción. Por nada del mundo quisiera que se me supiese mezclado en este asunto.

—Está bien —dijo afable el estadounidense.

—Me ha dado usted su palabra de no divulgar ningún detalle de este asunto. Es una de las condiciones de... la venta.

El estadounidense asintió.

—Sí, eso ya quedó convenido —dijo con indiferencia—. Ahora supongo que me enseñará el objeto...

—¿Trae usted el dinero en billetes de banco?

—Sí —contestó el estadounidense. Sin embargo, no hizo el menor gesto para mostrarlo.

Tras un momento de duda, Krassnine le señaló el paquetito que estaba en la mesa.

El estadounidense lo cogió y desenvolvió el papel. Luego colocó el contenido bajo la luz de una linterna eléctrica y lo examinó con atención. Satisfecho, sacó de su bolsillo una abultada cartera de piel y extrajo de ella un voluminoso fajo de billetes que tendió al ruso, quien los contó cuidadosamente.

—¿Conforme?

—Sí, señor, conforme. Muchas gracias.

—Entonces —dijo el norteamericano, guardándose el pequeño envoltorio e inclinándose ante Olga—, buenas noches, mademoiselle; buenas noches, monsieur Krassnine.

Y salió cerrando tras de sí la puerta. Las miradas de los que quedaron en la habitación se encontraron. El hombre, pasándose la lengua por sus resecos labios, murmuró:

—¿Llegará a su hotel?

Con un mismo movimiento, ambos se dirigieron hacia la ventana y llegaron a tiempo de ver salir a la calle al hombre. Este se volvió hacia la izquierda y partió a grandes zancadas sin volver ni una vez la cabeza. Dos sombras salieron de un portal y le siguieron en silencio, perdiéndose en la noche perseguido y perseguidores. La mujer respondió:

—Llegará a su destino felizmente, no tengas miedo... o esperanza.

—¿Por qué crees que llegará felizmente? —preguntó curioso Krassnine.

—Un hombre que ha ganado tanto dinero como él no debe de ser ningún loco —dijo Olga, y añadió—: A propósito de dinero...

Miró de manera significativa a Krassnine.

—¿Qué?

—Mi parte, Boris Ivanovitch.

Con cierto disgusto, Krassnine le tendió dos billetes de banco. La muchacha le dio las gracias sin la menor emoción y guardó de inmediato el dinero en una de sus medias.

—Muy bien —dijo satisfecha. Boris la miró con curiosidad.

—¿No sientes ningún pesar, Olga Vasilovna?

—¿Pesar? ¿Por qué?

—Porque han estado bajo tu custodia. Hay mujeres..., mejor dicho, creo que la mayoría de las mujeres se hubiesen vuelto locas con una cosa así.

Ella se inclinó pensativa.

—Sí —convino—, tienes razón. La mayor parte de las mujeres se volverían locas, pero yo no. Ahora me pregunto... —Se detuvo.

—¿El qué? —soltó él con cierta curiosidad.

—Estoy segura —prosiguió ella— de que el estadounidense llegará felizmente a su casa, pero luego...

—¿Qué es lo que piensas?

—Que quizá se lo regalará a alguna mujer —dijo Olga pensativa—, y me pregunto: ¿qué sucederá entonces?

Se levantó impaciente y fue hacia la ventana. De

pronto profirió una exclamación y llamó a su compañero.

—Mira, otra vez pasa el hombre del que te he hablado antes.

Ambos miraron hacia abajo. Un caballero delgado y elegante avanzaba con paso lento. Llevaba una capa y un sombrero de copa alta cubría su cabeza. Cuando pasó junto a un farol del alumbrado público, la luz iluminó un mechón de espesos cabellos blancos.

Capítulo 2

El marqués

El hombre de los cabellos blancos siguió su camino sin la menor prisa y, al parecer, indiferente a cuanto le rodeaba. Giró por la primera calle a la derecha, torciendo luego por otra a la izquierda. De vez en cuando tarareaba un estribillo.

De pronto se detuvo y escuchó con atención. Había oído cierto ruido, que lo mismo podía ser el reventón de un neumático que un disparo. Una extraña sonrisa asomó a sus labios por un momento. Luego reanudó su tranquilo paseo.

Al volver una esquina se encontró con un grupo de personas que discutían acaloradamente. Un representante de la autoridad tomaba notas en una libreta. Algunos noctámbulos le explicaban lo que habían visto. El hombre de los cabellos blancos se dirigió a uno de ellos con amabilidad.

—¿Ha sucedido algo? —preguntó.

—*Mais oui, monsieur,* dos delincuentes han atacado a un caballero estadounidense.

—¿Le han hecho algún daño?

—¡Oh, no! —se rio el hombre—, el estadounidense

llevaba un revólver, y antes de que pudieran atacarle, ha disparado, y las balas han pasado tan cerca de ellos que se han asustado y han salido huyendo. Como de costumbre, la policía ha llegado demasiado tarde.

—¡Ah! —dijo el de los cabellos blancos, sin aparentar la menor emoción. Y serenamente reanudó su nocturno paseo. Poco después cruzaba el Sena, entraba en uno de los más aristocráticos barrios de la ciudad y veinte minutos más tarde se detenía ante una casa de una apacible pero elegante calle.

La tienda, pues se trataba de una tienda, era pequeña y no tenía la menor pretensión. D. Papopolous, comerciante de antigüedades, era tan conocido que no necesitaba ningún tipo de publicidad, pues, además, la mayor parte de sus negocios no se hacían detrás del mostrador. Monsieur Papopolous tenía un elegante piso en los Campos Elíseos; por lo tanto, lo más lógico era suponer que sería mucho más fácil encontrarlo allí a tales horas que en el establecimiento. Pero el hombre de los cabellos blancos parecía estar seguro de que lo encontraría en la tienda, puesto que apretó el botón del timbre después de haber echado una ojeada a la desierta calle.

Su confianza no quedó defraudada. La puerta se abrió y un hombre apareció en el umbral; su rostro era muy moreno y en sus orejas brillaban unos aros de oro.

—Buenas noches —dijo el visitante—. ¿Está tu amo?

—El amo está aquí, pero no acostumbra a recibir a nadie a estas horas —gruñó el criado.

—Creo que a mí me recibirá. Dile que su amigo el marqués ha venido a verle.

El hombre abrió un poco más la puerta e invitó a entrar al visitante.

El que se presentaba como «el marqués» se había cubierto la cara con la mano durante el corto diálogo. Cuando el criado volvió para decir que monsieur Papopolous recibiría con gran placer al visitante, un nuevo cambio se produjo en su aspecto. El criado debía de ser poco observador o acaso estaría muy bien enseñado, ya que no mostró la menor sorpresa al ver el pequeño antifaz de seda que cubría las facciones del aristócrata. Le acompañó hasta una puerta al final del vestíbulo, la abrió y anunció respetuosamente:

—*Monsieur le marquis.*

La figura que se levantó para recibir al extraño visitante era majestuosa. Había algo de venerable y patriarcal en monsieur Papopolous. Tenía una amplia frente y una hermosa barba blanca. Sus modales tenían algo de eclesiásticos y bondadosos.

—Mi querido amigo —dijo monsieur Papopolous en un francés rico y suntuoso.

—Ante todo, perdóneme usted por lo intempestivo de la hora —rogó el visitante.

—De ninguna manera, de ninguna manera —respondió monsieur Papopolous—. Estas horas de la noche son las más interesantes. Seguramente habrá pasado usted una vigilia agradable.

—No del todo —contestó el marqués.

—No del todo —repitió Papopolous—; no, claro que no. ¿Hay alguna novedad?

Y lanzó una aguda mirada al caballero que no tenía nada de eclesiástica ni de bondadosa.

—No, no hay ninguna novedad. El atentado fracasó, como me figuraba.

—Era de esperar —dijo Papopolous—, la violencia...

Movió la mano como para expresar su desagrado por la violencia en cualquiera de sus formas. Realmente no había nada de violento en el aspecto de monsieur Papopolous ni en los negocios que realizaba. Era un hombre conocidísimo en todas las cortes del mundo, los reyes le llamaban amistosamente Demetrius. Tenía fama de ser muy discreto. Esto, unido a su noble apariencia, le había facilitado hacer un sinfín de dudosas transacciones.

—El ataque directo —siguió el griego, moviendo la cabeza dubitativo— algunas veces sale bien, pero muy pocas.

El otro se encogió de hombros, diciendo:

—Ahorra tiempo, y si fracasa, no cuesta nada, o casi nada. Verá usted cómo el otro plan no falla.

El visitante asintió.

—Tengo una gran confianza en su reputación —indicó el anticuario.

El marqués sonrió con amabilidad.

—Esté seguro de que esa confianza no quedará defraudada.

—Cuenta usted con un sinfín de posibilidades —añadió el anticuario con cierta envidia en el tono de su voz.

—Y las utilizo —afirmó el marqués.

Y, levantándose, cogió la capa que había dejado cuidadosamente doblada en el respaldo de una silla. Luego continuó:

—Le tendré a usted al corriente de todo, monsieur Papopolous, por el conducto de siempre; pero después no debe poner ningún obstáculo a nuestras negociaciones.

Monsieur Papopolous pareció dolerse de aquellas palabras.

—Nunca ha existido el menor obstáculo en mis negociaciones —dijo.

El otro sonrió y, sin añadir ni una sola frase de despedida, abandonó la habitación, cerrando tras de sí la puerta.

El anticuario permaneció unos instantes pensativo, acariciándose su blanca y venerable barba. Luego se dirigió a otra puerta y la abrió. Una joven, que sin duda había estado espiando por el agujero de la cerradura, entró en la habitación sin que monsieur Papopolous mostrase la menor sorpresa. Por lo visto, aquello era del todo natural para él.

—¿Qué sucede, Zia? —preguntó.

—No lo he oído salir —repuso la tal Zia.

Era una hermosa joven de cuerpo escultural y brillantes ojos negros. Tenía un gran parecido con el anticuario, por lo que fácilmente podía suponerse que eran padre e hija.

—Es una lástima —dijo disgustada— que no se pueda ver y oír al mismo tiempo a través de la cerradura...

—Eso mismo he pensado yo muchas veces —asintió Papopolous con la mayor sencillez.

—¿Conque ese es el marqués? —quiso saber Zia lentamente—. ¿Lleva siempre antifaz, papá?

—Siempre.

Hubo una pausa.

—Se trata de rubíes, ¿verdad? —preguntó Zia.

Su padre asintió.

—¿Qué te ha parecido, pequeña? —continuó con un alegre brillo en sus negros ojos.

—¿El marqués?

—Sí...

—Pues, sencillamente, que parece difícil encontrar un inglés distinguido que hable el francés tan bien como él.

—¡Ah! —exclamó el griego—. ¿Eso es todo lo que se te ocurre?

Como de costumbre, no dejó traslucir su pensamiento, pero miró con aprobación a su hija.

—También me parece —siguió la muchacha— que tiene una cabeza muy extraña.

—Sí, muy maciza —dijo el padre—. Pero eso es debido a la peluca.

Y padre e hija se miraron sonriendo.

Capítulo 3

Corazón de Fuego

Rufus Van Aldin entró por la puerta giratoria del Savoy y se dirigió a la recepción. El empleado le saludó respetuosamente.

—Buenas tardes, Mister Van Aldin; me alegro mucho de volver a verle por aquí.

El millonario estadounidense inclinó la cabeza agradeciendo el saludo.

—¿Hay alguna novedad? —preguntó.

—Sí, señor; el comandante Knighton está en la habitación de usted, esperándole.

Van Aldin inclinó la cabeza.

—¿Hay correspondencia para mí?

—Sí, señor, justo la acaban de subir a su habitación. —Y añadió—: ¡Ah!, espere un momento.

Buscó en el casillero y sacó una carta.

—La han traído hace poco.

Rufus Van Aldin la cogió y, al fijarse en la escritura, trazada por una mano de mujer, se le transformó el rostro, dulcificándose su expresión a la vez que se suavizaba la dura línea de su boca. Enseguida se dirigió al ascensor, con la carta en la mano y la sonrisa en los labios.

En el saloncito que comunicaba con su dormitorio, un joven sentado ante una mesa abría la correspondencia con la habilidad propia de una larga práctica. Al entrar Van Aldin, se puso en pie.

—¡Hola, Knighton!

—¿Cómo está usted? ¿Ha tenido buen viaje?

—Excelente —repuso el millonario—. París es una ciudad de bandoleros, pero yo traigo lo que fui a buscar. —Y sonrió ásperamente.

—Cosa muy natural en usted —dijo el secretario riendo.

—Claro —asintió Van Aldin con sencillez, como si se tratase de algo que no tuviese vuelta de hoja.

Enseguida se despojó de su pesado abrigo y avanzó hacia la mesa.

—¿Hay algo urgente?

—No lo creo, hasta ahora solo se trata de asuntos corrientes. De todos modos, no he terminado todavía de abrir la correspondencia.

Van Aldin asintió brevemente. Era un hombre que poquísimas veces expresaba una censura o una alabanza. El método que seguía con sus empleados era sencillo. Primero los ponía a prueba, y de inmediato despedía a los que resultaban ineptos. La selección que hacía de la gente no tenía nada de convencional. Por ejemplo, dos meses antes había encontrado a Knighton en una estación invernal suiza. El joven le causó una excelente impresión y, al revisar su cartilla militar, halló la explicación de su leve cojera. Knighton no ocultó que estaba buscando un trabajo, y hasta le preguntó con timidez al millonario si sabía de alguno... Van Aldin recordaba sonriendo la gracia que le hizo el asombro del joven cuando le propuso que trabajase como su secretario.

—Pero... Yo no tengo ninguna experiencia comercial —le dijo.

—Eso me importa un comino —replicó Van Aldin—; tengo tres secretarios que se ocupan de esas cosas, pero pienso permanecer en Inglaterra durante seis meses y deseo contratar a un inglés que esté al corriente de las costumbres de ese país para que pueda ocuparse de los asuntos de sociedad en mi lugar.

Van Aldin vio después confirmada su impresión, pues Knighton demostró rápidamente ser un hombre inteligente, de recursos intelectuales, además de tener una innata distinción personal.

El secretario indicó a su jefe tres o cuatro cartas colocadas en una esquina del escritorio.

—Sería conveniente que echase usted un vistazo a estas cartas. La de encima se refiere al contrato de Colton...

Van Aldin levantó las manos protestando.

—No quiero ver ni una letra esta noche —declaró—, que esperen todas las cartas hasta mañana por la mañana, menos esta —añadió, mirando la que tenía en la mano.

Y de nuevo la extraña y transformadora sonrisa apareció en su rostro.

Richard Knighton lo miró con simpatía.

—Mistress Kettering —murmuró— telefoneó ayer y hoy; parece que desea verle ansiosamente.

—¿De veras?

Y la sonrisa fue desapareciendo del rostro del millonario. Abrió el sobre que tenía en la mano y sacó la carta.

A medida que iba leyendo, su rostro se ensombrecía, su boca adquiría la dura línea que tan bien conocían en Wall Street y se fruncía su entrecejo. Knighton volvió discretamente la cabeza, entregándose de lleno al trabajo de abrir sobres y leer cartas. El millonario lanzó un juramento y su puño golpeó con violencia la mesa.

—No toleraré esto —dijo como hablando consigo mismo—. ¡Pobre chiquilla!, es una suerte que tengas a tu viejo detrás de ti. —Y empezó a dar grandes zancadas por la habitación, pintada en su rostro la gran preocupación que le embargaba. Knighton, inclinado sobre la mesa, parecía absorto en su trabajo.

De pronto Van Aldin se detuvo y cogió el abrigo de encima de la silla donde lo había dejado.

—¿Va usted a salir? —preguntó Knighton.

—Sí, voy a ver a mi hija.

—¿Y si telefoneasen por lo de Colton...?

—Mándelos usted al diablo.

—Muy bien —contestó el inmutable secretario.

Van Aldin, con el abrigo ya puesto, se caló el sombrero hasta las orejas y se dirigió hacia la puerta. Allí se detuvo para decir:

—Es usted un buen muchacho, Knighton. Por lo menos, no me atormenta cuando me ve preocupado.

Knighton sonrió, pero no contestó nada.

—Ruth es mi única hija —explicó Van Aldin—; nadie en el mundo sabe lo que ella significa para mí.

Una débil sonrisa iluminó su rostro mientras se llevaba una mano al bolsillo.

—¿Quiere usted ver algo estupendo, Knighton? —preguntó. Y sacó un paquetito cuidadosamente envuelto en papel oscuro. Deshizo el envoltorio y apareció un gran estuche de terciopelo rojo muy raído. En el centro había unas iniciales entrelazadas y, sobre ellas, una corona. Al abrirlo, el secretario no pudo contener un grito de asombro. Sobre el blanco y raído terciopelo del interior, las piedras parecían gotas de sangre.

—¡Dios mío! —exclamó—. ¿Son... verdaderos?

Van Aldin se rio.

—No me extraña su pregunta. Entre estos rubíes están los tres más grandes del mundo. Los llevó Catalina de Rusia, Knighton. Este del centro, ¿ve usted?, es conocido con el nombre de Corazón de Fuego; es perfecto, no tiene ni una sola mancha.

—Pero eso debe de costar una fortuna —dijo el secretario.

—Cuatrocientos o quinientos mil dólares, sin contar el valor histórico que tienen —respondió tranquilamente Van Aldin.

—¿Y los lleva usted así, de esa sencilla manera, en el bolsillo?

Van Aldin se carcajeó divertido.

—Pues claro, son mi regalito para Ruthie.

El secretario rio discretamente.

—Comprendo ahora la inquietud de Mistress Kettering y sus llamadas telefónicas —murmuró.

Pero Van Aldin movió la cabeza. Su rostro recobró su duro aspecto.

—Respecto a eso, usted está equivocado —dijo—, porque ella no sabe ni una palabra del regalo; quiero sorprenderla.

Cerró el estuche y lo envolvió despacio.

—Es una lástima que se pueda hacer tan poco por los que uno quiere. Yo podría comprarle parte del planeta a

Ruth si eso pudiese serle de alguna utilidad, pero de nada le serviría. Al colgar esas joyas alrededor de su cuello le proporcionaré unos minutos de placer, pero... —movió la cabeza tristemente— cuando una mujer no es feliz en su hogar...

No terminó la frase. El secretario, discreto, movió la cabeza. Él conocía mejor que nadie la reputación de la honorable Ruth Kettering.

Van Aldin suspiró, guardó el paquete en el bolsillo de su abrigo, saludó a Knighton y salió de la habitación.

Capítulo 4

En Curzon Street

Mistress Ruth Kettering residía en Curzon Street. El criado que abrió la puerta reconoció inmediatamente a Rufus Van Aldin y le ofreció una discreta sonrisa de bienvenida. Enseguida le condujo hasta el gran salón del primer piso. Al verle entrar, una mujer que estaba sentada junto a la ventana se levantó dando un grito.

—¡Oh, papá! ¡Qué alegría! He telefoneado cada día al comandante Knighton para saber cuándo llegabas, pero él no sabía nada.

Ruth Kettering era una joven de unos veintiocho años. Sin ser hermosa ni bonita, en el verdadero sentido de la palabra, atraía las miradas debido al color castaño rojizo de sus cabellos. Además, poseía unos preciosos ojos negros y unas sedosas pestañas, todo ello acentuado artísticamente con el maquillaje. Era alta, esbelta, bien proporcionada. Parecía una madona de Rafael. Solo al mirarla de cerca se notaba que su barbilla y su mandíbula eran iguales a las de Van Aldin, revelando la misma dureza y determinación. Esto estaría muy bien en un hombre, pero en una mujer resultaba muy poco distinguido.

Desde su más tierna infancia, Ruth Van Aldin se había acostumbrado a hacer su santa voluntad, y todos cuantos intentaron oponerse a ello comprendieron enseguida que la hija de Rufus Van Aldin no cedía nunca.

—Knighton me ha dicho que le has telefoneado —dijo Van Aldin—. Apenas hace una hora que he llegado de París —añadió—. Vamos a ver, ¿qué es lo que ocurre con Derek?

Ruth Van Aldin se puso roja de cólera.

—¡Es vergonzoso. Se está pasando de la raya! —gritó—. No quiere oír nada de cuanto tengo que decirle.

En su voz se mezclaban a la vez extrañeza y furor.

—¡Pues ya me oirá a mí! —exclamó airado el millonario.

Ruth se acercó a él.

—Apenas le he visto durante este último mes. Va a todas partes en compañía de esa mujer.

—¿Qué mujer?

—Mirelle, esa bailarina del Parthenon.

Van Aldin movió la cabeza afirmativamente.

—La semana pasada estuve en Leconbury y hablé con lord Leconbury —prosiguió la muchacha—. Fue muy amable conmigo y me prometió que reñiría a Derek.

—¡Ah! —exclamó Van Aldin.

—¿Qué significa esta exclamación, papá?

—Ya sabes tú lo que significa, Ruth. El pobre Leconbury no es nadie. Claro que simpatiza contigo, claro que se muestra amable, pues por algo tiene a su hijo casado con la hija de uno de los hombres más ricos de Estados Unidos. Es lógico que no quiera perder semejante bicoca. Pero está con un pie en la sepultura, como todo el mundo sabe, y cuanto le diga a Derek va a ser inútil.

—¿Podrías hacer algo tú, papá? —preguntó Ruth unos minutos después.

—Poder... puedo hacerlo —dijo el millonario, que permaneció unos minutos en silencio. Al fin añadió—: Podría hacer un sinfín de cosas, aunque solo hay un camino para salir de este enojoso asunto: rompe los lazos que te unen a tu marido y recobra la libertad.

—¿Qué quieres decir?

—Que te divorcies.

—¡El divorcio!

Van Aldin sonrió secamente.

—Pronuncias esa palabra como si nunca hubieses pensado en ello; sin embargo, tus amigas se divorcian todos los días.

—¡Oh!, ya lo sé, pero... —Se detuvo, mordiéndose los labios.

Su padre movió la cabeza comprensivamente.

—Lo entiendo, Ruth. Te pasa lo mismo que a mí, que te molesta desprenderte de lo que te pertenece. Sin embargo, yo he aprendido, y tú también lo aprenderás, que en la vida hay circunstancias en que es ese el único camino. Podría recurrir a mil medios para hacer volver a Derek junto a ti, pero al fin todo sería inútil, porque Derek no es bueno. Es un bala perdida, un dilapidador. Créeme, hija mía, yo me he reprochado infinidad de veces el haber consentido ese casamiento. Pero tú parecías tan decidida que me supo mal contrariarte de nuevo.

Al pronunciar las últimas palabras apartó la mirada de ella. Si no lo hubiese hecho así, habría notado el rubor que cubrió el rostro de su hija.

—Bastante me acuerdo —dijo con voz dura.

—Me supo mal oponerme por segunda vez. Sin embargo, ahora no sabes cuánto siento no haberlo hecho. Tu vida durante estos últimos años no ha sido nada agradable.

—No, no lo ha sido —asintió Mistress Kettering.

—Por eso te repito que estas cosas se han de terminar de una vez —dijo Van Aldin dejando caer pesadamente el puño sobre la mesa—. Tal vez sientas todavía algún cariño por ese hombre, pero arráncalo de ti. Afronta los hechos. Derek Kettering se casó contigo por tu dinero, esa es la verdad. Pues bien, líbrate de él, Ruth.

Ruth Kettering bajó la vista al suelo y, al cabo de unos momentos, dijo sin levantar la cabeza:

—¿Y si no quiere?

Van Aldin la miró extrañado.

—Él no tiene ni voz ni voto en este asunto.

La joven se sonrojó y se mordió el labio inferior.

—No..., no... Claro que no. Solo quería decir... —Se detuvo.

Su padre la miraba fijamente.

—¿Qué quieres decir? —preguntó.

—Pues... —se detuvo otra vez como escogiendo las palabras—, que puede que no se avenga a esa solución.

—¿Quieres decir que pondrá trabas al divorcio? No lo creas. Estás muy equivocada. Cualquier abogado que consulte le dirá que no hay posibilidad alguna de que tenga éxito en una demanda.

—Tal vez por odio contra mí tratará de entorpecer los trámites.

—¿Supones entonces que se opondrá? —Van Aldin movió la cabeza dubitativamente—. Para eso deberá tener alguna prueba en tu contra, cosa que no posee.

Ruth no contestó. El millonario la miró con ansia.

—Vamos, Ruth, dime lo que te pasa. A ti te preocupa algo. ¿Qué es?

—Nada, nada, ¿qué quieres que sea?

Pero su voz no sonaba segura.

—Temes la publicidad, ¿verdad? Bueno, pues deja esto en mis manos. Ya procuraré yo por todos los medios que no se hable de ello.

—Bien, papá; si tú crees que es lo mejor que se puede hacer...

—¿Es que sientes todavía algún cariño por ese hombre, Ruth? Dime si es eso.

—No, no es eso.

Pronunció aquella frase sin la menor vacilación, cosa que satisfizo a Van Aldin, y palmeó cariñosamente el hombro de su hija.

—Todo irá bien, chiquilla. No te preocupes. Y ahora, a olvidarlo todo. Te he traído un regalito de París, ¿sabes?

—¿Para mí? ¿Es algo bonito?

—Espero que te lo parezca —contestó el padre sonriendo.

Y sacando el paquetito del bolsillo del abrigo se lo tendió a la joven. Esta lo desenvolvió rápidamente, abrió el estuche y lanzó una exclamación de alegría. Había sentido siempre una gran pasión por las joyas.

—Son fuera de lo común, ¿verdad? —dijo satisfecho el millonario—. ¿Te gustan?

—¿Gustarme? Pero, papá, ¡si no hay otros rubíes iguales! ¿De dónde los has sacado?

Van Aldin sonrió.

—¡Ah!, es un secreto. Se los he comprado a un particular. Son unas piedras famosas. ¿Ves esta de en medio?

Tal vez hayas oído hablar de ella: es el histórico Corazón de Fuego.

—¡El Corazón de Fuego! —repitió Mistress Kettering.

Había sacado las piedras del estuche y las sostenía sobre su pecho. El millonario las miraba pensando en las mujeres que habían lucido aquella joya. La angustia, la envidia, la desesperación que habían dejado tras de sí en un camino de tragedia y violencia. Al pasar así a la firme mano de Ruth Kettering parecían haber perdido su diabólico poder. Con su frío equilibrio, esta mujer occidental parecía estar a salvo de tragedias amorosas. Ruth colocó por fin las piezas en su estuche; luego, levantándose, rodeó con los brazos el cuello de su padre.

—¡Oh, gracias, papaíto, muchas gracias! ¡Son maravillosos! Me has hecho un regalo estupendo.

—Está bien —dijo Van Aldin, apoyando cariñosamente las manos en los brazos de ella—. Ya sabes, Ruth, que tú lo eres todo para mí.

—Te quedarás a cenar conmigo, ¿verdad, papá?

—No quiero molestarte, seguro que tú pensabas cenar fuera, ¿no?

—Sí, pero puedo excusarme, no es ningún compromiso importante.

—No importa, cumple con él. Yo también tengo bastantes cosas que hacer. Te veré mañana. Si te llamase, podríamos encontrarnos en casa de Galbraith.

Galbraith, Galbraith, Cuthberson & Galbraith eran los abogados de Van Aldin en Londres.

—Muy bien, papá. Supongo... —dudó un momento— que esto no me impedirá ir a la Riviera, ¿verdad?

—¿Cuándo piensas partir?

—El día catorce.

—Puedes hacerlo tranquila. Esos trámites llevan mucho tiempo. Yo en tu lugar, Ruth, no me llevaría los rubíes. Debes depositarlos en el banco.

Mistress Kettering movió afirmativamente la cabeza.

—No quiero que te roben y asesinen por culpa del Corazón de Fuego —bromeó el millonario.

—Sin embargo, tú lo llevabas en el bolsillo del gabán —replicó sonriendo su hija.

—Sí... —Se detuvo.

Aquella desacostumbrada vacilación atrajo la atención de su hija.

—¿Qué te pasa, papá?

—Nada —contestó sonriente—, recordaba una aventurilla que me ocurrió en París.

—¿Una aventura?

—Sí, la noche que compré estas piedras —dijo señalando el estuche.

—¡Oh, cuéntamela!

—No tiene importancia, Ruth. Nada, que unos delincuentes se me echaron encima, yo les disparé y salieron huyendo. Eso es todo.

Ella le miró con orgullo.

—Eres terrible, papá.

—¿Verdad que sí?

Luego la besó cariñosamente y salió. En cuanto llegó al Savoy, dio una breve orden a Knighton.

—Busque enseguida a un hombre llamado Goby; encontrará su dirección en mi agenda. Que esté aquí mañana a las nueve y media.

—Bien, señor.

—También quiero ver a Mister Kettering. Revuelva la tierra si es necesario hasta dar con él. Tal vez esté en su club; en fin, dígale que mañana por la mañana quiero hablar con él. Que venga a las doce. Esos tipos no suelen ser madrugadores.

El secretario se inclinó. Van Aldin se puso enseguida en manos de su ayuda de cámara. El baño estaba dispuesto y, mientras se sumergía voluptuosamente en el agua caliente, sus pensamientos fueron hacia la conversación que había mantenido con su hija. Estaba realmente contento. Hacía mucho tiempo que la única solución posible que veía era el divorcio. Ruth había aceptado la proposición con más tranquilidad de lo que él había supuesto. Sin embargo, a pesar de su consentimiento, experimentaba una vaga sensación de malestar. En el proceder de su hija había algo que no era natural.

—Tal vez todo son imaginaciones mías —murmuró—, aunque estoy seguro de que hay algo, sí, algo que ella no ha querido decirme.

Capítulo 5

Un hombre útil

Cuando Knighton entró en el cuarto, Rufus Van Aldin había terminado su frugal desayuno compuesto de café y tostadas, que era lo que tomaba siempre.

—Mister Goby está abajo —anunció.

El millonario miró el reloj. Eran exactamente las nueve y media.

—Bien, que suba.

Poco después entraba Mister Goby en el saloncito. Era un viejo hombrecillo, bastante mal vestido, cuya mirada iba de un lado a otro sin detenerse nunca en su interlocutor.

—Buenos días, Goby —saludó el millonario—. Tome asiento.

—Gracias, Mister Van Aldin.

Goby se sentó, colocó las manos sobre las rodillas y clavó la mirada en el radiador de la calefacción.

—Tengo un trabajo para usted.

—Muy bien, Mister Van Aldin.

—Como usted sabe seguramente, mi hija está casada con el honorable Derek Kettering.

Mister Goby apartó la mirada del radiador y fue a posarla sobre uno de los cajones de la mesa del despacho, a la vez que permitía que una humilde sonrisa apareciese en su rostro. Goby estaba enterado de infinidad de cosas, pero le disgustaba confesarlo.

—Siguiendo mi consejo, mi hija va a entablar una demanda de divorcio. Eso, desde luego, es algo de lo que debe encargarse un abogado; pero, por motivos particulares, desearía poseer la más amplia y completa información posible...

Mister Goby levantó la mirada hasta el techo y murmuró:

—¿De la vida de Mister Kettering?

—Eso es.

—Muy bien, Mister Van Aldin.

Goby se puso en pie.

—¿Cuándo la tendrá usted lista? —preguntó el millonario.

—¿Le corre a usted prisa?

—Claro que sí.

Goby sonrió a la chimenea y dijo:

—¿Le parece a usted bien esta tarde a las dos?

—Excelente —respondió Van Aldin—. Buenos días, Goby.

—Buenos días, señor. —Y salió del salón.

—Este es un hombre útil —declaró Van Aldin a su secretario, que había entrado al salir Goby—. En su especialidad es un as.

—¿Y qué especialidad es la suya?

—Los informes. Dele veinticuatro horas y le pondrá al tanto de la vida privada del arzobispo de Canterbury.

—Un sujeto muy útil —corroboró Knighton sonriendo.

—A mí, en dos o tres ocasiones, su ayuda me ha sido valiosísima —explicó Van Aldin. Y añadió—: Ahora, Knighton, estoy listo para trabajar con usted.

En las horas que siguieron despacharon rápidamente una gran cantidad de asuntos. Serían las doce menos cuarto cuando sonó el teléfono. Knighton se puso al aparato e informó a su jefe de que Mister Kettering estaba abajo. Por orden de Van Aldin dijo:

—Digan a Mister Kettering que tenga la bondad de subir.

El secretario puso en orden sus papeles y salió. Al llegar a la puerta se cruzó con el visitante, quien le cedió el paso y cerró luego la puerta tras de sí.

—Buenos días; me han dicho que tiene usted muchas ganas de verme.

La voz suave, con su tonillo irónico, despertó los recuerdos de Van Aldin, quien miró fijamente a su yerno. Derek Kettering tenía treinta y cuatro años y un cuerpo atlético y bien proporcionado. En su rostro moreno había cierto aire juvenil y simpático.

—Siéntese —pidió Van Aldin.

Kettering se dejó caer en un sillón y miró a su suegro con cierta sorna.

—Hacía tiempo que no nos veíamos —dijo sonriendo—. Casi dos años. ¿Ha visto usted a Ruth?

—Sí, la vi ayer por la noche.

—Está muy guapa, ¿verdad? —preguntó el otro tranquilamente.

—No creo que tenga usted muchas oportunidades de comprobarlo —repuso el millonario con una seca entonación.

Derek Kettering arqueó las cejas.

—¡No!, no crea. Nos encontramos a menudo en el mismo cabaret —señaló indolentemente.

—Bueno, sin ambages —interrumpió Van Aldin—: le he indicado a Ruth que presente una demanda de divorcio.

Derek Kettering no pareció conmoverse.

—¡Cuánta energía! —murmuró—. ¿Me permite usted fumar?

Encendió un cigarrillo y lanzó una bocanada de humo. Luego dijo:

—¿Y Ruth qué opina?

—Ruth está dispuesta a seguir mi consejo.

—¿De veras?

—¿Eso es todo lo que tiene que decir? —preguntó con viveza Van Aldin.

—Sí —contestó Kettering—, pero creo que es una lástima.

Kettering sacudió en la chimenea la ceniza de su cigarrillo.

—Eso será desde su punto de vista —indicó Van Aldin.

—No personalicemos. Yo no pienso en mí ahora, sino en Ruth. Como usted ya debe de saber, el viejo gobernador no puede durar mucho, según aseguran los médicos. Que Ruth tenga un poquito de paciencia, y dentro de un par de años yo seré lord Leconbury, y ella, la señora de Leconbury, que al fin y al cabo es por lo que se casó conmigo.

—No toleraré sus procaces insinuaciones —afirmó Van Aldin.

Derek Kettering sonrió secamente.

—Estoy de acuerdo con usted en que eso de los títulos es una cosa pasada de moda; sin embargo, reconozco que Leconbury es un lugar muy bonito y, después de todo, somos una de las familias más antiguas de Inglaterra. Si Ruth se divorcia, sería muy desagradable para ella el enterarse de que en Leconbury otra mujer reina en su lugar.

—Le estoy hablando a usted en serio, joven —dijo Van Aldin.

—Yo también —respondió Kettering—. Reconozco que, financieramente, estoy en muy mala situación, y si Ruth se divorcia de mí me pondrá en un verdadero aprieto... Si ha podido esperar durante diez años, ¿por qué no aguantar un poco más? Le doy a usted mi palabra de honor de que mi anciano padre no puede durar más de dieciocho meses y, como le he explicado antes, es una verdadera lástima que Ruth no consiga lo que deseaba al casarse conmigo.

—¿Insinúa, acaso, que mi hija se casó con usted por su título y posición?

—Supongo que no creería usted que se trataba de un caso de loco amor, ¿verdad?

—Lo que sé es que en París, hace diez años, hablaba usted de una manera muy distinta.

—¿De veras? Es posible. Ruth era entonces muy hermosa, algo así como un ángel, una santa o algo por el estilo, que hubiese descendido del altar de una iglesia para llegar hasta mí. Entonces yo tenía muy buenos propósitos; pensaba emprender una nueva vida, vivir en mi hogar de acuerdo con las tradiciones inglesas, con una hermosa esposa que me amase. —Se rio de nuevo, más amargamente—. Supongo que usted no me creerá.

—No tengo la menor duda de que usted se casó con Ruth por su dinero —replicó con frialdad Van Aldin.

—Y ella, en cambio, se casó conmigo por amor, ¿verdad? —preguntó el otro con ironía.

—Desde luego —afirmó el millonario.

Derek Kettering le miró unos momentos y, al fin, dijo:

—Veo que usted está convencido de eso. Hubo un tiempo en que yo también, pero muy pronto pude convencerme de lo contrario.

—No sé adónde quiere usted ir a parar, ni me interesa —espetó Van Aldin—. Lo que sí sé es que ha tratado usted a Ruth de una manera ignominiosa.

—Sí, es verdad —admitió Kettering—, pero ella también se trae lo suyo. Bajo su dulce aspecto, es dura como el granito; no en vano es hija de usted, de quien se dice que también es un hombre duro. Pero ella lo es más todavía. Después de todo, usted quiere a alguien más que a usted mismo. Ruth solo se quiere a ella misma.

—Ya hemos hablado bastante —señaló Van Aldin—. Si le he llamado, ha sido para explicarle claramente lo que pienso hacer. Mi hija tiene derecho a ser feliz. Y recuerde esto: yo estoy detrás de ella.

Derek Kettering se puso en pie, tiró su cigarrillo y preguntó con voz muy tranquila:

—¿Me quiere usted explicar el significado exacto de sus palabras?

—Que será mucho mejor para usted que no intente defender su causa.

—¡Oh! —dijo Kettering—. ¿Es una amenaza?

—Puede usted tomarlo como quiera.

Derek Kettering cogió una de las sillas que estaban junto a la mesa y volvió a sentarse frente al millonario.

—¿Y si a mí, por llevarles la contraria, se me ocurriera defenderme?

Van Aldin se encogió de hombros.

—No podrá usted hacerlo; consulte a su abogado y verá cómo le repite lo que yo le he dicho. Su conducta es bien conocida en todo Londres.

—Supongo que Ruth le habrá contado la mar de cosas de Mirelle. Ha sido una verdadera locura por su parte. Yo, en cambio, no me meto con sus amigos.

—¿Qué es lo que se atreve a insinuar? —preguntó Van Aldin.

Derek Kettering se echó a reír, diciendo:

—Veo que no lo sabe usted todo y que naturalmente está predispuesto contra mí.

Cogió el sombrero y el bastón, y se dirigió hacia la puerta.

—No tengo por costumbre dar consejos —dijo antes de salir—, pero en este caso recomendaría una conversación sincera entre padre e hija. —Y, saliendo rápidamente de la habitación, cerró la puerta en el momento en que el millonario se levantaba.

—¿Qué diablos habrá querido decir? —murmuró Van Aldin, dejándose caer en su sillón.

Su malestar volvía, más fuerte que nunca. En el fondo de todo aquello había algo que él no era capaz de descubrir. El teléfono estaba a su lado; descolgó el receptor y pidió el número de la casa de su hija.

—¿Es Mayfair 81907?

—...

—¿Está Mistress Kettering?

—...

—¿Ha ido a comer fuera? ¿Y a qué hora volverá?

—...

—¿No lo saben?

—...

—No, no le diga nada.

Colgó el aparato. A las dos empezó a pasear nerviosamente, esperando a Goby. A las dos y diez anunciaron que acababa de llegar.

—¿Qué ha descubierto? —preguntó el millonario.

Pero el pequeño Goby no parecía tener la menor prisa. Se sentó frente a la mesa, sacó una vieja libreta y empezó a leer con su monótona voz. El millonario escuchaba con creciente interés. Goby terminó su lectura y se puso a mirar fijamente el cesto de los papeles.

—¡Ejem! —carraspeó Van Aldin—, esto parece muy claro. El asunto irá como una seda. La prueba del hotel es segura, ¿verdad?

—La he comprobado, señor —dijo Goby, y su mirada se posó malévola en un flamante sillón.

—Y su situación financiera malísima, ¿verdad? Según dice usted, trata de conseguir un préstamo porque ha consumido ya toda la herencia paterna. En cuanto se divulgue la noticia de su divorcio no le va a ser posible encontrar un céntimo. Además, podemos adquirir las letras y los pagarés firmados por él para apremiarle. ¡Ya es nuestro, Goby, ya no se nos escapa!

Pegó un fuerte puñetazo en la mesa. Su rostro estaba radiante.

—El informe —dijo Mister Goby con voz ahogada— ¿le parece satisfactorio?

—Sí, le estoy muy agradecido, Goby. Es usted un as. —Y añadió—: Me voy a casa de mi hija.

Una pálida sonrisa apareció en el rostro del hombrecillo.

—Gracias, Mister Van Aldin, yo procuro hacerlo lo mejor posible.

Van Aldin no fue directamente a Curzon Street; se dirigió primero a la City, donde tenía que hacer dos gestiones que solucionó con facilidad. Desde allí cogió el metro hasta Down Street. En el momento en que entraba en Curzon Street, un hombre salía de la casa número 17, la de su hija, y se cruzó con él.

Por un instante el millonario creyó que se trataba de Derek Kettering, pero ni la estatura ni la corpulencia eran las suyas. Cuando por fin se encontraron frente a frente, comprobó que aquel hombre le era del todo desconocido. Pero no..., no del todo desconocido. Aquel rostro le recordaba algo muy desagradable. Trató de precisar el recuerdo, pero no pudo conseguirlo. Y entró en la casa moviendo furiosamente la cabeza. Le irritaba no poder acordarse de quién era aquel individuo.

Ruth Kettering le estaba aguardando y, al verle, salió a su encuentro y le dio un beso.

—Hola, papá, ¿cómo van las cosas?

—Muy bien —dijo Van Aldin—, pero tengo que contarte algo.

Ella sufrió un ligero e imperceptible cambio, trocándose la alegría de antes en cierta reserva. Se sentó en un amplio sillón y dijo:

—Bueno, papá, ¿de qué se trata?

—Esta mañana he visto a tu marido.

—¿Has visto a Derek?

—Sí. Ha soltado un sinfín de insolencias, pero al marcharse ha dicho algo que no entiendo. Ha insinuado que entre tú y yo no existe verdadera sinceridad. ¿Puedes explicarme qué ha querido decir con eso?

Mistress Kettering se movió inquieta en su sillón.

—No lo sé, papá. ¿Cómo voy a saberlo?

—Sí que lo sabes —dijo Van Aldin—. Tu marido me ha dado también a entender que sí que es verdad que él tiene sus amistades, pero que nunca se ha metido para nada con las tuyas. ¿Qué ha querido decir con eso?

—No lo sé —repitió Ruth Kettering.

—Vamos a ver, Ruth, yo no quiero ir a ciegas en este asunto, y no estoy seguro de que tu marido no ponga trabas al divorcio. Ahora estoy casi convencido de que puede hacerlo. Tengo medios para obligarlo a callar, pero quiero saber si es necesario emplearlos. ¿Qué ha querido insinuar con eso de que tú también tienes tus amigos?

Mistress Kettering se encogió de hombros.

—Yo tengo infinidad de amigos —contestó titubeando—. No sé lo que habrá querido decir, te lo aseguro.

—¿De veras?

Van Aldin hablaba ahora como lo haría con un adversario comercial.

—Quiero que me digas simplemente quién es ese hombre.

—¿Qué hombre?

—Ese hombre al que se ha referido Derek. Alguien en particular, que es amigo tuyo. No te enfades, Ruth; sé que no se trata de nada importante, pero debemos tenerlo todo bien atado antes de presentarnos al juzgado, pues pueden aprovecharse de esto para enredar el asunto. Deseo saber quién es ese hombre y qué clase de amistad tienes con él.

Ruth no contestó; se apretaba nerviosamente las manos.

—Vamos, Ruth —insistió Van Aldin, con dulzura—, no tengas miedo a tu papaíto; nunca he sido severo contigo, ni aun en aquella época en París. —Se detuvo un momento y, de pronto, exclamó—: ¡Ya lo tengo! Sí, eso es. —Luego murmuró para sí—: ¡Ya sé por qué me parecía que recordaba ese rostro!

—¿Qué estás diciendo, papá? No te entiendo.

El millonario la cogió por la muñeca.

—Vamos a ver, Ruth. ¿Has vuelto a ver a aquel tipo?

—¿Qué tipo?

—Ese por quien tuvimos aquel disgusto hace diez años. Sabes muy bien a quién me refiero.

—¿Te refieres... —se detuvo un momento— al conde de la Roche?

—¡El conde de la Roche! —exclamó con ironía Van Aldin—. Te advertí que aquel hombre no era más que un aventurero. Pero ya habías caído en sus manos. ¡Bastante trabajo me costó arrancarte de ellas!

—Sí, lo hiciste —dijo Ruth con acritud—, y por eso me casé con Derek Kettering.

—Tú lo quisiste —afirmó Van Aldin vivamente.

Ella se encogió de hombros.

—Y tú —añadió despacio el millonario— has continuado viéndole, ¡después de lo que te conté de él! ¡Hoy mismo le he visto salir de esta casa! Al llegar me he tropezado con él, aunque en ese momento no he podido reconocerle.

Ruth Kettering había recobrado la serenidad.

—Bueno, papá, estás muy equivocado respecto a Armand. Es decir, respecto al conde de la Roche. Ya sé que cometió en su juventud algunas locuras lamentables, él mismo me las ha contado, pero siempre me ha querido, y cuando tú nos separaste en París, destrozaste su corazón...

La interrumpió la indignada exclamación de su padre.

—Entonces... ¿Tú quieres a ese sinvergüenza? ¡Dios mío! —Levantó las manos al cielo—. ¡Parece mentira que las mujeres puedan ser tan estúpidas!

Capítulo 6

Mirelle

Derek Kettering salió tan deprisa de la habitación de Van Aldin que tropezó con una mujer que pasaba por el pasillo. Le pidió mil perdones, ella se los otorgó con una sonrisa y después se alejó dejándole con la agradable impresión de haberse encontrado con una mujer de serena personalidad, que poseía unos bellísimos ojos grises.

A pesar de su flema, la entrevista con su suegro le había afectado mucho más de lo que aparentaba. Comió y, después, de pésimo humor, se dirigió al suntuoso piso en que vivía la famosa bailarina Mirelle. Una pulcra camarera le recibió sonriente.

—Pase usted, monsieur; la señorita está descansando. —Y le introdujo en el amplio salón cuyos muebles orientales conocía tan bien. Mirelle estaba echada sobre un diván rodeada de innumerables cojines, todos ellos de un color ambarino para que armonizaran con el tono ocre de su piel.

La bailarina era una mujer muy hermosa, y su rostro, aunque un poco ojeroso, tenía un atractivo singular. Sus labios rojos sonrieron, invitadores, al ver a Derek.

Él la besó y se dejó caer en una silla.

—¿Qué has estado haciendo? —le preguntó—. Supongo que acabas de levantarte.

—Pues te equivocas —dijo la bailarina—, he estado trabajando. —E indicó con su larga y pálida mano el piano lleno de partituras musicales—. Ha estado aquí Ambrose y ha tocado para mí la nueva obra.

Kettering asintió sin prestar gran atención. No sentía el menor interés por Claude Ambrose ni por la música de Grieg, inspirada en la obra *Peer Gynt*. A Mirelle le pasaba lo mismo, pues solo veía en la obra la oportunidad de presentarse al público interpretando el papel de Anitra.

—Es una danza maravillosa —murmuró Mirelle—. Pondré en ella todo el fuego del desierto. Me presentaré cubierta de joyas. A propósito, *mon ami*, vi ayer en Bond Street una perla negra...

—Querida —repuso Kettering—, no es el momento más oportuno para hablarme de perlas negras. Las cosas van de mal en peor.

Mirelle se incorporó rápidamente y abrió por completo sus negros ojos.

—¿Qué estás diciendo, Derek? ¿Qué ocurre?

—Mi querido suegro se está preparando para librarse de mí.

—¿Qué?

—Hablando más claro: quiere que Ruth se divorcie.

—¡Qué tontería! —exclamó la danzarina—. ¿Por qué ha de querer ella divorciarse de ti?

Derek Kettering gruñó:

—Por culpa tuya, *chérie*.

Mirelle se encogió de hombros.

—Eso es una locura —dijo.

—En efecto —asintió Derek.

—¿Y qué piensas hacer tú?

—¿Qué quieres que haga, cielo? Por un lado, un hombre con dinero, sin límites; por otro, un hombre con deudas ilimitadas. La solución es clarísima.

—Esos estadounidenses son realmente extraordinarios —señaló Mirelle—. Si por lo menos tu mujer estuviese enamorada de ti...

—Bueno —dijo Derek Kettering—. ¿Qué vamos a hacer ahora?

La bailarina le miró sin entenderle. Kettering fue hacia ella y le cogió las manos.

—¿Me abandonarás? —le preguntó.

—¿Qué quieres decir? ¿Después...?

—Sí, después, cuando los acreedores se echen sobre mí como lobos hambrientos. Yo estoy loco por ti, Mirelle; ¿me abandonarás?

La joven retiró sus manos de las de él.

—Ya sabes lo mucho que te quiero, Derek.

Él se dio cuenta de que mentía.

—¿Así estamos? Las ratas abandonan el barco que se hunde.

—¡Derek!

—Vamos, sí, suéltalo. Me abandonarías, ¿verdad?

Ella se encogió de hombros.

—Yo te quiero, *mon ami*, te quiero mucho, eres encantador, un *beau garçon*, pero *ce n'est pas pratique*.

—A ti te gustan los hombres ricos, ¿verdad?

—Si te lo tomas así... —Y se dejó caer sobre los cojines—. De todos modos, te quiero, Derek.

Kettering fue hacia la ventana y permaneció allí de espaldas a la artista, mirando hacia fuera.

Mirelle se había puesto en pie y le observaba con curiosidad.

—¿En qué piensas, *mon ami*?

Él la miró por encima del hombro, sonriendo de un modo extraño que le produjo a la bailarina cierto malestar.

—Pensaba en una mujer, querida.

—¿Una mujer? ¿Pensabas en otra mujer?

—No te preocupes, no se trata más que de una visión muy hermosa, la visión de una mujer de ojos grises.

—¿Dónde la has visto? —preguntó vivamente Mirelle.

Derek Kettering soltó una risa irónica, burlona.

—He tropezado con ella en los pasillos del hotel Savoy.

—¿Y qué ha sucedido?

—Nada importante. Yo he dicho: «Oh, señorita, perdóneme usted», y ella ha respondido: «No ha sido nada, está usted perdonado», o algo así.

—¿Y luego? —insistió la bailarina.

Kettering se encogió de hombros.

—Nada.

—No entiendo ni una palabra de todo lo que me estás diciendo —repuso Mirelle.

—¡Qué mujer! —murmuró Derek pensativo—. No quisiera encontrármela.

—¿Por qué?

—Porque podría traerme mala suerte. Las mujeres la traen siempre.

Mirelle se levantó enseguida y acercándose a él le rodeó el cuello con uno de sus largos brazos, semejantes a los de una araña.

—Eres un loco, Derek —murmuró—. Un verdadero loco. *Tu es un beau garçon*, y te quiero mucho. Pero yo no he nacido para pobre, no, no he nacido para eso. Ahora escucha lo que voy a decirte, es muy sencillo: es preciso que te reconcilies con tu mujer.

—Me temo que será inútil —dijo secamente Derek.

—¿Qué quieres decir? No te entiendo.

—Van Aldin, querida, no lo permitirá. Es de esos hombres que si toman una decisión la llevan hasta el fin.

—He oído hablar de él. Es muy rico, ¿verdad?

—Sí.

—Uno de los hombres más ricos de Estados Unidos. Hace poco compró en París el rubí más hermoso del mundo: el Corazón de Fuego.

Derek no dijo nada; la bailarina prosiguió:

—Es una piedra maravillosa. Una joya así tendría que pertenecer a una mujer como yo. Me entusiasman las joyas, Derek. Me atraen poderosamente. Ah, si pudiera poseer un rubí como el Corazón de Fuego... —Miró a Kettering y volvió a ser la mujer práctica de siempre—. Tú no entiendes de estas cosas, Derek, tú eres un hombre. Supongo que Van Aldin habrá regalado ese rubí a Ruth. Es su única hija, ¿verdad?

—Sí.

—Entonces, cuando él muera, ella heredará toda su fortuna. Será una mujer muy rica.

—Ya lo es ahora —afirmó Kettering—. Su padre le entregó dos millones al casarse.

—¿Dos millones? ¡Qué barbaridad! Si muriese ahora, tú los heredarías, ¿verdad?

—Si las cosas siguiesen como hasta ahora, sí —dijo

Kettering lentamente—. Que yo sepa, no ha hecho testamento.

—*Mon Dieu!* —exclamó la bailarina—. Su muerte sería una verdadera solución.

Hubo un momento de silencio, tras el cual Derek Kettering se echó a reír.

—Me encanta tu manera sencilla de pensar, Mirelle. Pero me temo que tus buenos deseos van a quedarse en deseos nada más, porque mi mujer goza de una magnífica salud.

—*Eh bien!* —exclamó la artista—, puede ocurrir algún accidente.

Él la miró fijamente, pero no contestó.

—Tienes razón, *mon ami* —siguió ella—, no debemos confiar en el azar. Lo mejor es que no se hable más de divorcios, que tu mujer abandone esa idea.

—¿Y si no quiere?

Los ojos de la bailarina se entornaron.

—Estoy segura de que querrá... Es una de esas mujeres que temen el escándalo y hay unas cuantas cosillas que a ella no le gustaría nada que sus amigas leyesen en los periódicos.

—¿De qué estás hablando? —preguntó nervioso Kettering.

Mirelle se echó a reír.

—*Parbleu!*, me refiero a ese caballero, el conde de la Roche. Conozco su historia. Recuerda que soy parisiense. Ya eran amantes antes de que ella se casara contigo, ¿no es cierto?

Kettering la sujetó violentamente por los hombros.

—¡Eso es mentira! Y no olvides que estás hablando de mi mujer.

—Los ingleses sois extraordinarios —dijo en tono compasivo—. De todas maneras, puede que tengas razón. Los estadounidenses son muy fríos. En fin, permite que insista en que ella le amaba ya antes de casarse contigo y que su padre acabó con el idilio enviando al conde a que se ocupase de sus propios asuntos. La señorita derramó infinidad de lágrimas, pero obedeció. Sin duda, tú sabes tan bien como yo que ahora la historia es muy distinta, que se ven a diario y que el día catorce se reunirán en París.

—¿Cómo lo sabes? —preguntó Kettering.

—Tengo amigos en París, querido Derek, que conocen íntimamente al conde. Todo está preparado. Para los de aquí, ella irá a la Riviera, pero en realidad se encontrará con el conde en París y... quién sabe. Sí, sí, no lo dudes, todo está convenido entre ellos.

Derek Kettering permaneció impasible.

—¿Te das cuenta de que están en tus manos? Si eres hábil, puedes hacer de tu mujer lo que quieras.

—¡Por Dios, cállate! Cierra de una vez esa maldita boca.

Mirelle se dejó caer en el diván, soltando una carcajada. Derek cogió el sombrero y el abrigo, y salió de la habitación, cerrando de un golpe la puerta.

La bailarina se incorporó de nuevo en el diván, riéndose por dentro. No estaba descontenta con su obra.

Capítulo 7
Cartas

«Mistress Harfield saluda a Miss Grey y desea explicarle que, en las actuales circunstancias, Miss Grey no está...» Mistress Harfield, que hasta esa frase había escrito con fluidez, se detuvo ante la dificultad que sentía, como otras muchas personas, al querer expresarse en tercera persona.

Tras un instante de duda, Mistress Harfield rasgó la carta y cogió otra hoja de papel.

> *Querida Miss Grey:*
>
> *Aunque aprecio debidamente lo bien que cumplió usted sus deberes con mi prima Emma, cuyo reciente fallecimiento ha sido un terrible golpe para nosotros, no puedo por menos...*

De nuevo se detuvo, y la carta fue a reunirse con las otras en el cesto de los papeles. Después de otros dos fracasos más, logró por fin escribir una que la satisfizo. La cerró con cuidado, le puso el sello y escribió la dirección: Miss Katherine Grey... Little Crampton, St. Mary Mead, Kent.

A la mañana siguiente, aquella carta reposaba en la bandeja de Miss Grey, junto con otra comunicación mucho más importante, encerrada en un gran sobre azul.

Katherine Grey abrió primero la carta de Mistress Harfield, que contenía lo siguiente:

Querida Miss Grey:

Mi marido y yo deseamos darle las gracias por los servicios que prestó usted a nuestra pobre prima Emma. Su muerte ha sido para nosotros un golpe terrible, aunque ya sabíamos que desde hacía tiempo no gozaba de todas sus facultades mentales. Tengo entendido que su testamento ha sido muy extravagante, por lo cual no puede tener validez ante ningún tribunal. No me cabe la menor duda de que usted, con su peculiar buen sentido, sabrá hacerse cargo de ello, y si eso se puede arreglar amistosamente, sería mucho mejor, como dice mi esposo, que recurrir a los tribunales. Por nuestra parte, nos complaceremos en recomendarla a usted para que ocupe un empleo similar al que desempeñaba en casa de mi prima.

Esperando que se dignará aceptar de nosotros un obsequio en testimonio de nuestro agradecimiento, la saluda atentamente,

Mary Anne Harfield

Katherine Grey leyó la carta, sonrió y la volvió a leer. Cuando la dejó, después de leerla por segunda vez, su rostro estaba sonriente. Luego, cogió la otra, y cuando la hubo leído, la puso sobre la mesa, frente a ella. Ya no sonreía. Hubiese sido difícil descubrir qué sensaciones se ocultaban detrás de su apacible mirada.

Katherine Grey tenía treinta y tres años. Pertenecía a una distinguida familia, pero su padre perdió toda su fortuna, y ella se vio obligada desde muy joven a ganarse la vida trabajando. Veintitrés años tenía cuando entró al servicio de la anciana Mistress Harfield como dama de compañía. Todo el mundo sabía lo difícil que era tratar con Mistress Harfield. Las damas de compañía se sucedían sin interrupción. Llegaban a la casa llenas de esperanza, y salían de ella deshechas en llanto. Pero desde el momento en que Katherine Grey puso los pies en Little Crampton reinó allí, durante diez años, la paz más completa. Nadie se explicaba cómo había podido ocurrir aquello. Los encantadores de serpientes lo son de nacimiento, y Katherine Grey había venido a la vida con el don de domesticar viejas gruñonas, perros y chiquillos, cosa que hacía sin la menor dificultad.

A los veintitrés años era una muchacha tranquila de hermosos ojos grises. A los treinta y tres seguía siendo una serena mujer con los mismos ojos grises, que miraban la vida con una especie de feliz e inalterable serenidad. Además, había nacido con un gran sentido del humor, que todavía conservaba.

Al sentarse a la mesa para desayunar, estaba pensativa, y su mirada parecía perderse en algún punto lejano. En aquel momento sonó el timbre de la puerta. Poco después la criada entró anunciando sin aliento:

—El doctor Harrison.

El fornido doctor, hombre de mediana edad, entró diciendo:

—Buenos días, Miss Grey.

—Buenos días, doctor.

—Vengo a verla —empezó el doctor— porque quiero saber si ha oído hablar de una de las primas de la difunta Mistress Harfield, esposa de un tal Samuel Harfield, mujer que, según tengo entendido, es un verdadero veneno.

Sin pronunciar ni una palabra, Katherine le tendió la carta de Mistress Harfield. Con la sonrisa en los labios, observó al doctor mientras leía. Él, con las cejas fruncidas, lanzaba a cada momento gruñidos de desaprobación. Al terminar la lectura tiró el papel sobre la mesa.

—¡Es una verdadera iniquidad! —gritó—. Pero no se preocupe. Esa gente habla por hablar. Mistress Harfield era tan sensata como usted y como yo. Nadie puede demostrar lo contrario. Ellos saben muy bien que no les tocará ni un céntimo de la herencia. La amenaza de llevarla a usted ante los tribunales es pura palabrería para asustarla; por eso tratan de doblegarla por las buenas. Escúcheme bien, muchacha: no se deje vencer por sus obsequios. Créame a mí y no se deje dominar por escrúpulos tontos.

—Ni por un momento se me ha pasado por la cabeza semejante cosa —dijo Katherine—. Todos ellos son parientes lejanos del marido de Mistress Harfield, que nunca se preocuparon de ella en vida.

—Es usted una mujer sensata —dijo el doctor—. Sé mejor que nadie la dura vida que ha llevado durante los últimos diez años. Por eso tiene perfecto derecho a disfrutar del capital de la anciana, sea el que fuere.

Katherine sonrió pensativamente.

—Sea el que fuere —repitió—. ¿Tiene usted alguna idea acerca de a cuánto puede ascender ese capital?

—Supongo que, más o menos, unas quinientas libras de renta al año.

Katherine movió afirmativamente la cabeza.

—Eso mismo me figuraba. Ahora, lea usted esta otra carta.

Y le tendió la que había llegado en el sobre azul. Al leerla el doctor lanzó un grito de asombro:

—¡Imposible! ¡Imposible!

—Era una de las primeras accionistas de Mortaulds. Desde hace cuarenta años venía cobrando una renta anual que oscilaba entre las ocho y las diez mil libras, y estoy segura de que nunca gastó más allá de cuatrocientas al año. Era terriblemente ahorradora, por lo que yo supuse que tenía que contar cada penique que gastaba.

—Entonces, todo ese tiempo se habrán ido acumulando los intereses, que habrán rendido beneficios a su vez. ¡Ah, querida, va a ser usted riquísima!

Miss Grey dijo:

—Sí —respondió—, lo soy.

Hablaba con la misma sencillez que si se tratase de otra persona.

—Bueno —añadió el doctor, disponiéndose a marchar—. La felicito de todo corazón, y en cuanto a la odiosa carta de la esposa de Samuel Harfield, no se preocupe, créame.

—En realidad, no es odiosa —dijo Miss Grey—. En estas circunstancias, me parece una cosa muy natural.

—A veces me preocupa usted mucho —siguió el doctor.

—¿Por qué?

—Por todas las cosas que usted encuentra perfectamente naturales.

Katherine se echó a reír.

Ya en su casa, durante la comida el doctor Harrison refirió las buenas noticias a su mujer, quien se puso muy contenta.

—Una mujer muy simpática, esa vieja Mistress Harfield —afirmó—. ¡Y pensar que tenía todo ese dinero...! Pero, en fin, me alegro de que se lo haya dejado a Katherine Grey. Esa muchacha es una santa.

El doctor hizo un gesto.

—Yo siempre me he imaginado a los santos de otra manera. Katherine Grey es demasiado humana para ser una santa.

—Es una santa humorista —repuso su mujer, guiñando un ojo—. Además, supongo que te habrás fijado en que es muy guapa.

—¿Quién? ¿Katherine Grey? —El doctor estaba realmente sorprendido—. Sí..., tiene unos ojos muy bonitos.

—Por lo visto, eres ciego como un topo —protestó enfadada su mujer—. A Katherine lo único que le hace falta son vestidos adecuados.

—¿Vestidos? ¿Qué tienen sus vestidos? ¡Si siempre va la mar de elegante!

Mistress Harrison lanzó una mirada de exasperación a su marido, que se disponía a visitar a sus enfermos.

—Podrías ir tú a verla, Polly —dijo este.

—Sí, iré enseguida —se apresuró a contestar la señora.

Y a las tres estaba ya en casa de Katherine.

—No sabe usted, querida, lo contenta que estoy —dijo al estrecharle la mano—. Todos los del pueblo se alegrarán también muchísimo.

—¡No sabe lo que le agradezco su visita! —exclamó Katherine—. Tenía ganas de verla para preguntarle cómo está Johnnie.

—¡Oh! Johnnie. Pues verá usted...

Johnnie era el hijo menor de Mistress Harrison, y esta comenzó a referir una larga historia acerca de las amígdalas y vegetaciones de su retoño. Katherine escuchaba con simpatía. La costumbre no muere con facilidad, y escuchar a los demás había sido su ocupación durante diez años.

—¿Le he contado alguna vez lo de aquel baile en Portsmouth, en el que lord Charles admiró tanto mi vestido?

La joven contestó amablemente:

—Es posible, aunque ya no me acuerdo. ¿Quiere usted contármelo?

La anciana señora empezó su relato, que se interrumpía a cada paso con numerosos incisos. De vez en cuando, al hacer la anciana una pausa, Katherine asentía maquinalmente, pues sus pensamientos estaban muy lejos de allí.

Después de media hora de charla, la esposa del médico se detuvo.

—¡Por Dios! —exclamó—. Perdóneme usted, Katherine, no he hecho más que hablar de mí, cuando he venido solo dispuesta a interesarme por sus planes.

—Todavía no tengo ninguno.

—¡Supongo que no irá usted a quedarse aquí!

Katherine sonrió ante el tono de horror con que pronunció aquellas palabras su vieja amiga.

—No, pienso viajar. Conozco muy poco mundo.

—Es verdad. Además, durante estos años habrá pasado muy malos ratos.

—No lo crea, me he divertido bastante. —Mistress Harrison la miró asombrada—. Le extraña que diga esto,

¿verdad? En realidad, yo no he tenido distracciones materiales...

—Claro que no. —La esposa del médico suspiró, recordando que Katherine había tenido muy pocas veces lo que se llamaba un día de fiesta.

Katherine siguió:

—Pero, por otra parte, el estar atada a un trabajo proporciona una ilimitada independencia mental. Se puede pensar con libertad. ¡Oh! Y he tenido unas fiestas mentales deliciosas.

La digna señora movió dubitativamente la cabeza.

—Eso sí que no lo entiendo —dijo.

—¡Ah! Ya lo comprendería usted si hubiese estado en mi lugar. De todas maneras, sí, desearía cambiar de ambiente. Quiero..., bueno, querría que me sucediese algo, aunque no a mí precisamente. Me gustaría vivir momentos emocionantes, aunque solo fuese como espectadora. Aquí, en St. Mary Mead, nunca ocurre nada.

—No, realmente nunca pasa nada —afirmó Mistress Harrison con vehemencia.

—Primero iré a Londres, pues he de visitar a los notarios. Luego, me iré al extranjero.

—¡Estupendo!

—Pero, claro, ante todo...

—¿Qué?

—Habré de comprarme algo de ropa.

—¡Eso es justo lo que le decía yo esta mañana a Arthur! —exclamó vehemente la esposa del doctor—. Si usted se lo propusiese, Katherine, sería una mujer muy hermosa.

Miss Grey se rio de la ocurrencia.

—No creo que nadie sea capaz de convertirme en una

belleza —dijo con sinceridad—. Pero, eso sí, me gustaría tener algunos vestidos bonitos.

Mistress Harrison la miró con malicia.

—Eso será para usted una verdadera novedad —dijo.

Días después, Katherine fue a despedirse de la anciana Miss Viner, quien tenía dos años más que Mistress Harfield y estaba muy orgullosa de haber sobrevivido a su difunta amiga.

—Nunca hubiese creído usted que yo sobreviviría a Jane Harfield, ¿verdad? —preguntó triunfalmente a Katherine—. Las dos fuimos juntas al colegio, y ya ve, ella se ha ido y yo todavía estoy en el mundo. ¡Quién había de decirlo!

—Pero es que usted siempre ha comido pan negro en la cena —respondió maquinalmente Miss Grey.

—Me alegro de que me recuerde usted ese detalle. Si Jane Harfield hubiese tomado una rebanadita de pan negro cada noche y un pequeño estimulante en las comidas, todavía hoy se encontraría entre nosotros.

La anciana hizo una pausa mientras movía con gesto victorioso la cabeza; luego añadió como si la asaltase un súbito recuerdo:

—De manera que usted ha heredado un montón de dinero, ¿verdad? Bien, bien..., vaya usted con mucho cuidado al gastarlo. ¿Y ahora va a Londres a divertirse? No se le ocurra creer que podrá casarse; usted no es el tipo de mujer que entusiasma a los hombres. Además, es ya demasiado mayorcita. ¿Cuántos años tiene usted, Miss Grey?

—Treinta y tres —contestó Katherine.

—No son muchos —dijo Miss Viner—, pero, de todos modos, ha perdido ya lozanía.

—Creo que tiene usted razón —afirmó Miss Grey.

—En cualquier caso, es usted una muchacha muy simpática —repuso amablemente Miss Viner—. Y estoy segura de que más de un hombre la preferiría en lugar de una de esas chicas que lo único que saben hacer es enseñar las piernas hasta la rodilla y algo más de lo que Dios les dio para que lo ocultasen. Bueno, adiós, hija mía, deseo que se divierta usted mucho, pero recuerde que en esta vida las cosas no son tan bonitas como parecen a primera vista.

Reconfortada con estos consejos, Katherine salió de casa de Miss Viner.

Al dejar el pueblo, medio vecindario fue a la estación a despedirla. Entre la multitud estaba también Alice, la criada que había servido a las órdenes de Katherine, a quien entregó, con el rostro lleno de lágrimas, un ramo de flores.

—¡Hay muy pocas personas como ella! —afirmó al alejarse el tren—. Cuando Charlie me abandonó por aquella muchacha de granja, nadie se hubiera portado conmigo tan bondadosamente como lo hizo Miss Grey. Aunque era muy severa con la limpieza, cuando una se había deshecho las manos fregando, sabía apreciarlo. Yo me dejaría hacer pedacitos por ella. Es una verdadera señora, sí, una verdadera señora.

Y así salió Katherine Grey de St. Mary Mead.

Capítulo 8

Lady Tamplin escribe una carta

—¡Fantástico! —exclamó lady Tamplin—. ¡Fantástico!

Dejó caer el *Daily Mail* y miró hacia las azules aguas del Mediterráneo. Una rama de dorada mimosa se inclinaba sobre su cabeza, formando el conjunto del ambiente un cuadro encantador. Lady Tamplin era una mujer de cabellos de oro y ojos azules. Cubría su cuerpo un elegantísimo salto de cama. Que el oro de su cabellera y lo rosado de su cutis eran artificiales se advertía enseguida, pero en cambio el azul de sus ojos era un precioso regalo de la naturaleza. Lady Tamplin podía considerarse, a los cuarenta y cuatro años, una verdadera belleza todavía.

A pesar de ser tan encantadora, lady Tamplin no pensaba en ella en aquel momento, mejor dicho, no pensaba en lo hermosa que estaba. Esto parecía extraño, pero algo más serio ocupaba sus pensamientos.

Lady Tamplin era conocidísima en la Riviera, y las fiestas que daba en su villa Marguerite tenían fama en toda la Costa Azul. Era una mujer de gran experiencia que se había casado cuatro veces. El primer matrimonio fue una verdadera equivocación; por eso la hermosa dama nunca se refería a él. Menos mal que el marido tuvo la buena ocurrencia de morirse inmediatamente, y ella se casó con un rico fabricante de botones. Este también se marchó a otro mundo mejor, a los tres años de matrimonio, después de una noche de juerga con varios amigos. Más tarde llegó el conde de Tamplin, que llevó a Rosalie a las altas esferas sociales en que ella deseaba reinar. Al casarse por cuarta vez, conservó el título de lady Tamplin. El cuarto matrimonio fue por puro capricho. Charles Evans era un apuesto joven de veintisiete años, de simpáticos modales, gran amante del deporte, que sabía apreciar debidamente cuanto había de grato en la vida, pero que no poseía ni un solo céntimo. Lady Tamplin se sentía muy satisfecha, aunque a veces tenía serias preocupaciones por culpa del dinero. El fabricante de botones había legado a su viuda una importante suma, pero, como decía lady Tamplin, «entre unas cosas y otras»... (Una de las cosas era la depreciación que sufrieron los valores después de la guerra y la otra las extravagancias del fallecido Tamplin.) Todavía vivía de forma bastante cómoda, aunque esto era muy poca cosa para una mujer del ambicioso temperamento de Rosalie de Tamplin.

Por eso aquella mañana de enero abrió mucho los ojos al leer cierta gacetilla del periódico y lanzó aquella exclamación. En la terraza la acompañaba únicamente su hija, la honorable Lenox Tamplin. Una hija como Lenox era una verdadera espina clavada en el corazón de lady Tamplin. Una muchacha que no poseía el menor tacto social, que parecía más vieja que su madre y cuyo sarcástico humor era, como decía esta, desesperante.

—Querida —dijo lady Tamplin—, fíjate en esto.

—¿De qué se trata?

Lady Tamplin tendió el *Daily Mail* a su hija y le indicó, con un dedo tembloroso de emoción, el interesante artículo.

Lenox lo leyó sin ninguna de las muestras de emoción que revelaba su madre. Al terminar la lectura se lo devolvió diciendo:

—¿Y qué? Lo que dice esta gaceta es una cosa que ocurre con frecuencia. Viejas avaras que, al morir, dejan toda su fortuna a sus humildes damas de compañía.

—Sí, querida, ya lo sé —concedió la madre—, y estoy también segura de que la fortuna no es tan importante como dicen; los periodistas exageran siempre. De todos modos, aunque solo fuese la mitad... En fin, lo cierto es que no nos la ha dejado a nosotros, pero da la casualidad de que esa muchacha, esa Katherine Grey, es prima mía. Una de los Grey de Worcestershire, de la rama de los Edgeworth. Por lo tanto, prima mía.

—¡Ah! ¡Ah! —exclamó Lenox.

—Y me pregunto...

—Lo que nos puede corresponder a nosotros —terminó Lenox, con aquella enigmática sonrisa que su madre nunca comprendía.

—¡Hija! —dijo lady Tamplin en tono de reproche.

Su voz era lánguida, porque Rosalie de Tamplin ya estaba acostumbrada a las salidas de su hija, a lo que ella llamaba la desagradable manera de decir las cosas de Lenox.

—Me pregunto... —siguió lady Tamplin arqueando sus cejas artísticamente dibujadas— si... —Se detuvo al ver que un joven se le acercaba—. ¡Oh! Buenos días, Chubby... ¡Qué elegante! ¿Vas a jugar al tenis?

Chubby le sonrió con amabilidad y, por pura educación, le dirigió una galantería.

—¡Qué guapa estás con ese *deshabillé*! —Y, sin añadir una sola palabra más, se dirigió hacia las pistas.

—¡Qué simpático es! —exclamó lady Tamplin mirando cariñosamente a su marido. Y añadió dirigiendo de nuevo su pensamiento hacia los negocios—: ¿De qué estaba hablando? ¡Ah!, sí. Me pregunto...

—¡Por Dios!, di ya lo que te preguntas, porque es la tercera vez que repites esta frase.

—Pues verás, estaba pensando en escribir a mi querida Katherine, invitándola a que venga a visitarnos. Seguramente querrá alternar con la alta sociedad, y sería muy agradable para ella que la presentara su propia familia. Una ventaja para ella y a la vez para nosotros.

—¿Cuánto crees que podrás sacarle? —preguntó Lenox.

Su madre la miró disgustada y dijo:

—Quizá lleguemos a un acuerdo financiero. Porque lo cierto es que, entre unas cosas y otras, la guerra, tu pobre padre...

—Y ahora Chubby —añadió Lenox—. Ese es un lujo que te cuesta muy caro.

—Creo recordar que Katherine era una muchacha muy simpática —murmuró lady Tamplin, firme en su idea—. Una muchacha muy tranquila, muy educada, que no es ninguna belleza ni una cazadora de hombres.

—Así no te quitará a Chubby, ¿verdad?

Lady Tamplin la miró con disgusto.

—Chubby nunca osaría... —empezó.

—Claro que no —afirmó Lenox—, sabe demasiado bien dónde está su comedero.

—Hija —dijo su madre—, tienes una manera muy grosera de decir las cosas.

—¡Perdóname! —exclamó Lenox.

Lady Tamplin recogió el *Daily Mail*, su bolso y varias cartas.

—Voy a escribir enseguida a mi pequeña Katherine, recordándole los hermosos días pasados allí en Edgeworth. —Y entró en la casa, un tanto inquieta, con los ojos brillantes.

Al contrario que Mistress Harfield, las palabras brotaban fluidamente de la pluma de lady Tamplin. Llenó cuatro hojas de papel sin el menor esfuerzo y cuando las releyó no tuvo que añadir ni quitar ni una coma.

Katherine recibió esa carta la misma mañana en que llegó a Londres. Si supo o no leer entre líneas es algo que se ignora. Después de leerla con atención, la metió en su bolso y se dirigió a las oficinas de los notarios de Mistress Harfield.

La notaría era una de las más antiguas de Londres y estaba instalada en Lincoln's Inn Fields. Tras unos minutos de espera, Katherine fue recibida por el socio más viejo, un anciano caballero de brillantes ojos azules y paternales maneras. Durante un rato se ocuparon del testamento de Mistress Harfield; luego Katherine tendió al notario la carta que había recibido de los parientes de la difunta.

—Creo que debo enseñarle esta carta —dijo—, aunque a mí me parece sumamente ridícula.

El notario la leyó y una burlona sonrisa apareció en sus labios.

—Esto es una buena maniobra, Miss Grey; creo que no será necesario que le diga a usted que esa gente no tiene el menor derecho a la herencia, y si intentasen, como insinúan, anular el testamento, ningún tribunal los atendería.

—Ya me lo figuraba yo.

—Hay personas que carecen en absoluto de inteligencia. Yo, en el caso de la esposa de Mister Harfield, hubiese procurado ante todo apelar a su generosidad.

—Precisamente esta es una de las cosas respecto a las cuales quería hablar con usted, porque yo quisiera dar algo a esa gente; sí, cierta cantidad.

—No tiene usted ninguna obligación.

—Ya lo sé.

—Además, no lo tomarían por generosidad; más bien creerían que trata usted de comprar su silencio, aunque no es fácil que se lo rechacen.

—Ya lo sé, pero ¿qué quiere usted que haga?

—Yo le aconsejaría que desechase usted esa idea.

Katherine movió la cabeza.

—Sé que tiene usted razón, pero de todos modos me gustaría hacerlo.

—Cogerán el dinero sin que por eso dejen de hablar mal de usted.

—Bueno —repuso Katherine—, que hablen si quieren. Cada uno es como Dios le ha hecho. Después de todo, son los únicos parientes de Mistress Harfield. Aunque nunca se preocuparon de ella en vida, me sabe mal de veras que no reciban nada de lo que ella poseía.

Por fin logró convencer al notario y, poco después, iba por las calles de Londres con la tranquilizadora seguridad de que podía gastar cuanto le viniese en gana y forjar los más fantásticos planes para el futuro. Lo primero que hizo fue visitar a una famosa modista.

La recibió una esbelta francesa, que más que modista parecía una gran duquesa de leyenda. Katherine le dijo con cierta *naïveté*:

—Vengo a ponerme en sus manos. Toda mi vida he sido pobre, por lo que no entiendo ni una palabra de vestidos ni de modas, pero he heredado bastante dinero y quisiera ir bien vestida.

La francesa estaba encantada. Tenía temperamento de artista y aquella mañana había recibido a una voluminosa señora, esposa de un ganadero, que puso a prueba su temperamento y su paciencia con sus gustos, más propios de una colegiala que de una mujer de su edad.

Después de escucharla, miró atentamente a Katherine y respondió:

—Haré lo que usted desea con mucho gusto, mademoiselle. Tiene usted una esbelta figura, una figura *très anglaise*. Hay gente que se ofendería al decirle esto, pero mademoiselle no es de esa clase; en realidad, no hay tipo más elegante que el de una *belle anglaise*.

Y dejando sus modales de duquesa de leyenda, la modista se dirigió a las modelos.

—¡Clothilde, Virginie, deprisa! Enseguida, el *tailleur gris bleu* y *la robe de soirée Soupir d'Automne*. ¡Marcelle, chiquilla, vamos!, enseña el traje color mimosa de crespón de China.

Era una mañana deliciosa. Marcelle, Clothilde y Virginie, malhumoradas, desfilaron lentamente ante la clienta con las actitudes habituales de las modelos. La «duquesa», detrás de Katherine, iba anotando los encargos en su libreta.

—Es una elección acertadísima. Mademoiselle tiene mucho gusto. Sí, desde luego, mademoiselle no podría escoger mejor. Supongo que mademoiselle irá este invierno a la Riviera.

—¿Quiere usted enseñarme otra vez aquel vestido de noche? —pidió Katherine—, el de color malva.

Virginie reapareció girando ante ella majestuosa.

—Es el que más me gusta —dijo Katherine, mientras contemplaba el elegante vestido combinado en malva, gris y azul—. ¿Cómo ha dicho usted que se llama?

—*Soupir d'Automne.* Este vestido sentará maravillosamente a la señorita.

¿Qué había en aquellas palabras que llenaron de tristeza el alma de Katherine?

Otoño, sí, para ella había llegado el otoño. ¡Para ella, que nada conocía de la primavera ni del verano y que por desgraciada ya nunca los conocería! Era algo perdido que le sería imposible encontrar de nuevo. Los años de servidumbre en St. Mary Mead se habían llevado lo mejor de su vida.

—Pero qué estúpida soy —afirmó Katherine—. ¿Qué es lo que deseo? ¡Cómo! ¿Es posible que hace un mes estuviera más contenta que ahora?

Sacó del bolso la carta que había recibido aquella mañana de lady Tamplin. Katherine no era tonta y comprendió a la perfección las *nuances* de la carta y el verdadero motivo del repentino cariño que se había despertado en lady Tamplin por aquella prima tan largo tiempo olvidada. Era en beneficio propio, no por simpatía o cariño, por lo que lady Tamplin ansiaba la compañía de su prima. Bueno, ¿y qué?, se ayudarían la una a la otra.

—Sí, iré —dijo resueltamente Katherine.

Como en aquel momento llegaba a Piccadilly, se dirigió a las oficinas de la agencia Cook para disponer el viaje. Tuvo que esperar un rato. El hombre que estaba hablando con el empleado se dirigía también a la Riviera. Por lo visto, todo el mundo iba a la Riviera. Bien, por primera vez en su vida, ella haría lo mismo que todo el mundo.

El caballero que la precedía acabó y ella ocupó de inmediato su lugar ante la ventanilla. Expuso sus deseos al empleado de forma maquinal, porque su pensamiento estaba muy lejos de allí, centrado en algo muy distinto. El rostro del hombre que la había precedido le era vagamente familiar. ¿Dónde le había visto antes? De súbito recordó que le había encontrado aquella misma mañana en el corredor del Savoy, donde se tropezaron. ¡Qué extraña coincidencia, encontrarlo dos veces en el mismo día! Miró hacia la salida. El hombre aquel estaba en la puerta, observándola. Katherine sintió un escalofrío y, sin comprender el motivo, presintió algo trágico. Apartó de su mente tan desagradable impresión y dedicó toda su atención a lo que le decía el empleado.

Capítulo 9

Un ofrecimiento rechazado

Poquísimas veces se dejaba dominar Derek Kettering por el malhumor. Despreocupado por temperamento, siempre le gustaba que las cosas se solucionaran por sí mismas. En cuanto salió del apartamento de Mirelle, su cólera se apagó. Necesitaba de toda su serenidad, pues la situación en que se encontraba era la peor de cuantas había atravesado. Su camino estaba lleno de obstáculos que no sabía cómo salvar.

Con las cejas fruncidas, enfrascado en sus pensamientos, empezó a caminar. Había desaparecido de su rostro la tranquila expresión que le caracterizaba. Por su mente desfilaban infinidad de ideas; imaginaba distintos modos de salir del atolladero en que se hallaba metido, sin decidirse por ninguno de ellos. A grandes males, grandes remedios. Su suegro tenía razón. Declarada la guerra entre Derek Kettering y Rufus Van Aldin, por supuesto, Derek Kettering sería el vencido; por eso maldecía el dinero y el poder que este proporcionaba.

Pasó por St. James Street, cruce con Piccadilly, y torció en dirección a Piccadilly Circus. Al llegar a las oficinas de Thomas Cook & Sons, aminoró el paso. Iba muy preocupado y pasó de largo. Al fin, hizo un movimiento de cabeza y se decidió. Rápidamente dio media vuelta (tan rápidamente que tropezó con un grupo de personas que iban detrás de él) y empezó a desandar lo andado; pero esta vez ya no pasó de largo ante las oficinas de Cook, sino que entró en ellas. El local estaba lleno y tuvo que esperar su turno.

—Quisiera ir a Niza la próxima semana —dijo al fin al empleado cuando le tocó la vez—. ¿Podría usted informarme respecto al viaje?

—¿Qué día desea usted salir?

—El catorce. ¿Qué tren es el mejor?

—Desde luego, el mejor es el llamado tren azul. Tomando ese tren se evita usted las molestias de la aduana de Calais.

Derek asintió; conocía aquello a la perfección.

—El catorce —murmuró el vendedor— es un poco precipitado; casi todos los billetes del tren azul están agotados ya.

—Entérese usted de si queda alguna litera —dijo Derek—. Si no... —Dejó la frase sin terminar y en su rostro apareció una extraña sonrisa.

El empleado se retiró para regresar unos minutos después.

—Está bien, señor, todavía quedan tres literas. Le reservaré una. ¿Quiere hacer el favor de darme su nombre?

—Pavett —contestó Derek, y dio la dirección de su piso en Jermyn Street.

El empleado anotó el nombre y la dirección, saludó cortésmente a Derek y enseguida dirigió su atención a otro cliente.

—Deseo ir a Niza el día catorce. ¿No hay un tren llamado tren azul?

Derek se volvió. ¡Qué coincidencia tan extraña! Recordó las palabras que había pronunciado en casa de Mirelle respecto a aquella mujer de bellos ojos grises a quien no creyó que volviese a ver nunca más. Y no solo la había vuelto a ver, sino que iban a viajar en el mismo tren y hacia el mismo destino.

Un estremecimiento recorrió su cuerpo; era un hombre algo supersticioso. Recordó haber dicho, medio riendo, que aquella mujer le traería mala suerte. ¿Y si fuese verdad? Desde la puerta estuvo observándola mientras ella hablaba con el empleado. Una vez más no le había fallado su primera impresión. Era una señora, una señora en toda la extensión de la palabra. Ni muy joven, ni muy hermosa, con unos ojos grises que parecían ver más de lo acostumbrado. Al salir a la calle se dio cuenta de que aquella mujer, sin saber por qué, le asustaba. Presentía algo fatal.

Ya en su casa de Jermyn Street, llamó a su criado y le dijo:

—Toma este cheque, Pavett, y mañana por la mañana, a primera hora, ve a cobrarlo. Luego pásate por las oficinas de Cook, en Piccadilly, para recoger unos billetes de ferrocarriles extendidos a tu nombre; págalos y tráelos.

—Muy bien, señor.

Pavett se retiró dispuesto a cumplir aquellas órdenes.

Derek se acercó entonces a una mesita y cogió un puñado de cartas. Todas se parecían. Facturas pequeñas y grandes que reclamaban su inmediato pago. El tono de la demanda era todavía cortés, pero Derek sabía lo pronto que variaría aquel tono si cierta noticia se hiciese pública. Se dejó caer pesadamente sobre un sillón. Tenía un verdadero problema. La manera de salir de él no parecía nada fácil.

Pavett entró de nuevo, tosiendo con discreción.

—Señor, un caballero desea hablar con usted. Es el comandante Knighton.

—¿Knighton?

Derek se puso en pie, murmurando:

—¡Knighton! ¿Qué diablos le traerá por aquí?

—¿Le hago pasar, señor?

Derek asintió, y cuando Knighton entró en la habitación se encontró con un Derek amable y sonriente.

—¡Cuánto le agradezco su visita, comandante Knighton! —dijo Kettering.

Knighton estaba nervioso.

La aguda mirada de Derek descubrió enseguida aquel nerviosismo. El motivo de la visita de Knighton era, sin duda, desagradable para él. Contestó maquinalmente a los saludos de Derek y su turbación parecía ir en aumento. Rechazó el whisky con soda que le ofreció el dueño de la casa, y este al fin, compadecido del malestar de su visitante, le preguntó:

—Bueno, ¿qué es lo que quiere de mí mi querido suegro? Supongo que viene usted por encargo suyo, ¿verdad?

El rostro de Knighton permaneció más serio que nunca.

—Sí —dijo despacio—, vengo de su parte, aunque habría preferido que Mister Van Aldin hubiese escogido a otro para este cometido.

—¿Tan terrible es lo que tiene usted que decirme? Le aseguro que tengo una epidermis muy dura.

—Pues... —Knighton se detuvo.

Kettering le miró con frialdad.

—Vamos, dígalo —indicó amablemente—. Ya me figuro que los encargos de mi suegro no siempre son agradables.

El comandante tosió y empezó a hablar como si quisiera disimular su azoramiento.

—Vengo de parte de Mister Van Aldin para hacerle a usted una proposición.

—¿Una proposición?

Derek no pudo ocultar su asombro. Las palabras de Knighton no eran precisamente las que él esperaba. Ofreció a su visitante un cigarrillo mientras se recostaba en su sillón y murmuraba con ironía:

—¿Una proposición? Eso parece interesante.

—¿Puedo continuar?

—¡Ya lo creo! Siga usted. Perdone mi sorpresa, pero me parece que mi suegro no tiene tanto orgullo como he interpretado durante nuestra entrevista de esta mañana, y tal cambio de parecer no es muy propio de un Napoleón de los negocios. Sin duda, ya no debe de parecerle tan fácil hundirme.

Knighton escuchó cortésmente a Derek. Cuando este hubo terminado, dijo:

—Deseo exponerle el ofrecimiento con el menor número de palabras posibles.

—Hágalo de una vez.

El comandante apartó la mirada del joven y añadió despacio:

—Se trata solo de esto: su esposa, como usted sabe, está a punto de pedir el divorcio; si usted no pone ninguna traba, recibirá cien mil libras el día en que se dicte la sentencia.

Derek, que se disponía a encender un cigarrillo, se detuvo.

—¡Cien mil libras! —repitió.

Durante unos minutos reinó un profundo silencio. Kettering reflexionaba. Para él, cien mil libras significaban poder seguir con Mirelle y continuar su despreocupada vida de siempre. Aquella sabrosa oferta quería decir que Van Aldin sabía algo, porque no era un hombre que gastara estúpidamente su dinero. Se puso en pie y se acercó a la chimenea.

—¿Y si rechazara ese espléndido y tentador ofrecimiento?

Knighton hizo un gesto de excusa.

—Le aseguro a usted, Mister Kettering —señaló—, que he cumplido este encargo muy a mi pesar.

—Lo creo —asintió Derek—. Le ruego que no se torture, porque no es culpa suya. ¿Quiere usted ahora hacerme el favor de contestar a mi pregunta?

El comandante se puso también en pie; parecía más turbado que antes.

—En el caso de que usted rechazara la oferta —dijo—, Mister Van Aldin me ha dicho estas mismas palabras: «Le aplastaré».

Derek arqueó las cejas y contestó con su tono humorístico:

—Bien, bien. Supongo que podrá hacerlo, sé que es imposible luchar contra los millones de ese hombre. ¡Cien mil libras! Cuando se quiere comprar a un hombre, no hay que mirar el precio. Supongamos que yo le dijera a usted que por doscientas mil libras estoy dispuesto a hacer lo que él me pide.

—Pues yo se lo diría a Mister Van Aldin —contestó con frialdad Knighton—. ¿Esa es su respuesta?

—No —repuso Derek—, no es esa. Dígale usted a mi

suegro que sus millones y él pueden irse al infierno. ¿Me comprende?

—Perfectamente —respondió Knighton. Dudó un momento y al fin añadió, enrojeciendo—: ¿Me permitirá usted, Mister Kettering, que le felicite por esa contestación?

Derek no contestó. Cuando Knighton hubo salido, permaneció pensativo durante unos minutos. En sus labios brillaba una extraña sonrisa.

—La suerte está echada —dijo lentamente.

Capítulo 10

En el tren azul

—¡Papá!

Mistress Kettering se estremeció. Aquella mañana tenía los nervios deshechos. Elegantemente vestida con un largo abrigo de pieles y un sombrero rojo, se paseaba por el concurrido andén de Victoria Station, sumida en sus pensamientos. La súbita aparición de su padre, que iba a despedirla, produjo un inesperado efecto en ella.

—¡Oh, Ruth, pareces asustada!

—Debe de ser porque no esperaba que vinieses. Como al despedirte de mí, ayer por la noche, dijiste que esta mañana tenías que asistir a una conferencia...

—Sí, es verdad, pero tú eres para mí más importante que todas las conferencias del mundo. Y ya que durante muchos días no te veré, he venido a despedirme de ti.

—Eres muy bueno, papá. ¡Cómo me gustaría que vinieses conmigo!

—¿Qué te parecería si te acompañase?

Era una broma. Van Aldin se extrañó al ver que su hija enrojecía de pronto, y creyó notar en su mirada algo de miedo.

—Creí que lo decías en serio —contestó Ruth, riendo nerviosamente.

—¿Te hubiese gustado?

—¡Claro que sí, papá, qué preguntas haces!

—Bueno —dijo Van Aldin—, me alegro.

—No estaremos separados mucho tiempo, papá —siguió Ruth—. Tú vendrás a reunirte conmigo el mes que viene.

—Me están dando ganas de ir a ver a un médico para que me recomiende un cambio de aires con mucho sol.

—¡No seas impaciente! —exclamó Ruth—. El mes que viene. La Riviera será mucho más agradable que ahora. Además, hay un sinfín de cosas que no puedes abandonar.

—Tienes razón —accedió Van Aldin. Y, cambiando de tema, indicó—: Sería mejor que subieses al tren. ¿Dónde está tu compartimento?

Ruth miró distraída hacia el tren. Ante la puerta de uno de los coches aguardaba una mujer alta y delgada, enteramente vestida de negro. Era la doncella de Ruth. Al acercarse su señora se apartó a un lado y dijo:

—He colocado su neceser debajo del asiento, por si lo necesita usted. ¿Desea la señora que le traiga la manta de viaje?

—No, no es necesario; es mejor que se vaya usted a buscar su asiento, Ada.

—Bien, señora.

La camarera se retiró.

Van Aldin entró en el coche con Ruth. Buscaron su compartimento y el millonario dejó sobre una mesita varios diarios y revistas. El otro asiento estaba ocupado, y el hombre dirigió una rápida mirada a su ocupante, que era una atractiva mujer de ojos grises vestida con un elegante traje de viaje. El millonario permaneció junto a su hija unos minutos más, repitiendo las palabras propias de las despedidas.

Sonó el silbato de la locomotora. Van Aldin miró su reloj.

—Tengo que irme. Adiós, hija. Y no te preocupes, que ya me encargaré yo de todo.

—¡Oh, papá!

El estadounidense se volvió enseguida. Había algo extraño en la voz de Ruth. Parecía un grito de desesperación. Hizo el ademán de acercarse a su padre, pero enseguida se dominó.

—¡Hasta el mes que viene! —se despidió alegremente. Poco después, el tren salía de la estación.

Ruth se sentó y se mordió los labios para contener las lágrimas. Una gran sensación de soledad se apoderó de ella. Hubiera querido saltar del tren y volver atrás antes de que fuese demasiado tarde. Ella, tan serena, tan dueña de sí misma, se sentía por primera vez como una hoja arrastrada por el viento. ¿Qué diría su padre si conociese... su locura? Sí, eso era, ¡una locura! Por primera vez en su vida la dominaba la pasión, hasta el punto de llegar a hacer una cosa a sabiendas de que era una imprudencia y una temeridad. Por ser hija de Van Aldin comprendía su locura y la reprobaba. Pero también era su hija en otro sentido. Tenía la misma tenacidad de su padre, y cuando decidía algo no había nada en el mundo capaz de apartarla del camino que se había trazado. Desde niña había hecho siempre su voluntad y todo había contribuido a desarrollar más y más su carácter. Bien, la suerte estaba echada y había que seguir hasta el final.

Levantó la cabeza y su mirada se encontró con la de la mujer que iba sentada frente a ella. Tuvo la impresión de que aquella mujer había adivinado sus pensamientos. En aquellos ojos grises creyó ver comprensión y piedad.

Fue solo una impresión pasajera. Ambas mujeres recobraron enseguida la expresión indiferente de las personas bien educadas. Mistress Kettering cogió una revista y Katherine se dedicó a mirar por la ventanilla las casas de los suburbios.

Ruth tuvo que hacer un violento esfuerzo para fijar la atención en la revista que tenía ante sí. A su pesar, mil temores asaltaban su mente. ¡Qué loca había sido! Ella, tan fría y dueña de sí normalmente, había perdido por completo el control. Y ahora era ya demasiado tarde... ¿Era en realidad demasiado tarde? ¡Oh! Si pudiese hablar con alguien, si pudiese pedir un consejo... Nunca hasta entonces había sentido un deseo semejante.

¿Qué le sucedía? ¿Tendría miedo? Sí, eso era, miedo. Ella, Ruth Van Aldin, estaba muerta de miedo.

Miró con el rabillo del ojo a su compañera. Si tuviese una amiga tan serena y dulce como aquella aparentaba serlo, se confiaría a ella; pero no podía dirigirse a una desconocida. Ruth sonrió ante esa idea y cogió otra vez la revista. Tenía que dominarse. Después de todo, ya había reflexionado antes de tomar aquella decisión. ¿Qué felicidad había tenido ella durante su vida? ¿Por qué iba a privarse de un placer? Al fin y al cabo, nadie lo sabría.

Llegó a Dover sin darse cuenta. Ruth estaba ya acostumbrada a los viajes por mar. Como no le gustaba el frío, se dirigió enseguida al camarote que había reservado. Aunque no lo confesaba, Ruth era supersticiosa. Las coincidencias la afectaban. Cuando desembarcó en Calais y se hubo instalado con su camarera en un doble reservado del tren azul, se dirigió hacia el coche restaurante. Con sorpresa vio al otro lado de la mesita a la misma mujer que había sido su compañera de viaje hasta Dover. Un ligero gesto de sorpresa apareció en los labios de ambas.

—¡Qué coincidencia! —dijo Ruth.

—Sí, realmente muy pocas veces ocurre una cosa así —repuso Katherine.

Un camarero, con la destreza peculiar de los empleados de la Wagons-Lits, colocó ante ellas dos platos de sopa. Cuando llegaron al segundo plato, una tortilla, las dos mujeres charlaban ya amistosamente.

—Estoy deseando encontrarme rodeada de sol —dijo Ruth.

—Debe de ser una cosa muy agradable —contestó Katherine.

—¿Conoce usted la Riviera?

—No, es la primera vez que voy allí.

—Es un sitio ideal.

—Usted debe de ir cada año, ¿verdad?

—Sí. Los meses de enero y febrero son horribles en Londres.

—Yo siempre he vivido en el campo. Y, por cierto, en un lugar que no tenía nada de encantador; solo había barro.

—¿Y qué es lo que la ha hecho decidirse a viajar?

—El dinero. Durante diez años he sido pobre, sin más capital que el imprescindible para comprarme de vez en cuando unos zapatos; ahora, hace poco, heredé lo que para mí representa una verdadera fortuna, aunque estoy segura de que a usted no se lo parecería.

—¿Me quiere decir por qué está tan segura de ello?
Katherine se echó a reír.

—No sé; una se forma una idea sin saber por qué. Me ha dado la sensación de que es usted una mujer muy rica. Claro que solo es una impresión y quizá me equivoque.

—No, no se equivoca usted. —De repente Ruth se había puesto muy seria—. ¿Me querrá usted decir qué otra impresión le he causado?

—Yo...

—¡Por favor, no gaste cumplidos! Cuando salíamos de Victoria Station, la he mirado y me ha parecido que usted comprendía perfectamente lo que yo estaba pensando.

—Le aseguro que no sé leer el pensamiento —dijo Katherine.

—Lo supongo, pero le ruego que me diga lo que ha pensado.

—Se lo diré, ya que insiste, pero le ruego que no me crea impertinente. Me ha parecido que, por algún motivo, se encontraba en un momento de depresión y he sentido una gran piedad por usted.

—Tiene usted razón. Estoy en un momento terrible. Me gustaría... me gustaría explicarle algo de lo que me pasa, siempre que no la moleste.

—¡De ninguna manera! ¡Al contrario, será un verdadero placer!

Y Katherine pensó: «¡Qué parecida es la gente en todas partes! En St. Mary Mead todo el mundo me quería contar sus penas, y aquí, en un lugar completamente distinto, ocurre lo mismo. Y yo en realidad no siento el menor deseo de enterarme de las tristezas de nadie».

Estaban terminando de comer, Ruth se bebió de un sorbo el café y levantándose, sin fijarse en que Katherine aún no había probado el suyo, dijo:

—Venga usted a mi compartimento.

Eran dos compartimentos unidos entre sí por una puerta. En uno de ellos la delgada doncella que Katherine había visto en Victoria Station estaba sentada muy erguida, sosteniendo en las rodillas un maletín con las iniciales R. V. K. Mistress Kettering cerró la puerta y se recostó en uno de los asientos, frente a Katherine.

—Me encuentro en un apuro y no sé qué hacer. Estoy locamente enamorada de un hombre. Cuando éramos jóvenes ya nos amábamos, pero nos separaron de una manera brutal e injusta. Luego nos hemos vuelto a ver.

—¡Ah!

—Y ahora voy a reunirme con él. Imagino que usted creerá que no obro bien, pero no conoce usted los motivos que me impulsan. Mi marido es inaguantable. Además, me ha tratado de una manera denigrante.

—¡Ah! —replicó Katherine.

—Lo peor de todo es que he engañado a mi padre. Era aquel señor que ha venido a despedirme a la estación. Quiere que me divorcie de mi marido y, claro está, no tiene la menor idea de que vaya a reunirme con ese hombre. Diría que es una verdadera locura.

—¿Y no le parece a usted que tendría razón?

—Sí, creo que sí.

Ruth miró sus manos, que temblaban violentamente.

—Pero ahora no puedo volverme atrás —añadió.

—¿Por qué?

—Todo está ya convenido y... si no acudiese a la cita destrozaría el corazón del hombre que me ama.

—No lo crea —dijo Katherine—, el corazón de los hombres está hecho de un material muy resistente.

—Pensaría que no he tenido valor.

—Lo que usted va a hacer es, a mi juicio, una verdadera tontería. Y creo que debería darse cuenta de ello.

Ruth escondió el rostro entre las manos.

—No sé. No sé... Cuando he salido de Victoria Station he tenido el presentimiento de que muy pronto me ocurriría algo terrible, algo que no podré evitar.

Apretó temblando la mano de Katherine.

—Creerá usted que estoy loca, pero se lo aseguro, estoy convencida de que me va a ocurrir algo horrible.

—No piense en eso. Procure dominarse. Puede telegrafiar a su padre desde París y él irá enseguida a reunirse con usted.

—Sí, puedo hacerlo. ¡Pobre papá! Es raro, pero nunca me había dado cuenta de lo mucho que le quiero. —Se levantó y se secó los ojos con un pañuelo—. He sido una verdadera loca. Muchas gracias por haberme escuchado. No sé por qué me he puesto así. Ya estoy más aliviada. Tenía necesidad de desahogarme con alguien.

Katherine se levantó también.

—Me alegro de que se encuentre usted mejor —dijo, tratando de dar a su voz un tono indiferente. Sabía por experiencia que a las confidencias sigue la turbación, de modo que añadió con tacto—: Perdóneme, pero tengo que ir a mi compartimento.

Salió al corredor al mismo tiempo que del compartimento contiguo lo hacía la doncella. Al verla, un vivo asombro se reflejó en su rostro. Katherine se volvió para ver lo que había motivado aquella expresión de la camarera, pero en el pasillo no había nadie. Katherine se dirigió a su compartimento, que estaba en el otro coche. Al pasar por delante del último compartimento se abrió la puerta y el rostro de una mujer apareció un momento, volviéndose a cerrar inmediatamente. Era un rostro difícil de olvidar. Katherine se dio cuenta de ello el día que volvió a encontrársela. Un rostro de hermoso óvalo, muy moreno y maquillado de forma extraña. Le pareció que ya lo había visto antes en alguna parte.

Cuando llegó a su compartimento, se sentó y se puso a pensar en las confidencias que Ruth le había hecho: le hubiese gustado saber quién era aquella mujer que se confiaba a una extraña, y también enterarse de cómo terminaría todo aquello.

«Si he evitado que esta mujer cometa una tontería, estoy satisfecha —pensó—. Pero ¿quién sabe? Es una de esas mujeres obstinadas y que son egoístas toda su vida. Tal vez sería mejor para ella que no me hiciese caso. De todas maneras, supongo que no la veré más. Seguramente ella evitará cruzarse conmigo. Siempre pasa lo mismo con las personas que hacen alguna confidencia; parece que, después de hacerla, se las traga la tierra. Por lo menos, intentará que no nos encontremos cenando en la misma mesa...» Comprendía que la situación sería violenta para ambas. Dejó caer la cabeza sobre un cojín. Se sentía cansada y algo triste. Estaban ya en París y empezaron una serie de interminables paradas y cambios de vía hasta que llegaron a la Gare de Lyon. Katherine bajó al andén. El aire fresco la reanimó. Observó con alegría que su amiga, de momento, resolvía el problema de encontrarse con ella durante la cena adquiriendo por mediación de su camarera una cesta de provisiones.

Al reanudar la marcha, empezaron a anunciar la cena

con un violento repicar de campanas. Katherine, ya tranquila, se dirigió al comedor. Su compañero de mesa era distinto por completo de la del mediodía. Se trataba de un hombrecillo de aspecto extranjero, con el bigote rígido a fuerza de cosméticos y la cabeza en forma de huevo, ligeramente inclinada a un lado. Katherine había llevado consigo un libro. Al poco rato notó que el tipo clavaba la vista en ella y que parecía muy divertido.

—Veo, madame, que lee usted un *roman policier*. ¿Le gustan a usted esa clase de libros?

—Me distraen.

El hombrecillo movió la cabeza afirmativamente.

—He oído decir que se vende mucho esa clase de literatura. ¿Por qué será? Se lo pregunto como hombre a quien le gusta estudiar la naturaleza humana. ¿Por qué se venderán tanto esos libros?

Katherine se divertía cada vez más.

—Tal vez porque el que los lee se hace la ilusión de vivir una vida más interesante —contestó.

—Sí, eso debe de ser.

—Ya sabe que las cosas que describen esos libros no ocurren nunca...

Katherine iba a continuar, pero fue interrumpida por el desconocido.

—Usted perdone, mademoiselle, pero a mí varias veces me han ocurrido cosas así.

Ella le miró con extrañeza.

—¡Quién sabe si algún día se encontrará usted mezclada en uno de esos dramas! Todo es cuestión de suerte.

—No lo creo. Una cosa así no puede ocurrirme nunca. Imposible.

Él se inclinó hacia ella.

—¿Le gustaría?

Sorprendida por esta pregunta, lanzó un profundo suspiro.

—Quizá sean cosas mías —dijo el hombrecillo mientras limpiaba con cuidado un tenedor—, pero tengo la impresión de que usted ansía que le ocurra algo interesante. *Eh bien!*, mademoiselle, siempre he observado que lo que se desea ardientemente al fin se consigue. ¿Quién sabe? Tal vez logre usted más emociones de las que espera.

—¿Es una profecía? —preguntó Katherine, levantándose.

—Nunca hago profecías —declaró él pomposamente—. Es cierto que siempre que pronostico algo se cumple, pero nunca me enorgullezco de ello. Buenas noches, mademoiselle, que descanse usted bien.

Katherine se dirigió hacia su compartimento; al pasar junto al de Ruth vio que el empleado estaba haciendo la cama. La joven estaba de espaldas a la puerta, mirando por la ventanilla, y el otro compartimento estaba lleno de maletas y de mantas. La doncella no estaba en él.

Katherine encontró preparado su propio lecho, y, como estaba rendida, se acostó, y apagó la luz poco después de las nueve y media.

Se levantó sobresaltada, no sabía cuánto tiempo había transcurrido, pues al mirar su reloj vio que se había parado. Un extraño malestar se apoderó de ella. Al fin se levantó y, cubriéndose con un batín, salió al pasillo.

En el tren parecía dormir todo el mundo. Katherine bajó una de las ventanillas y durante unos instantes respiró a pleno pulmón el aire fresco de la noche, tratando de calmar su malestar. Luego se decidió a ir a preguntar al empleado la hora exacta. Se encontró con que la banqueta del trabajador estaba vacía. Tal vez estaría en el otro vagón. Katherine dudó un momento y al fin se decidió a ir allí. Al mirar a lo largo del pasillo vio con profunda sorpresa que un hombre estaba junto a la puerta del compartimento de Ruth. Supuso que se equivocaba y sería otro compartimento. El hombre dudó unos instantes. Volvió lentamente la cabeza hacia donde estaba Katherine y esta reconoció en él al mismo hombre que había visto ya dos veces, una en el pasillo del hotel Savoy, y otra en las oficinas Cook. Luego abrió la puerta y entró en el compartimento, cerrándolo enseguida.

Una idea cruzó por la mente de Katherine. ¿Sería aquel el hombre de quien le había hablado Ruth, el hombre con quien ella iba a reunirse?

Enseguida Katherine pensó que estaba fantaseando y que seguramente había confundido un compartimento con otro. Volvió a su coche. Cinco minutos más tarde, el tren aminoró la marcha. Se oyó el largo suspiro de los frenos y poco después el tren se detuvo en Lyon.

Capítulo 11

El crimen

Cuando Katherine se levantó, el sol brillaba ya muy alto. Fue a desayunar, pero no encontró a ninguno de sus compañeros de la víspera. Cuando volvió a su compartimento, un empleado de enormes bigotes y rostro melancólico ya lo había ordenado todo.

—Madame está de suerte. Hace un día espléndido —dijo—. Es muy triste para los viajeros llegar en un día plomizo.

—Realmente, me hubiese sabido muy mal.

Al retirarse, le dijo el empleado:

—Vamos con un poco de retraso, madame. Cuando estemos cerca de Niza, la avisaré.

Katherine asintió. Se sentó junto a la ventana y se puso a admirar el paisaje bañado de sol. Las palmeras, la inmensidad azul del mar, las mimosas amarillas, todo era una encantadora novedad para una mujer que, como ella, durante catorce años solo había conocido los grises inviernos ingleses.

Cuando llegaron a Cannes, Katherine salió a pasear por el andén. Sentía cierta curiosidad por la mujer del abrigo de pieles y miró hacia las ventanillas de su compartimento. Las cortinas seguían echadas. Las únicas que estaban así en todo el tren. Un poco extrañada, cuando subió otra vez al tren, recorrió el pasillo y vio que los dos compartimentos estaban completamente cerrados. La mujer del abrigo de pieles no era muy madrugadora.

El empleado de los grandes bigotes se acercó a ella y le anunció que al cabo de pocos momentos llegarían a Niza. Katherine le dio una generosa propina, pero el hombre no se retiró. Parecía inquieto. Ella al principio creyó que tal vez le habría parecido pequeña la propina, pero poco después comprendió que se trataba de algo mucho más serio. El empleado estaba pálido como un muerto y temblando. Al fin, preguntó:

—Perdone, madame, pero ¿la esperan en Niza?

—Sí.

El hombre movió la cabeza y, mientras se alejaba, murmuró algo que Katherine no pudo entender. No reapareció hasta que el tren se detuvo en la estación.

Katherine permaneció en el andén como perdida hasta que un joven de rostro ingenuo se acercó a ella y le preguntó indeciso:

—¿Es usted Miss Grey?

Katherine contestó afirmativamente. El joven se inclinó risueño y preguntó:

—Soy Chubby, ¿sabe usted?, el marido de lady Tamplin. Tal vez le habló de mí en su carta o quizá se olvidó de hacerlo. ¿Tiene usted su *billet de bagages*? Una vez perdí el mío y no sabe la de molestias que me dieron los de la Administración francesa.

Katherine sacó su billete y estaba a punto de marcharse cuando oyó que decían a su espalda:

—Un momento, madame, por favor.

Se volvió, encontrándose ante un individuo cuya pequeña estatura se veía realzada por un uniforme cubierto de dorados adornos, quien le dijo:

—Se trata solo de ciertas formalidades, madame. Si fuese usted tan amable de acompañarme... Lo impone así el reglamento de la policía. —Levantó los brazos al cielo y exclamó—: ¡Es absurdo, pero qué le vamos a hacer!

Chubby Evans escuchó la conversación sin entender casi nada, pues sus conocimientos del francés eran muy limitados.

—¡Estos franceses...! —exclamó.

Era uno de esos ingleses que, porque han comprado una porción de terreno en un país extranjero, se creen con derecho a criticar las costumbres de sus habitantes.

—Siempre están molestando a la gente —añadió—. De todas maneras, es la primera vez que los veo molestar a un pasajero recién llegado. Es algo completamente nuevo, pero creo que debe usted obedecer.

Katherine siguió al hombrecillo de los galones, viendo con gran sorpresa que la llevaba hacia una vía donde se encontraba uno de los coches del tren, que había partido ya. Le rogó que subiese al vagón y, precediéndola a lo largo del pasillo, se detuvo junto a la puerta de uno de los compartimentos, dentro del cual se encontraba un majestuoso personaje, que parecía un ordenanza.

El majestuoso personaje se levantó y se inclinó con cortesía ante Katherine, diciendo:

—Perdóneme, madame, pero debemos cumplir ciertas formalidades. Supongo que hablará usted francés, ¿verdad?

—Sí, lo hablo bastante —replicó Katherine en aquel idioma.

—Muy bien; haga el favor de sentarse, madame. Soy el comisario de policía Caux. —Se enderezó orgullosamente, y Katherine trató de parecer impresionada.

—¿Desea usted ver mi pasaporte? Aquí está.

El comisario la miró con atención y cogiendo el pasaporte dijo:

—Gracias, madame. —Carraspeó—. Pero lo que yo deseo son ciertos informes...

—¿Ciertos informes?

El comisario bajó lentamente la cabeza.

—Sí, de la señora que fue su compañera de viaje. Usted comió ayer con ella.

—Temo no poder decirle nada. Conversamos durante la comida, pero no la conozco de nada. No la había visto nunca.

—Sin embargo —replicó con viveza el comisario—, después de comer la acompañó usted a su compartimento y estuvieron hablando durante largo rato.

—Sí, es verdad.

El comisario la miró como si esperara algo más de ella.

—Siga usted, madame.

—Pero ¿qué más quiere que le diga, monsieur?

—Puede decirme algo de la conversación que mantuvieron.

—Claro que podría —respondió Katherine—, pero de momento no veo la razón de hacerlo.

Su carácter inglés reaccionaba ante la impertinencia de aquel empleado extranjero.

—¿La razón? —exclamó el comisario—. Ya lo creo

que sí, madame; le aseguro que hay una razón importante.

—Si tiene usted la bondad de decírmela...

El comisario se acarició pensativamente la barbilla.

—Madame —dijo al fin—, la razón es muy sencilla: esa señora ha sido encontrada muerta esta mañana en su compartimento.

—¡Muerta! ¿Cómo es posible? ¿Un ataque al corazón?

—No —continuó el comisario despacio—, no; la han asesinado.

—¡Asesinado! —gritó Katherine.

—Por eso, madame, deseamos obtener el mayor número de detalles.

—Pero seguramente su doncella...

—La doncella ha desaparecido.

—¡Oh! —Katherine se detuvo para ordenar sus pensamientos.

—Como uno de los empleados la vio a usted hablar con ella en su compartimento, por supuesto, refirió el hecho a la policía, y por eso la hemos llamado, esperando obtener de usted alguna información.

—Lo siento —contestó Katherine—, pero ni siquiera conozco su nombre.

—Su nombre es Kettering; lo sabemos por su pasaporte y por las etiquetas de su equipaje. Si...

Sonaron unos golpecitos en la puerta. Monsieur Caux se levantó y abrió unos centímetros.

—¿Qué pasa? —preguntó con tono autoritario—. Ya he dicho que no se me moleste.

La ovalada cabeza del compañero de cena de Katherine asomó por la abertura. En su rostro brillaba una seráfica sonrisa.

—Me llamo Hércules Poirot —dijo.

—¿El Hércules Poirot de...? —interrogó el comisario.

—El mismo —repuso Poirot—. Recuerdo que le encontré a usted una vez en la *sûreté* de París, monsieur Caux. Sin duda, se ha olvidado usted de mí.

—De ninguna manera, de ninguna manera —protestó calurosamente el comisario—. Pero entre, hágame el favor. ¿Sabe usted ya de qué se trata?

—Sí, ya me he enterado. Y vengo para ver si les puedo ser de utilidad en algo.

—Muy agradecido. Permítame que le presente a madame..., mejor dicho, a mademoiselle Grey, monsieur Poirot.

Poirot sonrió a Katherine.

—Es curioso, ¿verdad?, que mis palabras hayan tenido tan pronta confirmación —murmuró.

—Mademoiselle, por desgracia, no nos ha podido decir mucho —añadió el comisario.

—Estaba contándole que no conocía de nada a esa pobre señora —explicó Katherine.

Poirot movió afirmativamente la cabeza.

—Pero habló con usted, ¿verdad? —dijo con amable entonación—. Y usted se formaría, sin duda, alguna idea de ella, ¿no es cierto?

—Sí —asintió Katherine—. Creo que sí.

—¿Y qué impresión sacó usted?

—Por favor, mademoiselle —rogó el comisario inclinándose hacia la joven—, díganos usted la impresión que le produjo.

Katherine reflexionó. Comprendía que iba a traicionar una confidencia, pero la palabra *asesinato* sonaba en sus oídos y eso la decidió a explicar lo poco que sabía, repitiendo, con toda la fidelidad que le fue posible, la conversación que sostuvo con la mujer del abrigo de pieles.

—Muy interesante —afirmó el comisario mirando al detective—. ¿Verdad, monsieur Poirot, que es muy interesante? Aunque no tenga nada que ver con el crimen... —Y dejó la frase sin terminar.

—No creo que se trate de un suicidio —insinuó Katherine.

—No, no se trata de un suicidio. La estrangularon con un cordón de seda negro.

—¡Qué horror! —exclamó Katherine.

Monsieur Caux dijo tristemente:

—No es algo agradable. Creo que nuestros ladrones de trenes son mucho más brutales que los de su país.

—¡Oh, es horrible!

—Sí, sí. —El comisario parecía consternado—. Pero es usted una mujer valerosa, mademoiselle, al verla me he dicho: «Esa señorita es muy valiente». Por eso voy a pedirle a usted algo muy necesario.

Katherine le miró con recelo.

—Le voy a pedir a usted, señorita, que tenga la bondad de acompañarme al compartimento de al lado.

—¿Para qué? —preguntó en voz baja Katherine.

—Es necesario identificar a la muerta —respondió el comisario—, y como su doncella ha desaparecido... —Tosió ligeramente—. Además, según parece, usted es la persona que estuvo más tiempo con ella desde que subió al tren.

—Bien —dijo Katherine—, si es necesario...

Se puso en pie y Poirot hizo un gesto de aprobación.

—Mademoiselle es muy razonable. ¿Puedo acompañarlos a ustedes, monsieur Caux?

—Desde luego, monsieur Poirot.

Salieron al pasillo y el comisario abrió con una llave la puerta del compartimento ocupado por la mujer del abrigo de pieles.

Las cortinas de las ventanillas estaban medio levantadas, a fin de dejar entrar algo de luz. El cadáver seguía en el lecho, que quedaba a la izquierda, en una posición tan natural que parecía estar durmiendo. La sábana le cubría parte del rostro, que tenía vuelto hacia la pared, de modo que solo se veían los rojizos cabellos. Cuidadosamente, monsieur Caux sujetó el cadáver por el hombro y despacio descubrió el rostro. Katherine se tambaleó, y para no desmayarse se clavó las uñas en las palmas de las manos. Un fuerte golpe había desfigurado de tal modo las facciones de la muerta que hacía imposible identificarla.

—¡Oh! ¿Cuándo hicieron esto? —preguntó Poirot—. ¿Antes o después de su muerte?

—El forense dice que después —contestó monsieur Caux.

—¡Qué cosa tan rara! —murmuró Poirot. Y, volviéndose hacia Katherine, añadió—: Sea usted valerosa, mademoiselle; fíjese detenidamente. ¿Está segura de que esta es la mujer con quien estuvo usted hablando ayer?

Katherine poseía unos nervios excelentes. Observó con atención el cadáver, luego se adelantó y cogió una de sus manos.

—Estoy del todo segura —dijo al fin—. El rostro está demasiado desfigurado para reconocerlo; pero el óvalo de la cara y los cabellos son los mismos; además, me fijé en esto mientras hablé con ella. —E indicó una pequeña verruga en la muñeca de la muerta.

—*Bon* —señaló Poirot—. Es usted una testigo excelente, mademoiselle. No cabe la menor duda acerca de su identidad, pero de todas maneras es extraño.

Se inclinó, perplejo, sobre la mujer.

Monsieur Caux opinó, encogiéndose de hombros:

—Es evidente que el asesino lo hizo en un acceso de rabia.

—Si se hubiese defendido, sería comprensible —dijo Poirot—, pero el hombre que la estranguló lo hizo por detrás y la cogió desprevenida. Un ligero grito es lo más que se pudo oír, y, sin embargo, después la golpeó brutalmente en el rostro. ¿Por qué? ¿Acaso creía que así sería imposible identificarla? ¿O bien la odiaba tanto que no pudo resistir la tentación de desfigurarle la cara después de muerta?

Katherine se estremeció y el detective se volvió hacia ella con amabilidad.

—Perdóneme, señorita. Para usted esto debe de ser terrible y nuevo por completo. Para mí, es una cosa habitual.

Se disponían a salir cuando añadió:

—Un momento.

El comisario y Miss Grey se detuvieron en la puerta mirándole, mientras él observaba todo el compartimento, fijándose en los vestidos de la mujer, cuidadosamente colocados a los pies del lecho, en el grueso abrigo que colgaba de una percha y en el rojo sombrerito que estaba en la red de equipajes. Luego entró en el compartimento vecino, donde Katherine había visto el día anterior sentada a la doncella. En este no habían hecho la cama. Tres o cuatro mantas estaban colocadas sobre el asiento, había una caja de sombreros y otras varias de trajes. De pronto Poirot se volvió hacia Katherine.

—Usted que estuvo ayer aquí, ¿encuentra algo cambiado? ¿Falta alguna cosa?

Katherine miró con atención los dos compartimentos.

—Sí, me parece que falta un maletín de cuero rojo que llevaba las iniciales R. V. K., parecía que era un maletín para llevar ropa interior o joyas. Cuando lo vi, la camarera lo tenía sobre las rodillas.

—¡Ah! —exclamó Poirot.

—Seguramente... —insinuó Katherine—. Claro está que yo no sé nada de estas cosas, pero es muy raro que la camarera y las joyas hayan desaparecido...

—¿Quiere usted decir que la culpable es la camarera? —preguntó el comisario—. No, mademoiselle, no es eso.

—¿Por qué?

—Porque la camarera se quedó en París. —El comisario se volvió hacia Poirot—. Estoy seguro de que le gustaría a usted oír la declaración del empleado; es un relato muy interesante.

—Creo que a mademoiselle también le gustará oírlo —dijo Poirot—. Si usted no tiene inconveniente, monsieur comisario...

—Por supuesto —accedió este, aunque se veía claramente que le contrariaba—, si usted lo desea, monsieur Poirot. ¿Ha terminado ya su investigación?

—Sí, pero espere un instante.

Estaba mirando las mantas; se llevó una de ellas a la ventanilla y con gran cuidado cogió algo con los dedos.

—¿Qué es? —preguntó vivamente monsieur Caux.

—Cuatro cabellos rojizos. —Se acercó al cadáver—. Sí, son de madame.

—¿Y qué? ¿Cree usted que eso tiene importancia?

Poirot dejó la manta sobre el asiento.

—¿Qué es importante y qué no lo es? Nunca se puede decir. Hemos de fijarnos en los detalles más pequeños.

Volvieron al compartimento contiguo, y a los pocos instantes llegó el empleado de los coches cama.

—Se llama usted Pierre Michel, ¿verdad? —preguntó el comisario.

—Sí, señor comisario.

—Le ruego que repita usted a ese caballero lo que me ha contado con respecto a lo ocurrido en la estación de París.

—Muy bien, señor comisario. —Se detuvo un momento, para empezar así—: Verá usted: al poco rato de salir de la Gare de Lyon fui a preparar las camas, pensando que la señora estaría cenando, pero ella había comprado una cesta de provisiones en la estación. Me dijo que se había visto obligada a dejar a su doncella en París y que, por lo tanto, solo había necesidad de hacer una cama. Luego cogió la cesta y entró en el otro compartimento, sentándose allí mientras yo preparaba el lecho; después me pidió que no la despertase a la mañana siguiente, pues le gustaba dormir hasta muy tarde.

—¿Entró usted en aquel compartimento?

—No, señor.

—¿No se fijó usted si entre el equipaje había un maletín de cuero rojo?

—No, señor.

—¿Podía estar escondido un hombre en el otro compartimento?

El empleado reflexionó.

—La puerta estaba entreabierta —dijo—. Si un hombre hubiese estado escondido detrás de ella, yo no habría podido verlo, pero, desde luego, sí que lo habría visto madame, que estaba sentada allí.

—Bien —asintió Poirot—, ¿puede usted añadir algo más?

—He contado lo que sé, señor; no recuerdo nada más.

—¿Y esta mañana? —preguntó Poirot.

—Como había ordenado la señora, no he entrado a despertarla, pero al fin, cuando hemos estado en Cannes, me he decidido a llamar a la puerta, y como nadie contestaba, la he abierto. Madame parecía estar durmiendo. La he tocado en el hombro para despertarla, y entonces...

—Sí, entonces ha descubierto usted lo que había ocurrido —interrumpió Poirot—. Creo que ya sé todo lo que me interesaba saber.

—Espero, señor comisario —señaló el hombre—, no haber cometido ninguna negligencia. ¡Es horrible que haya ocurrido una cosa así en el tren azul!

—Tranquilícese —dijo el comisario—, se hará todo lo posible para que el suceso no trascienda al público. No, no creo que haya usted cometido ninguna negligencia.

—¿Tendrá usted la bondad, señor comisario, de decírselo a la compañía?

—Desde luego, desde luego —accedió impacientemente monsieur Caux.

El empleado se retiró.

—Según el informe del forense —explicó el comisario—, a la mujer la asesinaron antes de que el tren llegara a Lyon. ¿Qué fue del asesino? Por el relato de mademoiselle, se desprende que pensaba reunirse durante el viaje con un hombre. El hecho de dejar a su doncella en París parece confirmarlo. ¿Se reunió ese hombre con ella en

París y madame lo escondió en el compartimento contiguo? De ser así, pudieron muy bien pelearse, y quizá él la mató en un acceso de rabia. Esta es una de las hipótesis. La otra, a mi juicio la más lógica, es que el asesino sea un ladrón vulgar que, sin ser visto, entró en el compartimento, la mató y se fue con el maletín rojo, que seguramente contenía joyas de gran valor. Debió de dejar el tren en Lyon. Ya hemos telegrafiado allí, por si alguien le vio apearse.

—Tal vez siguió hasta Niza —sugirió Poirot.

—Es posible —convino el comisario—, pero para esto tendría que ser un hombre muy audaz.

El detective guardó silencio durante unos minutos, y al fin dijo:

—Entonces sería un ladrón de trenes.

El comisario se encogió de hombros.

—Según... Primero hemos de encontrar a la doncella; es posible que ella tenga en su poder el maletín rojo. De ser así, el hombre de quien la muerta habló a mademoiselle estará mezclado en el asunto, y entonces esto se transforma en un crimen pasional. De todas maneras, yo creo que el asesino es un ladrón de trenes. Esos criminales son de una audacia increíble.

Poirot miró a Katherine.

—Y usted, mademoiselle, ¿vio u oyó algo durante la noche?

—No —contestó ella.

Poirot se volvió hacia el comisario.

—Creo que no hay necesidad de entretener más a mademoiselle.

El comisario asintió.

—¿Tiene usted la bondad de dejarnos su dirección?

Katherine le dio el nombre de la villa de lady Tamplin. Poirot le hizo una ligera reverencia.

—¿Me permitirá usted verla de nuevo, mademoiselle? —preguntó—. ¿O tiene usted tantos amigos que no le dejarán ni un momento libre?

—Al contrario —contestó Katherine—, dispondré de mucho tiempo y tendré mucho gusto en verle.

—Muy bien —dijo Poirot mientras estrechaba la mano que ella le tendía—, sería un *roman policier à nous*; investigaremos juntos el caso.

Capítulo 12

En villa Marguerite

—¿De manera que estabas metida de lleno en el asunto? —dijo con envidia lady Tamplin, abriendo desmesuradamente sus azules ojos—. ¡Oh, qué emocionante!

—Un verdadero asesinato —afirmó Chubby.

—Desde luego, Chubby no tenía la menor idea de lo que sucedía —explicó lady Tamplin—, por eso le ha indignado que la policía se entretuviera tanto. Creí que se podría sacar algún beneficio en ese suceso.

Y su ingenua mirada adquirió de pronto una expresión calculadora.

Después de comer, Katherine, que estaba incómoda, se puso a observar a sus compañeros: la práctica lady Tamplin parecía preocupada; Mister Evans se mostraba orondo y satisfecho con las majaderías de su esposa, y una traviesa sonrisa iluminaba el rostro de Lenox.

—¡Qué suerte! —murmuró Chubby—. Con lo que a mí me hubiese gustado acompañarla y ver todo lo que vio usted.

El tono de su voz mostraba una ansiedad infantil.

Katherine no dijo nada. La policía no le había exigido que guardase silencio y comprendió que no debía ocultar los hechos a sus parientes, pero, sin saber por qué, prefería no decir nada.

—Sí —señaló lady Tamplin, saliendo de pronto de su abstracción—, creo que se podría hacer algo sensacional. Un emocionante relato por parte de un testigo del crimen. Algo así, ¿sabes?: «Mientras hablaba con aquella mujer estaba yo muy lejos de imaginarme...».

—¡Tonterías! —exclamó Lenox.

—Tú no tienes ni idea —indicó con voz suave lady Tamplin— de lo que pagan los periódicos por un artículo cuando está escrito, claro está, por una dama de la aristocracia. Ya comprendo que no lo puedes hacer, Katherine, pero explícame con detalle todo lo sucedido y ya me las compondré yo sola. Mister Haviland es un gran amigo mío, pues tenemos un pequeño negocio juntos, es un hombre encantador. Desde luego, no se trata de ningún periodista. ¿Qué te parece la idea, Katherine?

—Yo preferiría no hacer nada de eso —contestó ella pausadamente.

Lady Tamplin quedó desconcertada ante esta negativa. Suspiró y trató de conocer nuevos detalles.

—¿Dices que era una mujer de aspecto muy llamativo? Me gustaría saber quién puede ser. ¿No has oído su nombre?

—Lo han dicho, pero no lo recuerdo. Estaba tan conmocionada...

—Lo creo —afirmó Mister Evans—; debe de haber sido un golpe terrible para usted.

Seguramente, aunque Katherine se hubiese acordado

del nombre no lo hubiera dicho. El interrogatorio de lady Tamplin le atacaba los nervios. Lenox, que la estaba observando, lo advirtió y se ofreció para acompañarla a la habitación.

Al despedirse de ella después de dejarla en su cuarto, le dijo:

—No hagas caso de mamá. Si pudiese, sacaría dinero hasta de su difunta abuela.

Lenox bajó al salón y se encontró a su madre y a su padrastro hablando de la recién llegada.

—Es una mujer muy presentable —opinaba lady Tamplin—, viste muy bien. El traje gris es igual al que llevaba Gladys Cooper en *Palmeras de Egipto*.

—¿Te has fijado en sus ojos? —interrumpió Evans.

—Eso no tiene importancia, ahora estamos hablando de cosas más interesantes.

—¡Oh!, desde luego —contestó Chubby, y guardó un profundo silencio.

—No me parece muy... maleable —insinuó lady Tamplin dudando antes de emplear esta palabra.

—Instintivamente, creo que es una señora, como se dice en los libros —dijo Lenox haciendo una mueca.

—Pero parece algo mojigata —murmuró lady Tamplin—. Después de todo, es natural, dado el ambiente en que ha vivido.

—Sin duda, harás todo lo posible por modernizarla —aseguró Lenox—. Pero no creo que lo consigas; ya habrás notado que no se la convence con tanta facilidad.

—De todas maneras —repuso la madre—, no la creo muy interesada en aprender de mí. Hay gente que cuando llega a tener dinero le concede una excesiva importancia.

—Respecto a eso me parece que no te será difícil sacarle lo que quieras —aseguró Lenox—. Y después de todo, para ti es lo más importante, ¿verdad? Para eso la has hecho venir.

—Es mi prima —contestó dignamente lady Tamplin.

—¡Ah!, es tu prima. Entonces, tendré que tutearla —observó Chubby.

—El que la llames de un modo u otro no tiene importancia —contestó su mujer.

—Bueno —dijo Mister Evans—, entonces la tutearé. ¿Sabes si juega al tenis? —añadió.

—No, no lo creo. Ya te he dicho que hasta ahora había sido dama de compañía, y esa clase de mujeres no acostumbra a jugar ni al tenis ni al golf. Quizá juegue al críquet, aunque por lo que he oído decir, me parece que las damas de compañía se pasan el tiempo haciendo ganchillo y lavando perros.

—¡Dios mío! —exclamó Mister Evans—. ¿Es posible que hiciera eso?

Lenox subió a toda prisa hacia la habitación de Katherine.

—¿Puedo ayudarte en algo? —preguntó por pura cortesía. Como Katherine estaba terminando ya de ordenar su equipaje, Lenox se sentó en el borde de la cama y la miró pensativamente.

—¿Por qué has venido a vernos si nuestro ambiente no es el tuyo?

—Porque deseaba alternar en sociedad.

—Vamos, no te hagas la tonta —dijo Lenox sonriendo—. Ya sabes lo que quiero decir. No eres como yo me figuraba, traes unos vestidos muy bonitos. —Hizo una pequeña pausa y suspiró—. Los vestidos a mí no me sientan bien; soy muy desgarbada, y es una verdadera lástima, porque me gustan mucho.

—A mí también —contestó Katherine—, aunque hasta ahora no me había servido de nada el que me gustasen. —Y añadió, mostrándole uno de los modelos que había llevado de Londres—: ¿Te parece bonito este vestido?

Las dos mujeres, durante largo rato, estuvieron discutiendo sobre moda.

—Me resultas simpática —declaró de repente Lenox—. He subido para ponerte en guardia contra mamá, pero veo que no es necesario. Eres sincera, lista y un sinfín de cosas más, pero no una loca.

En aquel instante se oyó la plañidera voz de lady Tamplin, que la llamaba desde el vestíbulo.

—¿Para qué diablos me querrán ahora? —protestó la joven.

—¡Lenox! —gritó la madre—. Derek acaba de telefonear. Quiere venir a cenar con nosotros esta noche. ¿Puedo decirle que nos acompañe? No hay ningún inconveniente, ¿verdad?

Después de hablar unos instantes con ella, Lenox volvió a la habitación de Katherine con el rostro radiante.

—Me alegro de que venga ese viejo Derek, estoy segura de que te gustará, Katherine.

—¿Quién es?

—El hijo de lord Leconbury. Está casado con una rica estadounidense. Las mujeres se vuelven locas por él.

—¿Por qué?

—Por lo de siempre: es un hombre guapo y, además, bastante canalla; todas pierden la cabeza por él.

—¿Y tú también?

—A veces, sí —dijo Lenox—, aunque otras pienso que me gustaría casarme con una clase distinta de hombre, para vivir en el campo, entre flores y verduras. —Se detuvo un instante y luego siguió—: Creo que lo mejor sería un irlandés; así podría ir a cazar. —Hizo una pequeña pausa para proseguir después—: Hay algo extraño en Derek. Todos los hombres de su familia han sido jugadores empedernidos, y antiguamente llegaron a apostarse hasta sus mujeres y sus tierras. Derek hubiera sido un magnífico salteador de caminos. Siempre está contento. Bueno —dijo, dirigiéndose hacia la puerta—, ahora me voy. Baja cuando te apetezca.

Katherine, una vez sola, se entregó de lleno a sus meditaciones. Se encontraba muy a disgusto en aquel ambiente. El suceso del tren y la manera como la habían acogido sus nuevos amigos habían herido su susceptibilidad. Pensó largamente en la mujer asesinada, cuyo fin lamentaba de veras, aunque en realidad no podía decir que le hubiese parecido simpática; enseguida había advertido un gran egoísmo como nota sobresaliente en su carácter, por lo cual le resultó algo repelente desde el primer momento.

Katherine no dejó de notar con cierto disgusto la frialdad con la que Ruth la había despedido una vez que se hubo desahogado con ella, calmando así su malestar espiritual. Estaba segura de que, después de las confidencias, había tomado alguna decisión, la cual le hubiera gustado conocer. De todos modos, fuere la que fuese, la muerte se interpuso, reduciendo a la nada sus proyectos. Era muy extraño que sucediese así y que un crimen brutal hubiera terminado de aquella forma con un viaje feliz.

De repente Katherine se acordó de una cosa que quizá había olvidado. ¿Tendría importancia? A ella le había parecido ver entrar a un hombre en el compartimento de la rica viajera, pero después creyó que se había equivocado, pues podía haber sido en el compartimento contiguo. Además, aquel hombre ni remotamente parecía un ladrón. Recordaba muy bien las dos veces que se había encontrado con él antes. Una de ellas fue en el Savoy, y la otra en la agencia Cook. Sí, sin duda se había equivocado y aquel hombre no entró en el compartimento de la mujer asesinada. Por lo tanto, había hecho muy bien en no decir nada a la policía, pues era muy probable que hubiese cometido un error lamentable.

Bajó a la terraza a reunirse con sus parientes. A través de las ramas de mimosa se distinguía la pincelada azul del Mediterráneo. Mientras escuchaba distraída a lady Tamplin, en su interior se alegraba de haber ido allí. Aquello era mucho más hermoso que St. Mary Mead.

Por la noche se puso el vestido que habían llamado *Soupir d'Automne*. Después de mirarse sonriente ante el espejo, bajó al salón, sintiendo cierta timidez por primera vez en su vida.

La mayoría de los invitados de lady Tamplin habían llegado ya. El ruido era el elemento principal en las fiestas de lady Tamplin. Chubby se acercó a Katherine y le ofreció un combinado al mismo tiempo que la tomaba bajo su protección.

—¡Oh! Gracias a Dios que has llegado, Derek —exclamó lady Tamplin al abrirse la puerta y entrar el último invitado—. ¡Por fin podremos ir a cenar! Estoy muerta de hambre.

Katherine miró al recién llegado. ¡Conque aquel era

Derek! Sin embargo, no sentía la menor sorpresa. Siempre tuvo la seguridad de que volvería a ver al hombre que se había encontrado ya tres veces; estaba convencida de que él también la había reconocido, pues Derek se interrumpió un momento mientras hablaba con lady Tamplin y luego siguió hablando, aunque con visible esfuerzo... Por fin se dirigieron a la mesa y Katherine se encontró sentada junto a él, quien se volvió y le dijo sonriendo:

—Estaba convencido de que volvería a verla, pero la verdad, nunca creí que fuese aquí. Tenía que ocurrir. Una vez en el Savoy, otra en la agencia Cook. Nunca hay dos sin tres. No diga usted ahora que no se acuerda de mí o que nunca me ha visto; tendría que contradecirla.

—Sí, es verdad, le he visto a usted otras veces, aunque esta no es la tercera, sino la cuarta, pues también le vi en el tren azul.

—¿En el tren azul?

Una expresión indefinible pasó por el rostro de Derek. Parecía como si hubiese recibido un mazazo en la frente. Repuesto al fin, dijo con tono tranquilo:

—¿Qué ha ocurrido esta mañana? Parece que ha muerto alguien durante el viaje.

—Sí —respondió Katherine lentamente—, alguien ha muerto.

—No hay derecho a morirse en el tren —afirmó Derek sonriendo—. Crea un sinfín de complicaciones legales e internacionales, y además es un pretexto para que el tren llegue con retraso.

—¡Mister Kettering! —Una corpulenta estadounidense, que estaba al otro lado de la mesa, se inclinó hacia él hablándole con el característico acento de los de su país—.

Mister Kettering, veo que se ha olvidado de mí: ¡y yo que le creía un hombre galante!

Derek se volvió hacia ella y Katherine se quedó asombrada.

¡Kettering!, se llamaba Kettering. Ahora lo recordaba. ¡Qué situación tan curiosa! Estaba allí el hombre a quien había visto entrar la noche anterior en el compartimento de su mujer. Él la había dejado viva y ahora estaba sentado allí comiendo sin saber lo que había ocurrido. Porque, no cabía la menor duda, no lo sabía.

Un criado se acercó a Derek y le entregó una nota al mismo tiempo que le decía algo al oído. Después de pedir permiso a lady Tamplin, desdobló el papel y lo leyó. Una expresión de asombro apareció en su rostro. Luego dijo a su anfitriona:

—Es una nota muy rara, Rosalie. Lo siento mucho, pero tengo que irme; el prefecto de policía desea verme enseguida. No sé de qué puede tratarse.

—Sus pecados —señaló Lenox.

—Quizá sea para cumplir alguna estúpida formalidad, pero de todas maneras será mejor que vaya enseguida a la jefatura de policía. ¿Por qué me habrán venido a sacar de la mesa? Ha de ser un asunto bastante serio para que justifique esto.

Y riendo apartó la silla y se levantó.

Capítulo 13

Van Aldin recibe un telegrama

En la tarde del 15 de febrero, una espesa y amarillenta niebla se extendió sobre Londres. Rufus Van Aldin estaba en su despacho del Savoy y sacaba el máximo partido de las malas condiciones atmosféricas trabajando el doble que de ordinario. Knighton se alegró. Desde hacía algún tiempo, su jefe descuidaba los negocios, y cuando él, por fin, se decidía a hacerle alguna advertencia, el millonario le despedía inmediatamente con cajas destempladas. Pero ahora Van Aldin parecía haberse entregado de lleno y con redoblada energía al trabajo. Knighton aprovechó la oportunidad para poner al día lo atrasado. Y lo hizo con tanta discreción que Van Aldin ni siquiera se dio cuenta.

Cuando más abstraído estaba en sus asuntos, empezó a pensar, sin saber por qué, en unas palabras que, sin darles importancia, había pronunciado su secretario. Poco a poco aquellas palabras, tan sencillas en apariencia, fueron adquiriendo para él una importancia enorme.

Daba la impresión de que escuchaba con gran atención lo que Knighton le estaba diciendo, pero en realidad no entendía nada. Aunque asentía maquinalmente a todo. De pronto dijo dirigiéndose a su secretario:

—¿Me quiere usted repetir lo que me ha explicado hace un momento, Knighton?

El secretario pareció desconcertado.

—¿Se refiere a esto? —preguntó, mostrándole el extracto de cuentas de una compañía.

—No, no —contestó Van Aldin—, lo que me ha contado acerca de que anoche vio a la doncella de Ruth en París. Me parece incomprensible. Debe usted de haberse equivocado.

—No puedo equivocarme, puesto que hablé con ella.

—¿Quiere repetirme otra vez lo ocurrido?

Knighton obedeció, diciendo:

—Acababa de entrevistarme con Bartheimer y me dirigía al Ritz para recoger mi equipaje y cenar antes de coger el tren en la estación del Norte. En la recepción del hotel vi a una mujer que me pareció la camarera de Mistress Kettering. Me acerqué a ella y le pregunté si estaba allí su señora.

—Sí, sí —interrumpió Van Aldin—, y le contestó que Ruth había ido a la Riviera y que a ella la había enviado al Ritz para que esperase órdenes.

—Exactamente, señor.

—Es muy raro —comentó Van Aldin—; a no ser que la doncella se hubiese portado mal...

—Pero en ese caso la señora le hubiese pagado su sueldo y la habría hecho volver a Inglaterra. No es lógico que la enviase al Ritz.

—No —murmuró el millonario—, tiene usted razón. —Estuvo a punto de añadir algo, pero se contuvo.

Sentía un profundo aprecio por Knighton y le inspiraba una gran confianza, pero no podía discutir los asuntos íntimos de su hija con su secretario. Estaba resentido por la falta de franqueza de Ruth con él y, al enterarse de esta última noticia de una manera tan indirecta, se había acentuado su malestar.

¿Por qué había dejado Ruth a su camarera en París? ¿Qué motivos fueron los que la impulsaron a hacerlo?

Durante unos minutos reflexionó sobre las curiosas combinaciones del azar. ¿Cómo iba a ocurrírsele a ella que la primera persona con quien se encontraría su camarera en París iba a ser el secretario de su padre? El destino parece a veces burlarse de los seres humanos complaciéndose en revelar lo que estos quisieran mantener en secreto. Esta última idea le hizo estremecer. ¿Habría algún misterio de por medio? Temía hacerse aquella pregunta, pues conocía la respuesta, que era, estaba seguro de ello, Armand de la Roche.

Resultaba muy amargo para Van Aldin que su hija estuviese enamorada de aquel hombre. Pero otras mujeres inteligentes y distinguidas habían caído también en las redes que el fascinador conde les había tendido. Los hombres veían perfectamente su juego, pero las mujeres no.

Buscó algunas palabras que disipasen cualquier sospecha que pudiese tener su secretario.

—Ruth siempre está cambiando de idea —dijo. Y añadió con suavidad—: ¿Le contó la camarera algo acerca de lo que pudiera haber motivado ese repentino cambio de parecer de mi hija?

Knighton trató de dar naturalidad a su voz al replicar:

—Me indicó que Mistress Kettering se había encontrado inesperadamente con una persona conocida.

—¿Por eso...?

Knighton percibió una nota de inquietud en la voz del millonario.

—¿Esa persona era hombre o mujer?

—Creo que me dijo que era un hombre.

Van Aldin movió la cabeza. Sus temores se confirmaban. Se levantó y se puso a pasear por el cuarto, lo cual siempre era prueba de que estaba muy agitado. Al fin, incapaz de contener por más tiempo su cólera, exclamó:

—¡No hay ningún hombre que pueda hacer entrar en razón a una mujer! Se diría que carecen de sentido común. ¡Que me vengan a mí a hablar del instinto femenino! Toda persona inteligente dirá lo mismo: que las mujeres son presa fácil para un canalla. Ni un diez por ciento de ellas saben distinguir cuándo se encuentran ante un sinvergüenza y cuándo no. No saben sustraerse a las palabras dulces ni a la elegancia de un vividor. ¡Ah, si yo pudiese intervenir!

Le interrumpió la llegada de un botones, que entró con un telegrama en la mano. Van Aldin lo abrió de inmediato. Al leerlo, su rostro palideció de un modo terrible y tuvo que apoyarse en el respaldo de una silla para no caer. Despidió con un gesto al botones.

—¿Qué ocurre? —preguntó Knighton, que se había levantado.

—¡Ruth! —exclamó Van Aldin con ronco acento.

—¿Mistress Kettering?

—¡Muerta!

—¿Un accidente ferroviario?

Van Aldin negó con la cabeza.

—No, parece que también le han robado. No lo dicen claro, pero mi pobre hija ha sido asesinada.

—¡Dios mío!

Van Aldin señaló el telegrama.

—Me lo envía la policía de Niza. He de salir para allá en el primer tren.

Knighton, tan servicial como siempre, miró el reloj y dijo:

—A las cinco sale uno de Victoria.

—Vendrá usted conmigo, Knighton. Llame a Archer y arregle usted sus cosas. Tráigalo todo aquí. Mientras tanto, me acercaré en un momento a Curzon Street.

Sonó el teléfono y el secretario cogió el aparato.

—Dígame.

—¿...?

—Sí, ¿quién es?

Luego, dirigiéndose a Van Aldin:

—Mister Goby desea verle a usted, señor.

—¿Goby? No puedo recibirle ahora. O si no..., sí..., todavía tenemos tiempo. Dígale que suba.

Van Aldin era un hombre de gran entereza. Había recobrado inmediatamente la serenidad. Pocas personas hubiesen notado lo mucho que sufría cuando recibió a Goby.

—Tengo mucha prisa, Goby... ¿Tiene usted algo importante que decirme?

El señor Goby asintió.

—Se trata de Kettering. Usted me encargó que le tuviese al corriente de cuanto él hiciera.

—¡Ah, sí!

—Mister Kettering salió ayer por la mañana de Londres en dirección a la Riviera.

—¡Qué!

El tono en la voz del millonario fue tan extraño que

llamó la atención de Mister Goby, hasta el extremo de que este digno personaje alteró por primera vez en su vida la costumbre de no mirar nunca a la persona con quien hablaba, dirigiendo una rápida mirada a su interlocutor.

—¿En qué tren salió? —preguntó Van Aldin.

—En el tren azul, señor. —Mister Goby tosió y añadió mirando al reloj de la chimenea—: Mademoiselle Mirelle, la bailarina del Parthenon, iba en el mismo tren.

Capítulo 14

El relato de Ada Mason

—No podría describirle, Mister Van Aldin, el horror que sentimos al descubrir el crimen, y la simpatía que experimentamos por usted.

El señor Carrége, juez de instrucción, se dirigió en estos términos al millonario. Monsieur Caux, comisario de policía, de cuando en cuando pronunciaba alguna palabra de asentimiento. Con un brusco ademán, Van Aldin rechazó las palabras de condolencia de aquellos hombres. La escena tenía lugar en Niza, en el despacho del juez de instrucción. Además de monsieur Carrége, del comisario y de Van Aldin, había otra persona en el aposento, que dijo:

—Monsieur Van Aldin desea que se obre con rapidez.

—¡Ah! —exclamó el comisario—, perdonen ustedes, no les había presentado. Monsieur Van Aldin, monsieur Hércules Poirot. Aunque hace varios años que se ha retirado de su profesión, su nombre es conocido aún como el de uno de los mejores detectives del mundo.

—Me alegro de conocerle, monsieur Poirot —saludó maquinalmente Van Aldin—. ¿De modo que ya no ejerce usted su profesión?

—Así es, señor. Ahora disfruto de la vida. —Y el hombrecillo hizo un gesto elocuente.

—Monsieur Poirot, que por casualidad viajaba en el tren azul —explicó el comisario—, ha tenido la bondad de ayudarnos en las investigaciones.

El millonario se quedó mirando a Poirot; luego añadió:

—Soy muy rico, monsieur Poirot. Se suele decir que un hombre rico puede obtener de la vida todo lo que quiere. Eso no es verdad. En mi mundo soy un gran hombre y, como tal, puedo pedirle un favor a otro gran hombre.

Poirot movió afirmativamente la cabeza.

—Tiene usted razón, monsieur Van Aldin. Y desde este momento me pongo por entero a su disposición.

—Gracias. Lo único que puedo decirle es que no encontrará usted en mí a un desagradecido. Y ahora, señores, a trabajar.

—Propongo —indicó monsieur Carrége— que interroguemos a Ada Mason, la doncella de madame Kettering. Está aquí, ¿verdad?

—Sí —contestó Van Aldin—. Nos reunimos con ella al pasar por París. Está afectadísima por la muerte de su señora, pero a pesar de todo me refirió los hechos con bastante coherencia.

—La haremos pasar —dijo monsieur Carrége.

Tocó el timbre y a los pocos momentos entró Ada Mason. Iba enteramente vestida de negro, y tenía enrojecida la punta de la nariz. En lugar de los guantes grises que había usado durante el viaje, llevaba unos negros de piel de Suecia. Dirigió una mirada a su alrededor y pareció tranquilizarse al ver al padre de su señora. Monsieur Carrége, con sus afables maneras, procuró serenarla. En esta tarea le ayudó Poirot, que actuó de intérprete y que, con sus palabras, acabó por calmar a la inglesa.

—¿Se llama usted Ada Mason?

—Ada Beatrice son mis nombres de bautismo.

—Bien, nos hacemos cargo de que esto habrá significado para usted una gran desgracia.

—¡Ya lo creo! He servido a muchas señoras y creo que siempre quedaron muy satisfechas conmigo. Nunca pude imaginarme que ocurriría una cosa semejante.

—¡Por supuesto! —asintió monsieur Carrége.

—En las novelas yo había leído cosas por el estilo. Ya me había imaginado que en estos trenes extranjeros... —Se detuvo al recordar que el caballero con quien estaba hablando era francés.

—Empecemos por el principio —propuso monsieur Carrége—. Cuando salieron de Londres, ¿sabía usted ya que se iba a quedar en París?

—No, señor. Nos dirigíamos directamente a Niza.

—¿Había viajado usted alguna vez con su señora?

—No, señor, solo hacía dos meses que estaba a su servicio.

—Al salir de Londres, ¿tenía su señora el aspecto de siempre?

—Se la veía inquieta, por cualquier cosa se enfadaba y todo le parecía mal.

Monsieur Carrége movió afirmativamente la cabeza.

—Ahora dígame, señorita Mason: ¿cuándo le dijo su señora que se quedase en París?

—Estábamos en la que llaman Gare de Lyon y mi señora pensaba dar un paseo por el andén. Acababa de salir al pasillo cuando oí que lanzaba una exclamación. Poco después volvió a entrar en su compartimento, acompañada de un caballero, y cerró la puerta que daba al mío. Yo no pude oír nada hasta que la abrió otra vez para decirme que había cambiado de parecer. Me entregó dinero y me ordenó que fuese al Ritz, donde ya la conocían y me ofrecerían sin la menor dificultad una habitación. Allí tenía que esperar noticias suyas. Quedó en que me telegrafiaría para darme instrucciones. Tuve el tiempo justo de coger mi equipaje y salir del tren antes de que se pusiese en marcha. Tuve que darme mucha prisa.

—Mientras madame Kettering le decía todo eso, ¿dónde estaba aquel caballero?

—En el otro compartimento, mirando por la ventanilla.

—¿Puede usted describírnoslo?

—Casi no le vi, pues permaneció todo el rato de espaldas. Era un hombre alto y moreno, es lo único que puedo decir. Iba vestido de una manera corriente, con abrigo azul y sombrero gris.

—¿Sabe usted si era alguno de los viajeros del tren?

—No lo creo, me dio la impresión de que había ido a la estación nada más que para ver a la señora. Claro que podría ser muy bien uno de los viajeros, pero no se me ocurrió pensar siquiera en ello.

Ada Mason parecía turbada por aquel interrogatorio.

—Bien —dijo monsieur Carrége, pasando a otro asunto—. Su señora encargó al empleado del coche cama que no la despertase temprano. ¿Es costumbre en ella levantarse tarde?

—¡Ya lo creo! La señora nunca desayunaba; como no dormía bien por las noches, se levantaba bastante tarde por las mañanas.

De nuevo monsieur Carrége cambió de asunto.

—Entre el equipaje había un maletín de cuero rojo, ¿no es cierto? ¿Guardaba en él todas las joyas su señora?

—Sí, señor.

—¿Se lo llevó usted al Ritz?

—¿Llevarme yo las joyas de mi señora al Ritz? ¡Oh, no, de ninguna manera!

Mason parecía horrorizada.

—¿Lo dejó usted en el tren?

—¡Naturalmente!

—¿Sabe usted si la señora llevaba muchas joyas con ella?

—Bastantes. Había veces que hasta me daba miedo. ¡Con las noticias sobre robos que se leen! Sabía que estaban aseguradas, pero de todos modos me parecía muy peligroso llevar todas aquellas joyas. Mi señora decía que solo los rubíes costaban varios cientos de miles de libras.

—¡Los rubíes! ¿Qué rubíes? —exclamó Van Aldin.

Mason se volvió hacia él, diciendo:

—Creo que fue usted mismo quien se los regaló no hace mucho, monsieur.

—¡Dios mío! —exclamó el millonario—. Pero ¿es que se llevó los rubíes? ¡Yo le había dicho que los dejase en el banco!

Mason carraspeó con una tosecilla discreta que, según parecía, constituía uno de los recursos expresivos de las doncellas. Esta vez expresaba mucho. Expresaba, con más claridad que cualquier palabra, que su señora siempre había hecho su santa voluntad.

—Por lo visto se volvió loca —murmuró Van Aldin—. ¿Qué le ocurriría?

Esta vez fue monsieur Carrége quien, con un ligero carraspeo, atrajo la atención de Van Aldin.

—De momento —dijo el juez, dirigiéndose a la doncella— no la necesitamos. Tenga usted la bondad de pasar a la habitación contigua, donde le leerán su declaración. Si está usted conforme con ella, haga el favor de firmarla.

La mujer salió escoltada por un ordenanza, y Van Aldin se movió hacia el magistrado.

—¿Hay algo más? —interrogó.

Monsieur Carrége abrió un cajón de la mesa, de donde sacó una carta que tendió a Van Aldin.

—En el bolso de su hija encontramos esta carta.

El millonario la leyó. Decía así:

Chère amie:

Te obedeceré, procurando ser prudente y discreto, cosas realmente difíciles para un enamorado. Tal vez no hubiese sido sensato que nos instalásemos en París, pero, en cambio, las Îles d'Or están muy lejos de tu mundo. Puedes estar segura de que nadie se enterará nunca.

Eres muy buena al interesarte tanto por la obra que estoy escribiendo sobre joyas célebres. Será para mí una suerte poder ver y tocar esos históricos rubíes. Pienso dedicar todo un capítulo de mi libro a este maravilloso Corazón de Fuego.

Pronto nos resarciremos, adorada mía, de estos terribles años de separación.

Te adora, tu

Armand

Capítulo 15

El conde de la Roche

Van Aldin leyó la carta en silencio. Su rostro enrojeció de cólera. Los hombres que le observaban pudieron ver cómo se le hinchaban las venas de la frente y se crispaban sus fuertes manos. Sin un comentario, devolvió la carta. El juez miraba atentamente su mesa, la mirada de monsieur Caux estaba clavada en el techo y Poirot limpiaba con cuidado su traje de una invisible motita de polvo. Con gran delicadeza, ninguno de ellos miró a Van Aldin.

Fue monsieur Carrége quien, consciente de su deber, abordó por fin el vidrioso asunto.

—Quizá sepa usted quién ha escrito esta carta, Van Aldin.

—Lo sé.

—¡Ah! —dijo el magistrado con una mirada interrogadora.

—La ha escrito un bribón que se hace llamar conde de la Roche.

Hubo una pausa; luego Poirot se inclinó sobre la mesa del juez y, mientras enderezaba una regla que había en ella, dijo al millonario:

—Comprendemos, monsieur Van Aldin, todo el dolor que le causará a usted el tener que hablar de esas cosas; pero, créame, en estos momentos no se debe ocultar nada; si se trata de hacer justicia, es necesario que lo sepamos todo. Reflexione usted sobre ello y comprenderá que tenemos razón al hablar así.

Van Aldin se quedó en silencio durante unos minutos. Luego, con una visible repugnancia, movió afirmativamente la cabeza.

—Sí, tiene usted razón, monsieur Poirot. Por muy desagradable que sea para mí el hablar de ciertas cosas, mi deber es no ocultar nada a la justicia.

El comisario lanzó un suspiro de alivio, y el juez de instrucción, recostándose en su butaca, se ajustó las gafas sobre su larga y afilada nariz.

—Le ruego, monsieur Van Aldin, que nos cuente todo lo que sepa respecto a ese hombre.

—Todo empezó en París, hace cosa de doce años. Mi hija era entonces una jovencita que tenía la cabeza, como suele ocurrir a las muchachas, llena de románticas historias. Sin saberlo yo, conoció a ese conde de la Roche, de quien tal vez habrán oído hablar. —El comisario y Poirot asintieron—. Se hace llamar conde de la Roche, pero dudo que tenga ningún derecho a usar ese título.

—No es fácil que se encuentre ese nombre en el *Almanaque de Gotha*.

—Me enteré de algo más —siguió Van Aldin—. Ese sujeto era un apuesto truhan que ejercía una fatal fascinación sobre las mujeres. Ruth se enamoró de él, pero enseguida intervine yo e impedí que aquello pasase a mayores. Aquel hombre no era más que un estafador.

—Tiene usted razón —afirmó el comisario—. El conde

de la Roche nos es muy conocido. Si hubiese sido posible, hace ya tiempo que estaría entre rejas, pero, *ma foi!*, no es fácil: el bribón es listo y comete siempre sus fechorías con mujeres de la alta sociedad, a quienes saca el dinero con falsas historias o por medio de chantajes. *Eh bien*, naturalmente, ellas no dicen ni media palabra por miedo de aparecer ante sus conocidos como unas locas. Como ha dicho usted, ese individuo tiene un extraño poder sobre las mujeres.

—Me consta —respondió el millonario. Y siguió—: Bueno, pues, como le contaba hace un momento, obligué a mi hija a romper toda relación con ese canalla tras hacerle ver la clase de hombre que era. En ese momento pareció creerme. Un año después conoció a Derek Kettering y se casó con él. Creí que aquello sería el final del asunto, pero hace una semana descubrí, con profundo asombro, que mi hija había reanudado sus relaciones con el conde de la Roche. Se veían a menudo en Londres y en París. Yo le reproché la imprudencia que cometía, puesto que mi hija, señores, iba a entablar una demanda de divorcio contra su marido.

—Eso es interesante —observó Poirot, que estaba mirando al techo.

Van Aldin le miró vivamente y explicó:

—Le hice notar la locura que cometía viendo al conde en aquellas circunstancias. Creí que la había convencido...

El juez de instrucción tosió un poco.

—Pero por lo que cuenta esa carta... —empezó a decir.

Van Aldin le interrumpió:

—Ya lo sé, no hay necesidad de que me lo repita. Por

muy desagradable que sea, hemos de inclinarnos ante la realidad. Está demostrado que Ruth había decidido ir a París a reunirse con el conde de la Roche. Por lo visto, después de lo que le dije, le escribió citándole en otro lugar.

—Las Îles d'Or están situadas frente a las Hyères. Es un lugar idílico —mencionó pensativo el comisario.

Van Aldin asintió a la vez que exclamaba:

—¡Dios mío! ¿Cómo pudo Ruth cometer semejante locura? —Su tono era amargo—. Lo que dice de ese libro que está escribiendo sobre las joyas artísticas me hace sospechar que venía siguiendo la pista de los rubíes desde hace tiempo.

—Son unas piedras famosas —aseguró Poirot—. Primero formaron parte de las joyas de la Corona de Rusia. Son únicas en su clase, su valor es fabuloso. Últimamente corría el rumor de que habían pasado a manos de un rico estadounidense. Por lo visto, fue usted quien las adquirió.

—Sí, las adquirí en París, hace unos diez días.

—Dígame, ¿duraron mucho tiempo las negociaciones para su adquisición?

—Unos dos meses. ¿Por qué?

—Esas cosas se saben —insinuó Poirot—, y siempre hay ladrones que van detrás de alhajas así.

El rostro de Van Aldin se ensombreció.

—Recuerdo —dijo— que al entregar el collar a Ruth le pedí, bromeando, que no se lo llevase a la Riviera, pues no quería que corriera el peligro de morir asesinada por culpa de los rubíes. ¡Dios mío! Hay cosas que uno dice sin imaginar siquiera que van a hacerse realidad.

Tras un silencio impresionante, Poirot habló con su tono habitual:

—Pongamos un poco de orden en las cosas. De acuerdo con nuestra hipótesis, el hecho ocurrió así: el conde de la Roche sabía que usted había adquirido los rubíes, y con una simple estratagema indujo a madame Kettering a que los llevase con ella. Él es, pues, el sujeto que Ada Mason vio en el tren, en París.

Los tres hombres aprobaron su teoría con una inclinación de cabeza.

Poirot continuó:

—Madame se sorprendió al verle allí, pero enseguida resolvió el conflicto diciendo a Ada Mason que se quedara en París y comprando para sí una cesta de provisiones. El empleado del tren hizo la cama del primer compartimento, pero no entró en el segundo, y en este podía estar perfectamente escondido un hombre. Hasta entonces el conde había estado oculto. Nadie conocía su presencia en el tren, excepto madame, pues él tuvo buen cuidado de que la camarera no le viera el rostro. Todo cuanto esta ha podido decir es que era alto y moreno, lo cual es sumamente vago. La víctima y su asesino están solos. El tren corre a través de la noche. No se oye el menor grito, puesto que ella cree que aquel hombre la ama. —Al llegar aquí, Poirot se volvió hacia Van Aldin—. La muerte, monsieur, fue casi instantánea, no insistiremos sobre este punto. El conde se apodera del maletín de las joyas, que está a su alcance, y, poco después, el tren entra en Lyon.

Monsieur Carrége movió afirmativamente la cabeza.

—Para un hombre es facilísimo bajarse del tren sin que lo vean; luego cogería otro tren para París u otro destino cualquiera, y el crimen se le atribuiría a un vulgar ladrón. De no ser por la carta encontrada en el bolso de madame, no se hubiera sospechado de él.

—Fue una verdadera torpeza, por su parte, no registrar el bolso —dijo el comisario.

—Sin duda, creyó que ella habría destruido ya aquella carta. Desde luego, fue una indiscreción enorme el conservarla.

—Indiscreción que el conde debía haber previsto —murmuró Poirot.

—¿Qué quiere usted decir?

—Que todos estamos de acuerdo en que el conde conoce a fondo a las mujeres. Pues bien, conociéndolas tanto, ¿cómo no previó que madame Kettering podía haber conservado su carta?

—Sí, sí —asintió dubitativamente el juez—, hay algo de lógico en lo que usted dice. Pero a veces el hombre no es dueño de sí mismo y no puede razonar con serenidad. *Mon Dieu!* —añadió—, si nuestros criminales no perdiesen nunca la cabeza y obrasen siempre de un modo inteligente, ¿cómo lograríamos descubrirlos?

Poirot le sonrió.

—El caso me parece muy claro —siguió el juez—, pero muy difícil de probar. El conde es muy astuto, y a menos que la doncella logre identificarlo...

—Lo que es muy improbable —afirmó Poirot.

—Sí, sí —asintió el juez acariciándose la barbilla—, va a ser muy difícil.

—Si él no ha cometido el crimen... —empezó Poirot.

El juez le interrumpió:

—¿Qué dice usted? ¿Que no ha cometido el crimen?

—Sí, monsieur, eso mismo.

Este le miró vivamente.

—Tiene usted razón —accedió al fin—, vamos demasiado deprisa. Es muy posible que el conde tenga una coartada, en cuyo caso quedaríamos en ridículo.

—*Ah, ça, par exemple* —replicó Poirot—, no tiene ninguna importancia. Es lógico que si ha cometido el crimen, tenga una coartada. Un hombre de la experiencia del conde no deja de tomar precauciones. Lo que me hace dudar se debe a otra razón.

—¿Qué razón es esa?

Poirot hizo un gesto ampuloso.

—La psicología.

—¡¿Qué?! —exclamó el comisario.

—Sí, hasta ahora lo sucedido no responde a su psicología. El conde es un estafador, un canalla, que se aprovecha de las mujeres. Se proponía apoderarse de las joyas de madame. Un hombre así, ¿es capaz de cometer un asesinato? ¡No! Los tipos como el conde son todos unos cobardes, no se atreven a correr ningún riesgo, les gusta obrar con absoluta seguridad. Pero... ¿asesinar? ¡No y mil veces no...! —exclamó Poirot malhumorado.

El juez de instrucción no parecía dispuesto a dejarse convencer y dijo:

—Bien, sí, pero siempre llega un día en que tales individuos pierden la cabeza y van demasiado lejos. Sin duda, este es uno de esos casos.

—Yo solo he expuesto mi opinión personal —declaró Poirot—. Desde luego, el asunto está en sus manos y usted hará lo que crea conveniente.

—Estoy convencido de que hay que detener al conde de la Roche —opinó monsieur Carrége—. ¿No lo cree usted también, monsieur *le commissaire*?

—Desde luego.

—¿Y usted, monsieur Van Aldin?

—Sí, sí —asintió el millonario—. Ese hombre es un verdadero canalla, no cabe duda.

—Creo que será difícil echarle el guante —dijo el magistrado—. Sin embargo, haremos cuanto podamos. Enseguida telegrafiaremos las órdenes pertinentes.

—Permítanme ayudarles —rogó Poirot—. Les aseguro que no habrá ninguna dificultad para detenerle.

—¿Cómo?

Los tres hombres le miraban extrañados. El hombrecillo les sonrió.

—Mi trabajo es estar enterado de todo. El conde, que es un sujeto inteligente, en la actualidad se halla en Antibes, donde ha alquilado una villa: villa Marina.

Capítulo 16

Poirot discute el caso

Todos miraron con asombro a Poirot. El comisario se echó a reír de forma nerviosa.

—¡Nos está usted dando lecciones! —exclamó—. Por lo visto, monsieur Poirot sabe más que la policía.

Poirot, complacido, miró al techo, adoptando un aire de burlona modestia.

—¡Qué quieren ustedes, es una verdadera manía en mí el enterarme de todo lo que ocurre! Claro que me sobra tiempo para averiguarlo todo, pues no tengo otra cosa que hacer.

El comisario movió la cabeza, como abrumado por un gran peso, y dijo:

—¡Ah!, en cambio yo...

Poirot se volvió de pronto hacia Van Aldin preguntándole:

—¿Cree usted en la culpabilidad del conde de la Roche?

—Sí..., todo parece probarlo.

El tono de duda con que Van Aldin respondió a la pregunta de Poirot atrajo la atención del juez, quien le miró con ojos escudriñadores. Van Aldin pareció inquietarse por aquella mirada e hizo un violento esfuerzo para rechazar de su mente alguna preocupación que le torturaba sin duda.

—¿Y qué hay de mi yerno? —preguntó—. ¿Sabe ya la noticia? Creo que está en Niza, ¿verdad?

—Sí, monsieur. —Y el magistrado añadió discretamente, después de una ligera vacilación—: Tal vez no sepa usted que monsieur Kettering viajaba también en el tren azul.

El millonario inclinó afirmativamente la cabeza.

—Me enteré de ello momentos antes de salir de Londres —contestó lacónico.

—Monsieur Kettering nos aseguró que no tenía la menor idea de que su mujer fuese en el tren —dijo el comisario.

—Lo creo —repuso el millonario—, para él hubiera sido una desagradable sorpresa encontrarse con su mujer.

Los tres hombres se le quedaron mirando.

—Voy a hablarles con franqueza —indicó Van Aldin—. Nadie sabe lo que mi pobre hija tuvo que sufrir al lado de ese hombre. Sepan ustedes que Derek Kettering no iba solo: le acompañaba una mujer.

—¿Una mujer?

—Sí. Mirelle, la bailarina.

Monsieur Carrége y el comisario se miraron como si aquello confirmase alguna conversación anterior. Monsieur Carrége se recostó en su sillón y, juntando las manos, clavó la vista en el techo.

—¡Ah! Todo acaba sabiéndose —observó.

—Esa bailarina es muy conocida —dijo monsieur Caux.

—Y, además —añadió Poirot, pronunciando despacio las palabras—, carísima.

Van Aldin, que había enrojecido visiblemente, se inclinó sobre la mesa del juez y descargó un tremendo puñetazo sobre ella.

—Mi yerno es un canalla —afirmó. Miró uno tras otro a todos los presentes—. ¡Oh! Ya sé que no lo parece a primera vista. ¡Es tan simpático! A mí también me engañó. Supongo que, al enterarse de lo ocurrido, fingiría una gran desolación, a no ser que estuviese ya enterado.

—Fue una verdadera sorpresa para él. Parecía anonadado.

—¡Maldito hipócrita! —exclamó Van Aldin—. Seguramente simularía un profundo dolor.

—No..., no —negó con parsimonia el comisario—. En realidad no fue así, ¿verdad, monsieur Carrége?

El magistrado juntó las yemas de sus dedos y cerró los ojos.

—Expresó horror, asombro, pero no sentimiento.

Hércules Poirot habló de nuevo.

—Permítame usted una pregunta, monsieur Van Aldin. ¿Le supone algún beneficio a su yerno la muerte de su esposa?

—Hereda dos millones.

—¿De dólares?

—No, de libras. Le regalé esa cantidad a mi hija el día de su boda y, como no ha hecho testamento ni ha tenido hijos, el dinero, según la ley inglesa, lo hereda su marido.

—De quien estaba precisamente a punto de divorciarse —añadió Poirot.

El comisario se volvió hacia él.

—¿Qué quiere usted decir...? —empezó.

—No, no quiero decir nada —atajó Poirot—. Me limito a poner en orden los hechos, eso es todo.

Van Aldin le miró con creciente interés. El hombrecillo se puso en pie.

—No creo que, de momento, pueda serle útil a usted, monsieur —dijo inclinándose cortésmente ante monsieur Carrége—, pero le agradecería que me tuviera al tanto del curso de los acontecimientos.

—Desde luego, desde luego.

Van Aldin se puso en pie también.

—¿No me necesitan ya?

—No, monsieur, por ahora ya tenemos todos los informes necesarios.

—Entonces pasearé un rato con monsieur Poirot, si no tiene inconveniente.

—Por mi parte, encantado —afirmó Poirot, inclinándose.

Van Aldin encendió un enorme cigarro, pero antes había ofrecido otro a Poirot, quien se excusó y encendió uno de sus minúsculos cigarrillos.

Hombre de gran entereza moral, Van Aldin parecía completamente tranquilo. Después de dar algunos pasos en silencio, dijo:

—Me ha parecido oír, monsieur Poirot, que usted ya no ejerce su profesión.

—Así es, ahora me dedico a disfrutar de la vida.

—Sin embargo, ayuda usted a la policía en este asunto.

—Si un médico retirado pasa por una calle en el preciso momento de ocurrir un accidente, ¿dirá acaso: «Me he retirado de mi profesión, no debo entrometerme en nada», y seguirá su marcha estando alguien en peligro de muerte? ¡Ah! Si yo hubiera estado en Niza y la policía me hubiese llamado para que los ayudase, desde luego, me habría negado. Pero este suceso lo ha puesto Dios en mi camino.

—Si se hallaba usted en el lugar del crimen —expuso Van Aldin pensativo—, examinaría usted el compartimento, ¿verdad? Y, sin duda, encontraría algo que le diera una pista, ¿no?

El detective asintió.

—Tal vez.

—Creo que debe de haber comprendido ya adónde quiero ir a parar —señaló Van Aldin—. A mí me parece que la culpabilidad del conde de la Roche es indudable, pero como no soy tonto y durante todo el tiempo que hemos estado en el despacho del juez le he venido observando a usted, he entendido que, por el motivo que sea, no está de acuerdo con esa hipótesis.

Poirot se encogió de hombros.

—Yo puedo equivocarme.

—Le voy a pedir un favor, monsieur Poirot. ¿Quiere trabajar para mí?

—¿Para usted en particular?

—Eso es.

Poirot reflexionó durante unos momentos. Al fin dijo:

—¿Se da cuenta de lo que me pide?

—Sí.

—Pues bien, acepto, pero necesito que conteste con franqueza a mis preguntas.

—Desde luego.

Desde aquel mismo momento el comportamiento de Poirot varió. Se hizo brusco y habló como un hombre de negocios.

—Respecto al divorcio de su hija, ¿fue usted quien la indujo a pedirlo?

—Sí.

—¿Cuándo?

—Hace unos diez días. Ella me escribió quejándose de la conducta de su marido. Entonces yo le aseguré que el único medio que existía para librarse de él era el divorcio.

—¿De qué se quejaba?

—Habían visto a su marido en compañía de una mujer conocida, de esa Mirelle de quien hemos hablado antes.

—¿La bailarina? ¡Ah, ah! Y madame Kettering, al saberlo, ¿se disgustó? ¿Quería mucho a su marido?

—No puedo asegurarlo —reconoció Van Aldin vacilando.

—Entonces no era su corazón el que sufría, sino su orgullo. Es eso lo que usted quiere decir, ¿verdad?

—Sí, creo que era así.

—Supongo que ese matrimonio nunca fue un matrimonio feliz.

—Derek Kettering es incapaz de hacer feliz a ninguna mujer.

—Es un mala cabeza, ¿verdad?

Van Aldin asintió.

—*Très bien*. Entonces, aconsejó a su hija que pidiera el divorcio y ella accedió. Luego, usted consultaría con sus abogados. ¿Cuándo se enteró monsieur Kettering de esa noticia?

—Le llamé a mi despacho y le expuse con detalle mis propósitos.

—¿Y él qué dijo?

El rostro de Van Aldin se ensombreció con aquel recuerdo.

—Se mostró sumamente cínico.

—Perdóneme usted la pregunta, pero ¿acaso se refirió su yerno al conde de la Roche?

—No lo nombró —repuso con repugnancia el millonario—, pero me dio a entender que estaba enterado de todo.

—¿Puede usted decirme cuál era la situación económica de monsieur Kettering en aquellos momentos?

—¿Por qué supone usted que puedo estar enterado de eso? —preguntó Van Aldin tras un instante de vacilación.

—Me parece muy lógico que así fuera.

—Bueno, tiene usted razón. Yo sabía que Kettering estaba sin un céntimo.

—¡Y ahora ha heredado dos millones de libras! *La vie...* es una cosa fantástica, ¿verdad?

Van Aldin le miró vivamente.

—¿Qué quiere usted decir?

—Nada, estaba filosofando —respondió Poirot. Y añadió—: Pero volvamos a donde estábamos. Casi con toda seguridad monsieur Kettering no accedería al divorcio e intentaría defenderse.

Van Aldin permaneció callado durante unos segundos. Después dijo:

—No sé exactamente cuáles eran sus intenciones.

—¿Volvió usted a hablar con él?

De nuevo Van Aldin guardó silencio.

—No —contestó al fin.

Entonces Poirot se detuvo, se quitó el sombrero y tendió la mano al millonario.

—Buenos días, monsieur Van Aldin, no puedo hacer nada por usted.

—¿Cómo dice? —preguntó Van Aldin.

—Que si no me cuenta toda la verdad, no puedo hacer nada.

—No sé lo que quiere decir.

—¡Ya lo creo que lo sabe! Por mi parte, le aseguro, monsieur Van Aldin, que sabré ser discreto.

—Bueno, sí, es cierto que no he dicho toda la verdad —contestó, decidiéndose, Van Aldin—. Verá usted —siguió—, algunos días después me puse en contacto con mi yerno.

—¡Ah!

—Para ser exacto, envié a mi secretario, el comandante Knighton, para que hablase con él, con instrucciones de ofrecerle la cantidad de cien mil libras esterlinas si no se oponía al divorcio.

—Bonita suma —contestó Poirot—. ¿Y cuál fue la respuesta que dio su yerno al comandante Knighton?

—Le dijo que me fuese al diablo.

—¡Ah! —exclamó Poirot.

No mostró la menor emoción, y empezó a ordenar los hechos en su cerebro.

—Monsieur Kettering ha declarado a la policía que ni vio ni habló con su mujer durante todo el viaje. ¿Cree usted esa declaración, monsieur Van Aldin?

—Sí. Seguramente hizo todo lo posible para evitar el encuentro.

—¿Por qué?

—Porque él iba con otra mujer.

—¿Mirelle?

—Sí.

—¿Cómo se enteró usted de eso?

—Por un hombre a quien ordené que le siguiera los pasos. Me dijo que ambos habían salido en aquel tren.

—Comprendo, comprendo. En ese caso, como antes ha dicho muy bien, no es probable que intentase ver a su mujer.

El hombrecillo guardó silencio durante largo rato, sin que Van Aldin interrumpiera su meditación.

Capítulo 17

Un aristócrata

—¿Había estado ya en la Riviera, George? —preguntó Poirot a la mañana siguiente a su criado.

George era un inglés de pura raza, de rostro impasible.

—Sí, señor —contestó—, estuve aquí hace dos años, cuando me hallaba a las órdenes de lord Edward Frampton.

—¡Y hoy está a las de Hércules Poirot! ¡Buena manera de ascender un hombre en la vida!

El criado no replicó a la observación. Tras una pausa, dijo:

—¿El traje gris, señor? Hoy el aire es algo fresco.

—El chaleco tiene una mancha de grasa —señaló Poirot—. Me cayó en él un *morceaux de filet de sole à la Jeanette* comiendo el martes en el Ritz.

—Ya no existe esa mancha, señor; la limpié —repuso George en tono de reproche.

—*Très bien*, estoy satisfecho de usted, George.

—Gracias, monsieur.

Hizo una pausa y Poirot expuso pensativo:

—Supongamos por un momento, George, que hubiese nacido en la misma esfera que su último señor, lord Edward Frampton, y que, arruinado, se casara con una mujer enormemente rica, pero que ella después se propusiese, con grandes razones para ello, divorciarse. En tal caso, ¿qué haría?

—Procuraría, por mis medios, hacerla cambiar de opinión.

—¿Por qué medios? ¿Pacíficos o violentos?

George le miró extrañado.

—Perdone, usted, monsieur —dijo—, pero un aristócrata no puede comportarse como un tendero. Desde luego, no recurriría a ninguna bajeza.

—¿No? Pues yo no estoy muy seguro de eso, pero quizá tenga razón.

Llamaron a la puerta. El criado la abrió discretamente unos centímetros. Se oyó un murmullo de voces y George se volvió hacia Poirot, diciéndole:

—Han traído una nota, monsieur.

Poirot la miró, era de monsieur Caux, el comisario de policía. Decía lo siguiente: «Vamos a interrogar al conde de la Roche. El juez de instrucción le ruega a usted que esté presente».

—¡Enseguida, George! ¡Mi traje!

Un cuarto de hora después, elegantemente vestido con su traje gris, Poirot entraba en el despacho del juez de instrucción. Monsieur Caux estaba allí también. Los dos le saludaron con amabilidad.

—El asunto es desconcertante —afirmó monsieur Caux.

—Parece que el conde llegó a Niza el día antes del crimen.

—Si eso es cierto, habrá que exculpar al conde —contestó con amabilidad Poirot.

Monsieur Carrége carraspeó.

—Nosotros solo podemos aceptar esa coartada tras una investigación —sentenció al tiempo que tocaba un timbre que había sobre la mesa.

Poco después, un hombre alto, moreno, vestido con elegancia, entró altivamente en la habitación. Tan aristocrático era el porte del conde que hubiera sido una herejía decir que en Nantes su padre había sido un oscuro comerciante de maíz (lo cual era, a pesar de todo, la pura verdad). Viéndole se hubiera jurado que innumerables antepasados suyos habían perecido en la guillotina durante la Revolución francesa.

—Aquí me tienen, señores —dijo con arrogancia el conde—, ¿pueden decirme qué desean de mí?

—Haga el favor de sentarse, señor conde —invitó cortés el juez—. Se trata de la muerte de madame Kettering, sobre la cual estamos investigando.

—¿La muerte de madame Kettering? No entiendo.

—Usted..., ejem..., conocía mucho a esa señora, ¿verdad?

—Sí, tenía cierta amistad con ella. Pero ¿qué tiene que ver esto con ustedes?

Y ajustándose el monóculo, miró fríamente a su alrededor, posándose su vista unos instantes sobre Poirot, quien le contemplaba con cierta expresión admirativa que halagó su vanidad. Monsieur Carrége se recostó en su sillón y carraspeó.

—Tal vez no sepa usted, conde, que madame Kettering ha muerto asesinada.

—¿Asesinada? *Oh, mon Dieu*, qué horror.

La sorpresa y la pena eran naturalísimas..., tan bien expresadas que parecían sinceras.

—Madame Kettering fue estrangulada entre París y Lyon, y sus joyas, robadas.

—¡Qué maldad! —gritó el conde—. La policía tendría que hacer algo contra esos bandidos de los trenes. Hoy día nadie puede viajar seguro.

—En el bolso de esa señora —siguió el juez— encontramos una carta suya, monsieur. Según parece, debía reunirse con usted.

El conde se encogió de hombros y separó las manos.

—¿Por qué mentir? —dijo francamente—. Al fin y al cabo, todos sabemos lo que son estas cosas; no tengo inconveniente en decir aquí, entre nosotros, que es cierto.

—Se reunió usted con ella en París y viajaron juntos, ¿verdad? —preguntó monsieur Carrége.

—Esa fue nuestra primera intención, pero luego, de acuerdo con el deseo de ella, convinimos en encontrarnos en Hyères.

—¡Ah! Entonces ¿no se reunió usted con ella en la Gare de Lyon, la tarde del día catorce?

—No, señor. Yo llegué a Niza en la mañana de aquel día; por tanto, era imposible que estuviera en París.

—Bien, bien —dijo monsieur Carrége—. Ahora, como simple formalismo, ¿quiere hacer el favor de contarnos lo que hizo usted durante la noche del día catorce?

El conde reflexionó unos instantes.

—Cené en Montecarlo, en el café de París. Luego fui al Sporting, donde gané unos miles de francos —se encogió de hombros— y volví a casa alrededor de la una.

—Perdone, pero ¿puede decirme cómo volvió usted a su casa?

—En mi automóvil.

—¿Le acompañaba alguien?

—No.

—¿Tiene usted algún testigo que confirme su declaración?

—Claro que sí. Varios amigos míos me vieron aquella noche.

—Al entrar usted en su villa, ¿le abrió la puerta el criado?

—La abrí yo mismo, con mi llave.

—¡Ah! —murmuró el magistrado.

Tocó de nuevo el timbre. Se abrió la puerta y entró un ordenanza.

—Haga usted pasar a la doncella, mademoiselle Mason —mandó monsieur Carrége.

—Bien, señor juez.

Ada Mason entró.

—¿Tiene usted la bondad, mademoiselle, de fijarse bien en este caballero? —Y señaló al conde de la Roche—. ¿Recuerda usted si fue él quien entró en el compartimento de su señora en la estación de París?

La mujer miró atentamente al conde, que estaba, al parecer, muy nervioso, como pudo advertir Poirot.

—No puedo asegurarlo —dijo al fin la camarera—. Tal vez lo sea y tal vez no. Como solo le vi de espaldas, no puedo asegurar nada, aunque me parece que sí que es el mismo.

—Pero no está usted segura...

—No —reconoció de mala gana la doncella—, no estoy segura.

—¿Había ya visto usted a este caballero, en casa de su señora?

La mujer volvió la cabeza.

—Yo no veía a ninguno de los visitantes, a no ser que se quedasen a comer en casa.

—Está bien, mademoiselle, puede usted retirarse —indicó el magistrado.

Acababa de sufrir, sin duda, una decepción.

—Un momento —dijo el detective—. Si ustedes me lo permiten, quisiera hacer una pregunta a mademoiselle.

—Desde luego, monsieur Poirot, no faltaba más.

El detective se dirigió a la doncella.

—¿Puede decirme usted qué pasó con los billetes?

—¿Qué billetes?

—Los billetes de Londres a Niza. ¿Quién los llevaba, usted o su señora?

—La señora llevaba el suyo y yo llevaba los demás.

—¿Qué pasó con ellos?

—Se los entregué al empleado del vagón; me explicó que se hacía así. Creo que hice bien, ¿verdad?

—Sí, sí. Era un detalle que quería saber. Nada más.

Monsieur Caux y el juez de instrucción le miraron con curiosidad.

Ada Mason permaneció allí, sin saber qué hacer, durante unos instantes. Al fin el juez le indicó que podía retirarse y se fue.

Poirot escribió algo en un pedazo de papel y se lo tendió a monsieur Carrége, quien, después de leerlo, tosió.

—Bueno, señores —preguntó con altivez el conde—. ¿Van ustedes a entretenerme mucho tiempo más?

—¡No, no! ¡Claro que no! —se apresuró a decir con amabilidad monsieur Carrége—. Todo se ha aclarado respecto a la posición de usted en este asunto, pero, naturalmente, teníamos que interrogarle debido a la carta que se encontró en el bolso de la señora.

El conde se puso en pie, cogió su bastón y, con una breve reverencia, salió del despacho.

—Tiene usted razón, monsieur Poirot —dijo el juez—. Es mucho mejor hacerle creer que no se sospecha de él, y así comprobaremos la coartada, pues me parece que no es muy firme.

—Es muy probable que no lo sea —convino Poirot.

—Rogué a monsieur Kettering que viniese aquí esta mañana —advirtió el juez—. Aunque, en realidad, no creo que podamos preguntarle muchas cosas. Sin embargo, como hay dos o tres puntos algo oscuros... —Se detuvo y empezó a rascarse la nariz.

—¿Qué puntos...? —preguntó Poirot.

El magistrado tosió.

—Esa mademoiselle Mirelle con quien se dice que viajó. Ella se hospeda en un hotel y él en otro, cosa muy extraña.

—Parece —observó monsieur Caux— que obran con precaución.

—Eso parece —convino triunfalmente monsieur Carrége—. ¿Y por qué han de ser tan cautos?

—Un exceso de precaución es siempre sospechoso, ¿verdad? —preguntó Poirot.

—*Précisément.*

—Podemos hacer algunas preguntas a monsieur Kettering —añadió Poirot.

El magistrado dio algunas instrucciones. Momentos después, Derek Kettering, risueño como siempre, entraba en la habitación.

—Buenos días —dijo con cortesía el juez.

—Buenos días —contestó el recién llegado—. ¿Hay alguna novedad?

Derek se sentó, dejando el bastón y el sombrero sobre la mesa.

—¿Qué sucede? —preguntó impaciente.

—Hasta ahora no hemos descubierto nada nuevo —le notificó monsieur Carrége.

—Muy interesante —respondió secamente Derek—. ¿Y me ha hecho venir para decirme esto?

—Creímos que a usted le interesaría saber la marcha de la investigación —explicó el juez.

—¿Aun en el caso de que no exista ninguna marcha?

—Además, deseábamos hacerle algunas preguntas.

—Pues... ustedes dirán.

—¿Está usted seguro de que no vio a su esposa ni habló con ella en el tren?

—Ya les dije a ustedes que no.

—Sin duda, tendría usted motivos para no verla.

Kettering miró extrañado al juez.

—Yo no sabía que ella estaba en el tren —contestó, espaciando adrede las palabras, como si hablase con alguien de dura mollera.

—Eso es lo que usted dice —murmuró monsieur Carrége.

Derek arrugó el entrecejo.

—Me gustaría saber adónde quiere usted ir a parar. ¿Le gustaría saber lo que pienso yo?

—Sí, ¿qué piensa usted?

—Pues, sencillamente, que la policía francesa tiene mucha fama. Sin duda, conocerá usted las bandas de ladrones, y es vergonzoso que un caso así pueda ocurrir en un tren de lujo, sin que la policía logre dar con los culpables.

—Para eso estamos trabajando.

Poirot, juntando las yemas de los dedos y mirando inocentemente al techo, indicó de repente:

—He oído decir que su mujer no ha hecho testamento.

—Sí, no creo que lo haya hecho —convino Derek—. ¿Por qué lo dice usted?

—Es una bonita fortuna la que usted hereda —afirmó Poirot—. ¡Una fortuna muy bonita!

A pesar de tener la vista clavada en el techo, advirtió que el rostro de Kettering se ensombrecía.

—¿De qué está hablando...? Pero, bueno, ¿puedo antes saber quién es usted?

El detective apartó la vista del techo y miró fijamente al joven.

—Me llamo Hércules Poirot —dijo despacio—. Y soy, sin duda, el mejor detective del mundo. —E insistió—: ¿Está seguro de que no habló con ella?

—¿Adónde quiere ir a parar? Usted... está insinuando que yo... la maté. —Se echó a reír—. Vamos, no debería dejarme llevar por mi temperamento. Es una cosa tan absurda... De haberla matado yo, ¿creen que hubiera tenido necesidad de robarle las joyas?

—Eso es verdad —reconoció Poirot como abrumado—, no había pensado en ello.

—Si existe un caso evidente de asesinato por robo, es este —afirmó Kettering—. ¡Pobre Ruth, los rubíes han sido fatales para ella! Tengo entendido que, antes de que fueran suyos, ya habían sido motivo de varios asesinatos.

Poirot se irguió en su silla, una luz verde pasó por sus ojos.

—Una pregunta más, monsieur Kettering —solicitó—. ¿Quiere usted hacer el favor de decir cuándo vio a su esposa la última vez?

—Un momento, señor. —Derek trató de recordar—. Fue... Sí, creo que fue hace unas tres semanas, aunque no puedo precisar la fecha exacta.

—No importa —contestó Poirot—, eso es cuanto deseaba saber.

—Bien —dijo Derek impaciente, mirando a monsieur Carrége—. ¿Hay algo más?

El juez miró a Poirot, quien contestó con un ademán negativo.

—No, monsieur Kettering —señaló después—, ya no tenemos necesidad de molestarle. Buenos días.

—Igualmente —contestó Kettering. Y salió, cerrando con violencia la puerta.

Poirot se inclinó hacia delante y preguntó en cuanto el joven hubo salido:

—¿Cuándo le habló usted a monsieur Kettering de esos rubíes?

—No le he hablado de ellos —repsondió monsieur Carrége—. Hasta ayer, cuando nos lo contó monsieur Van Aldin, no sabíamos ni que existieran.

—Sin embargo, en la carta del conde se mencionan.

Monsieur Carrége pareció ofendido.

—Pero yo tampoco hablé de esa carta a monsieur Kettering —dijo con un tono extraño de voz—. Hubiese sido una verdadera indiscreción, dado el estado actual de las cosas.

Poirot se inclinó hacia él y golpeó la mesa con violencia.

—Entonces ¿cómo conocía él la existencia de los rubíes? Su mujer no se lo pudo decir, porque no la había visto desde hacía tres semanas. Por otra parte, no es probable que ni Van Aldin ni su secretario aludiesen a ellos; sus entrevistas fueron de muy distinta índole y en los diarios no se habló para nada de la compra de los rubíes.

Se puso en pie y, cogiendo el bastón y el sombrero, murmuró:

—Sin embargo, nuestro hombre conocía la existencia de las joyas. Me gustaría saber cómo se ha enterado. Sí, me gustaría mucho saberlo.

Capítulo 18

El almuerzo de Derek

Derek Kettering se dirigió al Negresco y pidió dos combinados que bebió con rapidez; después de dirigir una pensativa mirada hacia el mar, se dedicó a observar distraídamente a los transeúntes. No era nada interesante aquella ocupación. En realidad, le parecía difícil en aquellos momentos encontrar algo interesante. Sin embargo, rectificó enseguida aquella impresión al ver a una dama que se sentó ante una mesita, no lejos de él. Llevaba un precioso traje naranja y negro, y un sombrerito que dejaba su rostro en la sombra. Derek pidió un tercer combinado mientras fijaba de nuevo la mirada en el mar. De repente se estremeció. Ese perfume le era familiar, al igual que la mujer del traje naranja y negro. Por fin pudo ver su rostro y la reconoció. Era Mirelle, quien sonreía con aquel gesto suyo insolente y seductor que él conocía tan bien.

—¡Derek! —murmuró—. Te alegras de verme, ¿verdad? —Se dejó caer en su silla, al otro lado de la mesa—. Pero salúdame, tonto —añadió riendo.

—Es un placer tan inesperado... —dijo Derek—. ¿Cuándo saliste de Londres?

Ella se encogió de hombros.

—¿Y el Parthenon?

—Lo mandé a paseo.

—¿De veras?

—No eres nada amable conmigo, Derek.

—¿Crees que puedo serlo?

Mirelle encendió un cigarrillo y fumó en silencio unos instantes antes de decir:

—¿Te parece imprudente que nos vean juntos tan pronto?

Derek la miró, se encogió de hombros y preguntó, por decir algo:

—¿Comerás aquí?

—*Mais oui*, contigo.

—Lo siento —repuso Derek—, pero tengo una cita muy importante.

—¡Oh, *mon Dieu*!, los hombres son unos verdaderos chiquillos. Sí, sí, te portas como un niño enfadado desde el día que saliste de aquella manera de mi casa. ¡Ah!, *mais c'est inoui!*

—No sé de qué me hablas —indicó Derek—. En Londres quedamos en que las ratas abandonan el barco que se hunde. Eso es todo lo que tenemos que decirnos.

Mirelle se inclinó hacia él.

—A mí no me puedes engañar —murmuró—. Yo sé... lo que has sido capaz de hacer por mí.

La miró vivamente porque algo en su rostro le llamó la atención. La bailarina acercó su cabeza a la de él.

—No temas, soy discreta. ¡Qué grande eres! ¡Qué valiente! Pero, de todos modos, yo te sugerí la idea aquel día en Londres, al decirte que podía ocurrir un accidente. ¿Corres algún peligro? ¿No sospecha de ti la policía?

—¿Qué diablos...?

—Chist... —dijo ella levantando una mano en cuyo meñique brillaba una gruesa esmeralda—. Tienes razón, no debería hablar así en la vía pública. No debemos hablar de este asunto hasta que haya pasado todo. ¡Ah, qué maravillosa será nuestra vida cuando estemos juntos!

Derek se echó a reír y mostró una sonrisa muy desagradable.

—Conque las ratas vuelven al barco, ¿eh? Dos millones es mucho dinero... Debía esperarme una cosa así. —Rio de nuevo—. Vamos, te gustaría ayudarme a gastar esos dos milloncejos, ¿verdad, Mirelle? Lo harías mejor que ninguna otra mujer. —Y se echó a reír una vez más.

—Chist —insistió la bailarina—. ¿Qué te pasa, Derek? Todo el mundo te está mirando.

—¿A mí? Me da igual. Voy a decirte lo que ocurre. Por mi parte, hemos terminado, Mirelle. ¿Lo oyes bien? Hemos terminado. —Recalcó mucho las últimas palabras.

Mirelle no quiso tomarlo en serio. Le miró unos instantes y exclamó luego, sonriendo:

—¡Qué infantil eres! Te enfadas, gritas, y todo porque soy práctica. ¿No te he dicho siempre que te quiero mucho? —Se inclinó hacia él mimosa—. Pero yo te conozco, Derek. Anda, mírame. Soy yo, tu Mirelle. Tú no puedes vivir sin mí, ya lo sabes. Te querré ahora más que nunca. Te haré la vida muy feliz; para eso Mirelle es única. —Y clavó sus ojos en los de él. Al verle palidecer y contener el aliento, sonrió satisfecha, segura del poder que ejercía sobre los hombres—. Ya se te ha pasado, ¿no? —dijo lentamente. Y se echó a reír—. Ahora, Derek, me invitarás a comer, ¿verdad?

—¡No!

Kettering lanzó un profundo suspiro y se puso en pie.

—Lo siento, pero tengo un compromiso.

—¿Comes con alguien? ¡Eso sí que no me lo creo!

—Con aquella señorita.

Y se dirigió rápidamente hacia una mujer vestida de blanco que acababa de entrar.

—¿Quiere usted comer conmigo, Miss Grey? —la invitó galante—. Nos encontramos en la fiesta de lady Tamplin, ¿se acuerda?

Katherine le miró unos instantes con aquellos ojos suyos que tanto decían.

Tras una breve pausa, aceptó.

—Muchas gracias; por mí, encantada.

Capítulo 19

Un visitante inesperado

El conde de la Roche había terminado su *déjeuner*, consistente en una *omelette aux fines herbes*, un *entrecôte béarnaise* y un *savarin au rhum*. Después de limpiarse con la servilleta el negro bigote, se levantó de la mesa y atravesó el salón de la villa, no sin echar una ojeada a los artísticos objetos colocados cuidadosamente sobre los muebles. La tabaquera Luis XV, los zapatitos de raso que había llevado María Antonieta, y otras bagatelas históricas, constituían la *mise en scène* del conde, quien explicaba a sus distinguidas visitantes que eran objetos heredados de sus antepasados. Al llegar a la terraza, el conde miró distraído hacia el Mediterráneo. No se hallaba de humor para apreciar la belleza del maravilloso paisaje. Un plan detenidamente preparado se había venido abajo, por lo cual se veía obligado a madurar otro. Echándose en una tumbona, encendió un cigarrillo y se puso a meditar.

A los pocos momentos Hipolyte, el criado, llevó el café y los licores. Su amo escogió un viejo coñac.

Cuando el criado iba a retirarse, su señor le detuvo

con un gesto. Hipolyte esperó respetuosamente. Su aspecto era bastante repulsivo, pero su corrección compensaba la mala impresión que producía. En aquel momento era la misma estampa del respeto.

—Oye, Hipolyte —dijo el conde—. Es posible que dentro de unos días se presenten aquí algunos desconocidos que intentarán hablar contigo y con Marie. Estoy seguro de que os interrogarán respecto a mi vida.

—Sí, señor conde.

—No habrán venido ya, ¿verdad?

—No, señor conde.

—¿No has visto a ningún tipo extraño por los alrededores? ¿Estás seguro?

—No, señor conde; no he visto a nadie.

—Está bien —dijo secamente el conde—. De todas maneras vendrán, estoy seguro, y os preguntarán varias cosas.

Hipolyte miró comprensivo a su dueño. Este habló despacio sin mirarle.

—Como tú ya sabes, llegué aquí el martes por la mañana. Si la policía o cualquier otra persona te lo preguntase, no olvides esto: llegué el martes, día catorce; no el miércoles, día quince. ¿Me entiendes?

—A la perfección, señor conde.

—Se trata de un asunto en el que anda por medio una señora, y es necesario ser discreto. Yo estoy seguro, Hipolyte, de que tú sabrás serlo.

—Lo seré, señor.

—¿Y Marie?

—Marie también lo será, respondo por ella.

—Entonces me quedo tranquilo.

En cuanto salió Hipolyte, el conde bebió con aire

preocupado un café. Dos o tres veces movió la cabeza como desechando alguna idea. Poco después entró otra vez Hipolyte.

—Una señora desea ver al señor.

—¿Una señora? —dijo sorprendido. No porque la visita de una señora fuera algo desusado en villa Marina, sino porque en aquel momento el conde no tenía ni la más remota idea de lo que podía querer aquella señora.

—Creo que no la conoce —explicó Hipolyte.

El conde estaba cada vez más intrigado.

—Bueno, hazla entrar —ordenó.

Poco después una maravillosa visión en naranja y negro apareció en la terraza, envuelta en un fuerte perfume de flores exóticas.

—¿El conde de la Roche? —preguntó la dama.

—Servidor de usted, mademoiselle —saludó el dueño de la casa, inclinándose.

—Me llamo Mirelle; tal vez haya oído usted hablar de mí.

—Claro, mademoiselle. ¿Quién no se ha deleitado con las exquisitas danzas de Mirelle? —La bailarina agradeció la galantería con una sonrisa—. Pero siéntese usted, mademoiselle, se lo ruego.

A través de sus galanterías, él la observaba con atención. Era muy poco lo que del género femenino desconocía el conde. Bien era verdad que, hasta entonces, sus experiencias no habían tenido lugar con mujeres como Mirelle, que son verdaderas aves de rapiña. La bailarina y él eran pájaros del mismo plumaje. Sabía muy bien que sus artes de seducción fracasarían, sin duda alguna, con aquella mujer. Mirelle era una complicada parisiense; sin embargo, el conde descubrió enseguida que se encontraba ante una mujer encolerizada, y una mujer encolerizada dice siempre más de lo que es prudente decir, lo cual puede resultar una fuente de provechosos detalles para quien, como el conde, está sereno.

—Ha sido usted muy amable honrando mi pobre casa.

—Tenemos amigos comunes en París —señaló Mirelle—, a quienes he oído hablar de usted. Pero yo vengo a verle ahora por razones particulares.

—¡Ah!

—Voy a serle brutalmente franca —dijo la bailarina—. Sin embargo, tenga la seguridad de que me preocupo por su bienestar. En Niza se dice que usted es el asesino de madame Kettering.

—¿Yo... el asesino de madame Kettering? Qué cosa tan absurda. —El tono de su voz era más displicente que indignado. Sabía que así estimularía sus declaraciones.

—Sí, sí —insistió la bailarina—, se dice eso.

—A la gente le gusta hablar por hablar —murmuró indiferente el conde—. Sería indigno de mí tomar en serio tales acusaciones.

—No me ha entendido usted. —Mirelle se inclinó hacia él, sus ojos negros brillaban con intensidad—. No se trata de una simple murmuración, sino de la policía.

El conde se irguió atento. Mirelle movió la cabeza afirmativamente varias veces.

—Sí, sí. Yo tengo amigos en todas partes. El mismo prefecto... —Dejó la frase sin terminar, con un elocuente encogimiento de hombros.

—¿Quién no es indiscreto ante una mujer tan hermosa? —murmuró el conde con tono galante.

—La policía está convencida de que fue usted quien mató a madame Kettering. Pero se equivoca.

—Claro que se equivoca —afirmó el conde.

—Usted lo dice sin conocer la verdad. Yo, en cambio, la conozco.

—¿Quiere usted decir que conoce al asesino de madame Kettering?

—Sí —afirmó Mirelle.

—¿Quién es? —preguntó el conde.

—Su marido. —Se acercó al conde y repitió en voz baja, vibrante de ira y de odio—: Su marido la mató.

El conde se recostó en su sillón. Su rostro era impenetrable.

—Permítame una pregunta, mademoiselle. ¿Cómo lo sabe?

—¿Que cómo lo sé? —La bailarina se levantó, soltando una carcajada—. Pues porque me dijo que lo haría. Estaba arruinado; solo la muerte de su mujer podía salvarle. Viajaba en el mismo tren que ella, pero nadie lo sabía. ¿Por qué se ocultó? Pues porque pensaba ir al compartimento por la noche. ¡Ah! —Cerró los ojos—. Estoy viendo la escena.

El conde tosió.

—Tal vez sea verdad, mademoiselle —murmuró—. Pero si fue él, ¿qué necesidad tenía de robar las joyas?

—¡Las joyas! —Mirelle suspiró—. ¡Ah, las joyas! ¡Los rubíes...!

La mirada de la bailarina se empañó. El conde la observaba con curiosidad, comprobando por centésima vez la mágica influencia que ejercen las piedras preciosas sobre las mujeres.

—¿Y qué desea de mí, mademoiselle?

Mirelle volvió a comportarse como de costumbre.

—Una cosa sencillísima. Que vaya usted a la policía y diga que monsieur Kettering es el asesino.

—¿Y si no me creen? ¿Y si me exigen pruebas?

Mirelle sonrió y respondió mientras se ponía el abrigo:

—Les dice que vengan a verme, señor conde —respondió lentamente—. Yo les daré cuantas pruebas deseen.

Y salió como un torbellino.

El conde la miró mientras se alejaba.

—¡Qué genio! —murmuró—. ¿Qué le habrá ocurrido para que esté de ese humor? De todas maneras, enseña claramente sus cartas. ¿Cree de veras que Derek Kettering mató a su mujer? Por lo menos quería hacérmelo creer a mí. Y hasta le gustaría que también la policía lo creyese.

Sonrió. No tenía la menor intención de ir con aquella historia a la policía. A juzgar por la satisfacción que expresaba su rostro, veía otras posibilidades en aquel asunto.

Sin embargo, muy pronto frunció el entrecejo. Según Mirelle, la policía sospechaba de él. Esto podía ser o no verdad. A una mujer en el estado de ira en que se encontraba la bailarina no se le podía hacer mucho caso. Por otra parte, quizá hubiese obtenido con toda precisión aquellas noticias. De ser así —apretó los labios—, sería necesario tomar ciertas precauciones.

Entró en la casa y preguntó de nuevo a Hipolyte si había acudido algún desconocido. El criado contestó negativamente. El conde entró en su dormitorio y se dirigió a un secreter antiguo, junto a la pared. Lo abrió y sus dedos buscaron algo en el fondo de una de las casillas, donde apareció un cajoncito secreto dentro del cual había un pequeño envoltorio. El conde lo sacó y lo miró con profunda atención. Después se arrancó un cabello, lo puso en el borde del cajón y se dirigió al garaje, donde había un automóvil rojo de dos asientos. Instantes más tarde corría en dirección a Montecarlo.

Estuvo varias horas en el casino; luego se paseó por la ciudad, volvió a su coche y se dirigió a Menton. Hacía rato que se había fijado en un coche gris que iba a poca distancia del suyo. La carretera era cada vez más empinada. El conde apretó el acelerador. El deportivo, que había sido construido por expreso encargo del conde, tenía un motor mucho más potente de lo que a primera vista parecía. El automóvil salió disparado.

Poco después miró hacia atrás. Había perdido de vista el coche gris. Envuelto en una nube de polvo, un vehículo rojo volaba por la carretera. Llegaba un paso difícil, pero el conde era un conductor muy hábil. En aquel momento descendía por una sinuosa carretera. Aminoró la marcha hasta que al fin se detuvo ante una estafeta de correos. Se apeó del coche, abrió la caja de las herramientas, sacó un envoltorio que había metido en ella y entró en la oficina. Poco después se dirigía nuevamente a Menton.

Cuando el automóvil gris llegó, el conde estaba tomando el té en la terraza de uno de los hoteles.

Más tarde volvió a Montecarlo, cenó allí y regresó a su casa a las once. Hipolyte salió a su encuentro.

—¡Por fin ha llegado usted, señor conde! ¿Me ha telefoneado, por casualidad, el señor conde?

Este negó con la cabeza.

—Pues a las tres me han telefoneado de parte de usted para que fuese a Niza, al Negresco.

—¡Ah! ¿Y has ido?

—¡Claro! Pero en el Negresco no sabían nada del señor conde, ni siquiera había estado allí.

—Seguramente —indicó el conde— a esa hora Marie estaría haciendo la compra.

—Sí, señor conde.

—Bien —dijo este—, ha sido una equivocación sin importancia. —Y sonriendo subió a su habitación.

Una vez en ella, cerró la puerta con llave y miró a su alrededor. Todo estaba como siempre. Abrió algunos cajones. Las cosas aparecían colocadas, más o menos, como antes, pero no exactamente del mismo modo. No cabía la menor duda de que habían registrado la habitación.

Se dirigió hacia el secreter y lo abrió. Todo seguía igual, pero el cabello había desaparecido.

Movió varias veces la cabeza, murmurando para sí:

—Nuestra policía es excelente; no se le escapa nada.

Capítulo 20

Katherine hace un amigo

A la mañana siguiente, Katherine estaba sentada junto a Lenox en la terraza de la villa Marguerite. A pesar de la diferencia de edad entre ambas mujeres, habían entablado una gran amistad. Sin Lenox, la vida en villa Marguerite hubiese sido intolerable para Katherine. El asesinato de Ruth Kettering era allí el tema de actualidad. Lady Tamplin únicamente se dedicaba a explotar el hecho de que su invitada se hallase mezclada en el drama. Los continuos desaires de Katherine no lograban inmutarla. A Lenox le divertían las maniobras de su madre, pero todas sus simpatías eran para Katherine. Chubby, por su parte, contribuía a acentuar el malestar de la joven, porque con su ligereza habitual la presentaba a todo el mundo diciendo:

—Es Miss Grey. ¿Conocen ustedes el crimen del tren azul? Pues se ha visto mezclada en él. Pocas horas antes estuvo hablando largo rato con Mistress Kettering. ¡Qué suerte! ¿Verdad?

Aquella mañana unas cuantas presentaciones de esta índole habían provocado en Katherine un acceso de malhumor.

Cuando por fin se quedó a solas con Lenox, esta le dijo con voz desgarrada:

—No estás acostumbrada a todo esto, ¿verdad? Todavía tienes que aprender infinidad de cosas.

—Lo siento, pero no puedo contenerme.

—Pues ya deberías haberte acostumbrado. Chubby es tonto, pero no existe la menor maldad en él. Y mamá resulta abrumadora, pero lo es sin querer. Cuando tú te enfadas se te queda mirando asombradísima, con los ojos muy abiertos, pero después se olvida y sigue igual que siempre.

Katherine no contestó a las observaciones de Lenox, quien continuó:

—Yo me parezco un poco a Chubby. Me encantan los asesinatos, y mucho más en este caso, que conozco al marido de la víctima.

Katherine asintió.

—¿Conque ayer comiste con él? —siguió pensativa Lenox—. ¿Te gusta?

Katherine reflexionó unos instantes.

—No sé —dijo al fin.

—Es muy simpático.

—Sí, mucho.

—¿Qué es lo que más te gusta de él?

Katherine no contestó a aquella pregunta o, por lo menos, no lo hizo directamente.

—Me habló de la muerte de su esposa, diciéndome que había sido una verdadera suerte para él.

—Supongo que te extrañaría oírle decir eso. —Lenox hizo una pausa y luego añadió en un tono extraño—: Creo, Katherine, que empiezas a gustarle a Derek.

—Por lo menos me invitó a una suculenta comida.

La muchacha no quiso darse por vencida.

—Yo me di cuenta la primera noche que estuvo aquí, por la manera que tenía de mirarte —dijo—. Sin embargo, no eres su tipo. Todo lo contrario. Bueno, debe de ser que el amor no logra adueñarse de nosotros hasta que tenemos cierta edad.

—Llaman a la señorita al teléfono —anunció Marie dirigiéndose a Katherine desde la ventana del salón—. Es monsieur Poirot.

—Más crímenes y más sangre. Anda, Katherine, corre a hablar con el detective.

Katherine se dirigió al teléfono. La voz de Hércules Poirot llegó clara y vibrante hasta ella.

—¿Es mademoiselle Grey? *Bon*, mademoiselle. Le voy a transmitir un recado de monsieur Van Aldin, el padre de madame Kettering: tiene grandes deseos de hablar con usted, en villa Marguerite o en el hotel, donde usted quiera.

Katherine reflexionó un momento y decidió que sería preferible ir ella al hotel de Van Aldin a que este acudiese a villa Marguerite. Lady Tamplin no hubiese podido contener su alegría, pues no desperdiciaba ocasión de cultivar el trato con millonarios. Por lo tanto, contestó a Poirot que iría a Niza.

—Perfecto, mademoiselle. Iré a buscarla yo mismo en coche dentro de media hora. ¿Le parece bien?

Cuando llegó Poirot, Katherine salía ya de la casa.

—¿Cómo está usted, mademoiselle?

La joven le miró con sus brillantes ojos y confirmó su primera impresión de que en monsieur Hércules Poirot había algo muy atractivo.

—Estamos viviendo nuestro *roman policier*, ¿verdad? —dijo Poirot—. Le prometí que estudiaríamos el caso juntos y yo cumplo mis promesas.

—Es muy amable —murmuró Katherine.

—Usted se burla de mí, pero en el fondo está deseando enterarse de la marcha de los sucesos.

Katherine convino en ello. Después Poirot le hizo un breve relato sobre lo sucedido con el conde de la Roche.

—¿Cree que es el asesino?

—Esta al menos es la hipótesis —respondió reservadamente Poirot.

—¿Y usted qué cree?

—No puedo decirlo. Y usted, mademoiselle, ¿qué piensa?

Katherine movió la cabeza.

—¿Qué quiere que piense? No sé nada de lo ocurrido. Únicamente puedo decir que... —Se detuvo.

—Continúe.

—Pues... que, por lo que usted dice, el conde no parece capaz de matar a nadie.

—¡Ah! ¡Muy bien! —exclamó Poirot—. Está de acuerdo conmigo; eso es lo que yo sostengo. —Y se la quedó mirando—. Pero, dígame, ¿ha visto a Derek Kettering?

—Sí, nos encontramos en la fiesta de lady Tamplin y, además, ayer comí con él.

—Un *mauvais sujet* —afirmó Poirot moviendo la cabeza—, pero a las *femmes* les gustan así.

Katherine se echó a reír.

—Es de esos hombres que no pasan inadvertidos —siguió Poirot—. Seguramente le vería usted en el tren azul.

—Sí.

—¿En el coche restaurante?

—No, no le vi durante las comidas. Le vi una vez... cuando él entraba en el compartimento de su mujer.

—Es un caso extraño —murmuró—. Creo haberle oído decir, señorita, que al pasar por Lyon estaba usted despierta y miró por la ventanilla. ¿Vio apearse a un hombre alto, del estilo del conde de la Roche?

—No recuerdo haber visto a nadie. En la estación solo había un muchacho con gorra y abrigo, que no hacía más que pasearse por el andén, y un francés muy gordo, con barba, que iba en pijama y con abrigo, y que había salido a por una taza de café. Entre ellos estaban los que esperaban viajeros.

Poirot movió varias veces la cabeza.

—Lo que sucede es que el conde de la Roche tiene una coartada, que es lo más asqueroso del mundo, porque siempre inspira sospechas.

El coche se detuvo.

—Bueno, mademoiselle, ya hemos llegado.

Subieron a las habitaciones de Van Aldin, donde encontraron a Knighton, quien le fue presentado a Katherine por Poirot. Tras las frases de cortesía, Knighton dijo:

—Voy a avisar a Mister Van Aldin de que está aquí Miss Grey.

Entró en una habitación contigua y se oyó un breve murmullo de voces. Poco después aparecía Van Aldin, quien se dirigió a Katherine con la mano extendida, al mismo tiempo que fijaba en ella una penetrante mirada.

—Encantado de conocerla, Miss Grey —saludó con sencillez—. La esperaba con nerviosismo para oírle lo que pueda usted decirme de Ruth.

La sencillez del millonario agradó mucho a Katherine. Se sabía en presencia de un verdadero dolor, tanto más verdadero cuanto que no se exteriorizaba.

El millonario ofreció una silla a la joven.

—Siéntese y cuéntemelo todo, por favor.

Poirot y Knighton se retiraron discretamente a la habitación contigua. Katherine y Van Aldin se quedaron solos. Ella se expresó sin la menor dificultad, relatando con naturalidad y sencillez su conversación con Ruth, palabra por palabra, con la mayor exactitud que pudo. El millonario escuchaba en silencio, recostado en su sillón, con una mano sobre la frente, a modo de pantalla. Cuando ella terminó, dijo despacio:

—Muchas gracias, señorita.

Ambos guardaron silencio durante unos minutos. Katherine comprendió que las vanas frases de condolencia estaban de más con aquel hombre. Cuando el millonario volvió a hablar lo hizo con un tono distinto.

—Créame, Miss Grey, que le agradezco mucho lo que hizo. Estoy seguro de que usted consiguió serenar un poco el espíritu de mi hija durante las últimas horas de su vida. Ahora quisiera pedirle un nuevo favor. Usted debe de saber, sin duda monsieur Poirot se lo habrá contado, qué clase de individuo es aquel al que mi hija quería, el hombre de quien le habló a usted y con el que iba a reunirse. ¿Cree, señorita, que después de la conversación que sostuvo con usted mi hija cambió de idea...?

—Respecto a eso, nada puedo decirle. Seguramente tomó alguna decisión que la serenó, pues luego parecía más tranquila.

—¿No tiene usted idea de dónde debía reunirse con ese sinvergüenza? ¿En París o en Hyères?

Katherine movió la cabeza.

—No me dijo ni una palabra de eso.

—¡Ah! —exclamó Van Aldin preocupado—. Pues es un detalle de la mayor importancia. En fin, ya se sabrá con el tiempo.

Se levantó y fue a abrir la puerta de la habitación contigua. Poirot y Knighton entraron.

Katherine declinó la invitación del millonario de que se quedara a comer, y Knighton la acompañó hasta el coche que la estaba esperando. El secretario volvió a subir y encontró al millonario y a Poirot enfrascados en una animada conversación.

—¡Si supiéramos, por lo menos, cuál fue la decisión que tomó Ruth! —añadió pensativamente Van Aldin—. Pudo muy bien no tomar ninguna o tomar cinco o seis, dado su carácter. Tal vez tuvo la intención de dejar el tren en París y telefonearme desde allí. O acaso pensó en seguir hasta el sur de Francia para intercambiar unas palabras con el conde. Lo cierto es que estamos a oscuras, completamente a oscuras. Si hemos de hacer caso de la doncella, parece que a mi hija le disgustó la aparición del conde en la estación de París. Lo que demuestra que no formaba parte de su plan. ¿No lo cree usted, Knighton?

El secretario se sobresaltó.

—Perdóneme, Mister Van Aldin, no prestaba atención.

—Soñar de día es algo impropio de usted —indicó Van Aldin—. Creo que esa muchacha le ha trastornado un poco.

Knighton se ruborizó.

—Es una muchacha interesante —dijo Van Aldin—, y muy simpática. ¿Se ha fijado en sus ojos?

—¡Ya lo creo! Ningún hombre dejaría de fijarse en ellos —afirmó Knighton.

Capítulo 21

En el tenis

Días más tarde, al volver Katherine de un paseo matinal, se encontró con Lenox, que la miró sonriente.

—Tu admirador te ha telefoneado, Katherine.

—¿Quién es ese admirador?

—Uno nuevo, el secretario de Rufus Van Aldin. Parece que le has provocado una gran impresión. Te estás volviendo una verdadera mujer fatal. Primero, Derek Kettering; y ahora, Knighton. Por cierto que recuerdo perfectamente la primera vez que le vi. Fue durante la guerra y estaba en el hospital que dirigía mamá. Entonces yo no tenía más que ocho años.

—¿Estuvo gravemente herido?

—Un tiro en la pierna, si no recuerdo mal. No tuvo suerte; los médicos se equivocaron con él. Le dijeron que no cojearía, pero cuando salió del hospital casi no podía andar.

En aquel momento lady Tamplin entró en la habitación.

—¿Le has dicho a Katherine lo del comandante Knighton? —preguntó—. ¡Qué hombre tan simpático!

Al principio no me acordaba de él, ¡ha conocido una a tanta gente! Pero ahora sí, ¡ya lo creo!

—Es que antes era demasiado insignificante para recordarlo —dijo Lenox—. En cambio, ahora que es el secretario de un millonario estadounidense, es muy distinto.

—¡Querida! —exclamó lady Tamplin en tono de reproche.

—¿Para qué ha telefoneado el comandante Knighton? —preguntó Katherine.

—Ha preguntado si querías ir al tenis esta tarde, para venir a buscarte en coche si aceptas.

—Mamá y yo aceptamos. Mientras tú te entretienes con el secretario, yo trataré de conquistar al riquísimo señor. Tiene cerca de sesenta años y estoy segura de que le gustaría tener a su lado a una joven como yo.

—Me gustaría conocer a Mister Van Aldin —declaró lady Tamplin—. ¡He oído hablar tanto de él! ¡Esos hombres del Nuevo Mundo tienen una tosquedad fascinante!

—El comandante Knighton ha hecho constar que la invitación la hacía Mister Van Aldin —explicó Lenox—. Ha insistido tanto en ello que empieza a intrigarme. ¿Sabes, Katherine, que Knighton y tú haríais muy buena pareja? ¡Yo os bendigo, hijos míos!

Katherine rio la ocurrencia y subió a sus habitaciones a cambiarse de ropa.

Después de comer llegó Knighton, quien soportó con entereza las efusiones que le prodigó lady Tamplin para demostrar que lo recordaba.

Mientras se dirigían a Cannes, Knighton dijo a Katherine:

—Lady Tamplin apenas ha cambiado.

—¿De carácter o de aspecto?

—De ambas cosas. Según mis cálculos, debe de tener unos cuarenta y tantos años y todavía es una belleza notable.

—¡Ya lo creo! —asintió Katherine.

—Me alegro de que haya podido usted venir. Monsieur Poirot también estará. ¡Qué hombrecillo tan extraordinario es ese detective! ¿Le conoce usted mucho, Miss Grey?

Katherine negó con la cabeza, al mismo tiempo que respondía:

—Le encontré en el tren al venir hacia aquí. En aquel momento estaba yo leyendo una novela detectivesca y le dije que lo que sucede en esta clase de relatos nunca ocurre en la vida real. Claro que al decirle eso no tenía la menor idea de quién era él.

—Es un tipo muy interesante —dijo lentamente Knighton—. Además ha llevado a cabo investigaciones asombrosas. Razona de tal manera que nadie puede saber nunca cuáles son sus verdaderos pensamientos. Recuerdo que estando yo en casa de lady Clanravon, en Yorkshire, le robaron las joyas a dicha señora. Al principio parecía un robo vulgar. Pero la policía local no pudo descubrir nada. Entonces les indiqué que acudiesen a Hércules Poirot, asegurándoles que era el único que podía ayudarlos. Sin embargo, prefirieron confiar en Scotland Yard.

—¿Y qué ocurrió? —preguntó con curiosidad Katherine.

—Pues que las joyas no aparecieron —contestó secamente Knighton.

—¿De veras tiene usted tanta fe en él?

—Claro que sí. El conde de la Roche es muy astuto: por eso ha salido bien de todos los líos en que se ha metido. Pero creo que en Hércules Poirot ha encontrado la horma de su zapato.

—¿Cree usted de verdad que el conde de la Roche es el asesino? —preguntó Katherine pensativa.

—¡Claro que sí! —afirmó Knighton, mirándola extrañado—. ¿Usted no lo cree?

—¡Oh, sí! —contestó apresuradamente Katherine—. De todas maneras, también podría tratarse de un vulgar robo.

—Desde luego, aunque a mí me parece que el conde de la Roche tiene algo que ver con él.

—Sin embargo, posee una coartada.

—¡Oh, las coartadas! —El rostro de Knighton se iluminó con una sonrisa—. Usted que ha leído novelas policíacas, Miss Grey, bien debe de saber que aquel que tiene la mejor coartada es siempre el culpable.

—¿Quiere decir que en la vida real pasa lo mismo que en las novelas? —preguntó riendo Katherine.

—¿Por qué no? La ficción se basa siempre en la realidad.

—Tal vez. De todas formas, si yo fuera un criminal, no me gustaría tener tras de mí a un hombre así.

Al llegar al campo, Poirot les salió al encuentro. Como el día era caluroso llevaba un traje blanco, y en la solapa de la americana lucía una camelia.

—*Bon jour*, mademoiselle —dijo—. Parezco un auténtico inglés, ¿verdad?

—Está usted encantador —contestó Katherine.

—¡Cómo se burla usted de mí! Pero no importa, papá Poirot siempre ríe el último.

—¿Dónde está Mister Van Aldin? —preguntó Knighton.

—Nos espera en el palco. Parece que no está muy contento conmigo. ¡Oh! Los estadounidenses no conocen el reposo ni la calma. Monsieur Van Aldin habría querido que me hubiese lanzado en persecución de los criminales por todos los bajos fondos de Niza.

—No creo que fuese mala idea —opinó Knighton.

—Está usted en un error. En casos así no se necesita fuerza, sino astucia. En el tenis puede verse a mucha gente y eso es muy importante. ¡Ah! Aquí está monsieur Kettering.

Derek se dirigía hacia ellos. Parecía irritado, como si acabase de sucederle algo que le hubiera sacado de sus casillas. Knighton y él se saludaron con frialdad. Solo Poirot permaneció tranquilo y procuró con algunas bromas disipar la incomodidad reinante.

—Es maravilloso, monsieur Knighton, oírle hablar tan bien el francés —dijo—. Si usted se lo propusiera, le tomarían por un natural del país, cosa de veras extraña en un inglés.

—A mí me gustaría mucho hablarlo bien, pero reconozco que lo hago muy a la inglesa —interpuso Katherine.

Llegaron al palco y se acomodaron en él. Casi inmediatamente Knighton advirtió que Van Aldin le hacía señas desde el otro lado del campo para que se acercara y fue a su encuentro.

—Me gusta ese muchacho —afirmó Poirot viendo alejarse al secretario—. ¿Y a usted, mademoiselle?

—Me parece muy simpático.

—¿Y a usted, monsieur Kettering?

Una viva respuesta iba a salir de los labios de Derek,

pero hubo algo en la mirada del pequeño belga que le contuvo. Por último habló lentamente, como si escogiese las palabras.

—Sí. Knighton es un buen muchacho.

A Katherine le pareció que Poirot estaba desilusionado.

—Es un gran admirador suyo, monsieur Poirot —le informó.

Y le contó lo que de él había dicho Knighton. Le hacía mucha gracia ver al hombrecillo esponjarse como un pájaro, adoptando una actitud de falsa modestia que no engañó a nadie.

—Ahora recuerdo, mademoiselle —dijo de pronto—, que tengo que decirle algo. Cuando estuvo usted en el compartimento de madame Kettering, hablando con ella, se dejó la pitillera allí.

Katherine le miró extrañada.

—No puede ser.

Poirot sacó de su bolsillo una pitillera de piel azul, con la inicial K en oro.

—No, no es mía —repuso Katherine.

—Sin duda sería de la propia madame Kettering. Perdóneme usted. Lo dudábamos porque en su bolso encontramos otra y nos pareció extraño que tuviera dos. —De pronto se volvió hacia Derek y añadió—: ¿Podría usted decirme si esta pitillera pertenecía a su mujer?

Por un momento Derek pareció desconcertado y al hablar lo hizo con cierto tartamudeo.

—No... no... sé... Supongo que sí, que sería de ella.

—¿No sería la de usted, por casualidad?

—De ninguna manera. Si fuera mía, ¿cómo iba a estar en poder de mi mujer?

Poirot contestó más ingenuamente que nunca:

—Podría haberla perdido al entrar en el compartimento de su mujer.

—No entré allí, se lo he repetido a la policía más de mil veces.

—Perdone usted —dijo Poirot con amabilidad—, pero como mademoiselle comentó que le había visto entrar en él...

Se detuvo algo confuso.

Katherine miró a Derek, cuyo rostro le pareció muy blanco.

Pero sin duda fueron imaginaciones suyas, pues la carcajada que soltó era del todo espontánea.

—Se equivocó usted, Miss Grey —afirmó tranquilo—. Por lo que me ha dicho la policía, me he enterado de que mi compartimento estaba solo una puerta o dos más allá del de mi mujer, lo cual yo ignoraba. Por eso imagino que al verme entrar en mi propio compartimento se confundió usted.

Al ver que Knighton y Van Aldin iban hacia ellos, se levantó con rapidez.

—Les dejo a ustedes —dijo—. Por nada del mundo deseo enfrentarme con mi suegro.

Van Aldin, que parecía estar de muy malhumor, saludó cortésmente a Katherine.

—Parece que le gusta a usted el tenis, monsieur Poirot —gruñó.

—Sí, me distrae mucho —contestó este.

—Para usted es una suerte estar en Francia —aseguró Van Aldin—. En Estados Unidos estamos hechos de distinta manera. La obligación es antes que la devoción.

Poirot miró a los dos jóvenes, que estaban conversando animadamente, y movió con satisfacción la cabeza. Luego, volviéndose hacia el millonario, le dijo en la voz más baja que pudo:

—No he venido solo a divertirme, monsieur Van Aldin. Fíjese usted en aquel anciano alto que está frente a nosotros... Aquel de rostro amarillo y venerable barba.

—¿Qué pasa con él?

—Pues que es monsieur Papopolous.

—Es griego, ¿verdad?

—Sí, es griego. Es un anticuario de fama mundial. Tiene una tiendecita en París, pero la policía sospecha que hace algo más que vender antigüedades.

—¿El qué?

—Se supone que compra y vende objetos robados, especialmente joyas. La talla y montura de piedras preciosas no tiene para él ningún secreto. Conoce a los personajes más distinguidos de Europa y también a los más conocidos en el mundo del hampa.

Van Aldin miró a Poirot con atención.

—¿Y qué? —preguntó.

—Yo, Hércules Poirot —declaró el detective, golpeándose teatralmente el pecho—, me pregunto: ¿a qué ha venido a Niza monsieur Papopolous?

Van Aldin estaba asombrado. Había llegado a dudar de Poirot, sospechando que el hombrecillo no era más que un tipo vanidoso. Pero ahora de nuevo volvía a tener fe en él. Miró un momento al detective y dijo:

—Le ruego que me perdone, monsieur Poirot.

Este rechazó la súplica con un gesto extravagante.

—¡Bah! Eso no vale la pena. Y ahora escúcheme, monsieur Van Aldin, tengo algo muy importante que comunicarle. —El millonario se le quedó mirando. Su interés iba en aumento—. Sí, tengo que decirle algo que le interesará muchísimo. Ya sabe usted que el conde de la Roche ha estado vigilado desde que se entrevistó con el juez de instrucción. Al día siguiente del interrogatorio, aprovechando su ausencia, la policía registró villa Marina.

—¿Y qué ocurrió? —preguntó Van Aldin—. ¿Encontraron algo? Supongo que no.

—Tiene usted razón, señor Van Aldin, no encontraron nada que pudiese comprometerle. Ya era de esperar que así sucediese. El conde de la Roche, como dicen ustedes, no nació ayer. Es un tipo muy astuto y de gran experiencia.

—Bueno, siga —gruñó Van Aldin.

—Lo más probable era que el conde de la Roche no ocultase nada comprometedor. Pero, claro, no podíamos pasar por alto la posibilidad contraria. Si, en efecto, tenía algo que esconder, ¿dónde podía estar? En su casa no, pues la policía la registró de arriba abajo. Tampoco podía llevarlo encima, pues sabía que de un momento a otro podían detenerle. Quedaba el automóvil. Como ya le he dicho, el conde estaba vigilado. Aquel día le siguieron hasta Montecarlo, desde donde fue a Menton en su coche, conduciendo él mismo. Pero su coche es muy rápido y dejó atrás a sus perseguidores, que durante más de un cuarto de hora le perdieron de vista por completo.

—¿Y usted supone que en este tiempo escondió algo cerca de la carretera? —preguntó Van Aldin, cada vez más interesado.

—Cerca de la carretera no, *ça n'est pratique*. Escúcheme bien; yo le di un consejo a monsieur Carrége y lo siguió. Colocó en cada una de las estafetas de correos a alguien que conociese de vista al conde de la Roche..., porque, quizá usted no lo sepa, pero el mejor medio de hacer desaparecer una cosa es enviándola por correo.

—¿Y qué pasó? —preguntó Van Aldin, cuyo interés iba en aumento.

—Pues... *voilà*.

Y con un gesto sumamente teatral Poirot sacó de su bolsillo un paquete envuelto en papel oscuro, con señales de que lo habían abierto.

—En aquel cuarto de hora que tuvo libre, nuestro hombre envió esto por correo.

—¿A qué dirección? —preguntó intrigado el millonario.

Poirot movió la cabeza.

—Eso hubiera podido servirnos de algo, pero por desgracia no lo sabemos. El paquete iba dirigido a una de esas agencias que existen en París, donde por una módica suma guardan las cartas y los paquetes que se les envían por correo.

—Bueno, pero ¿qué es lo que contiene ese paquete? —preguntó impaciente Van Aldin.

Poirot echó una mirada precavida a su alrededor y después deshizo el envoltorio; apareció una caja cuadrada de cartón.

—Es una buena oportunidad —dijo en voz baja—, toda la atención del público está en los jugadores. Fíjese en esto.

Y levantó la tapa de la caja un instante. Un grito ahogado se escapó de los labios del millonario, cuyo rostro palideció intensamente.

—¡Dios mío! ¡Los rubíes!

Van Aldin se quedó durante unos instantes como si le hubiesen dado un mazazo en los sesos.

Poirot volvió a guardarse la caja en el bolsillo y mostró una plácida sonrisa.

El millonario se rehízo pronto de la emoción y, cogiendo la mano del detective, se la estrechó con tanta fuerza que Poirot hizo un gesto de dolor.

—¡Es magnífico! —exclamó Van Aldin—. Es usted único, ¡sí, único!

—No es para tanto —repuso el detective modestamente—. Orden y método, y estar preparado contra las eventualidades; eso es todo.

—Supongo que habrán detenido al conde de la Roche, ¿verdad? —preguntó Van Aldin ansioso.

—Nada de eso.

En el rostro de Van Aldin se pintó una profunda extrañeza.

—Pero ¡cómo! ¿A qué esperan ustedes?

—La coartada del conde subsiste.

—Pero eso no tiene ni pies ni cabeza.

—¡Ya lo creo que los tiene! Para detenerle necesitamos probar su culpa. Y hasta ahora, por desgracia, no hemos podido hacerlo.

—Pero, mientras tanto, puede escurrírseles de entre las manos.

Poirot negó enérgicamente con la cabeza.

—Imposible —aseguró—. Al conde no le conviene de ninguna manera sacrificar su posición social. Tiene por fuerza que permanecer aquí y afrontar los hechos.

Van Aldin parecía disgustado.

—Pero no veo...

Poirot levantó una mano.

—Un momento, monsieur Van Aldin. Tengo una idea. Mucha gente se ha burlado de las ideas de Hércules Poirot, y ha hecho mal.

—Bueno, está bien —concedió Van Aldin—. ¿Qué idea es esa?

El detective guardó silencio unos momentos. Después dijo:

—Mañana, a las once, iré a verle a su hotel. Hasta entonces no le diré ni una palabra.

Capítulo 22

El desayuno de Papopolous

Monsieur Papopolous estaba desayunando, y su hija Zia se encontraba frente a él. Sonó un golpecito en la puerta y entró un botones del hotel con una tarjeta en la mano, que tendió al señor Papopolous. Este la miró, arqueó las cejas y se la pasó a su hija.

—El señor Hércules Poirot —dijo Papopolous, rascándose pensativamente una oreja—. ¿Qué querrá? —Padre e hija se miraron—. Ayer le vi en el tenis, Zia, esto no me gusta nada.

—Una vez te fue muy útil —señaló ella.

—Es verdad. Además, he oído decir que se retiró de su profesión.

Estas palabras las intercambiaron padre e hija en su propio idioma. Luego monsieur Papopolous se volvió hacia el botones y le dijo en francés:

—*Faites monter ce monsieur*.

Minutos después Poirot, perfectamente vestido y jugando con un bastón de caña, entró en la habitación. Su aspecto era juvenil.

—¡Mi querido Papopolous! —exclamó.

—¡Querido Poirot!

—Mademoiselle Zia... —Poirot le dedicó una profunda reverencia.

—Nos permitirá que terminemos de desayunar —indicó Papopolous, sirviéndose otra taza de café—. Su visita es..., ejem..., algo temprana.

—En realidad, no hay derecho a molestar a nadie tan pronto, pero es que tengo mucha prisa, ¿sabe usted?

—¡Ah! —murmuró monsieur Papopolous—. ¿Ha venido usted por algún negocio?

—La muerte de madame Kettering. Un asunto muy serio.

—¿Madame Kettering, ha dicho? A ver, un momento... —Y monsieur Papopolous miró inocente al techo—. ¡Ah, sí! La mujer que murió en el tren azul, ¿verdad? Leí algo en los periódicos, pero no decían nada de que hubiese en el suceso ningún misterio.

Se hizo un silencio.

—¿Y en qué puedo servirle a usted, monsieur Poirot? —preguntó el anticuario.

—*Voilà* —dijo el detective—. Iré directamente al grano.

Y sacó de su bolsillo la misma caja que había enseñado a Van Aldin en Cannes. Extrajo de ella los rubíes y se los tendió a monsieur Papopolous. A pesar de que Poirot le observaba con atención, no vio alterarse ni un solo músculo del rostro del anciano, quien cogió las piedras y las observó con cierto interés. Luego dirigió una mirada interrogativa al detective.

—Son soberbios, ¿verdad? —preguntó Poirot.

—En realidad, son excelentes —aseguró el griego.

—¿Cuánto cree usted que pueden valer?

El rostro del anticuario se estremeció ligeramente.

—¿Es del todo preciso que se lo diga, monsieur Poirot? ¿Es imprescindible?

—Veo que es usted muy astuto, monsieur Papopolous. No, no es preciso. Seguramente, no valdrán quinientos dólares.

Papopolous se rio y Poirot unió sus carcajadas a las del griego.

—Como imitación —afirmó el anticuario devolviendo las piedras a Poirot— son, como he dicho antes, excelentes. ¿Sería indiscreto preguntarle a usted, monsieur Poirot, cómo han llegado a su poder?

—De ninguna manera, no tengo el menor inconveniente en decírselo a un viejo amigo como usted. Los tenía el conde de la Roche.

Las cejas de monsieur Papopolous se arquearon con elocuencia.

—¡Caramba! —exclamó.

Poirot, inclinándose sobre él, le dijo con el tono más inocente del mundo:

—Monsieur Papopolous, voy a jugar con las cartas a la vista. El original de esta reproducción se lo robaron a madame Kettering en el tren azul, pero ante todo voy a decirle lo siguiente: no me interesa encontrar esos rubíes. Eso es cosa de la policía, y yo no trabajo para ella, sino para monsieur Van Aldin. Lo único que deseo es echarle el guante al asesino de madame Kettering. Los rubíes solo me interesan porque pueden ayudarme a descubrirlo. ¿Comprende?

Estas últimas palabras fueron pronunciadas de un modo particular.

Monsieur Papopolous, cuyo rostro no había expresado la menor emoción, pidió despacio:

—Continúe.

—Lo más probable es que las joyas hayan cambiado de dueño en Niza. Estoy casi seguro de que ha sido así.

—¡Ah! —exclamó con indiferencia monsieur Papopolous, sorbiendo ensimismado su café. Su aspecto era más noble y patriarcal que nunca.

—Yo me dije: «¡Qué suerte! —siguió animadamente Poirot—. Mi viejo amigo Demetrius está aquí. Sin duda, él me ayudará».

—¿Y por qué cree usted que puedo ayudarle? —preguntó con frialdad monsieur Papopolous.

—Porque pensé que monsieur Papopolous estaría seguramente en Niza por algún negocio.

—De ninguna manera. Yo he venido aquí por mi salud; el médico me lo ha ordenado.

—¡No sabe usted cuánto lo siento! —dijo Poirot, pero su voz sonaba falsa—. Bueno, sigamos. Cuando un gran duque ruso, una archiduquesa de Austria o un príncipe italiano desean vender sus joyas de familia, ¿a quién acuden? A monsieur Papopolous, ¿no es cierto? A él, que es famoso en todo el mundo por la discreción con que realiza esos negocios.

—Me adula usted.

—La discreción es muy importante —murmuró Poirot, frase que le valió una sonrisa del griego—. Le aseguro que yo también sé ser discreto.

Las miradas de los dos hombres se encontraron. Poirot habló despacio, como si escogiese las palabras con gran cuidado.

—Yo me dije: «Si las piedras han cambiado de dueño en Niza, monsieur Papopolous sabrá algo de ello, pues él conoce a la perfección todo cuanto pasa en el mundo de las joyas».

—¡Ah! —exclamó Papopolous, y cogió un cruasán.

—La policía, ¿comprende usted?, no interviene para nada en eso. Se trata de un asunto particular.

—Uno a veces oye ciertos rumores... —admitió con cautela monsieur Papopolous.

—¿Qué rumores? —se apresuró a preguntar Poirot.

—¿Es preciso que se los repita?

—Sí —dijo Poirot—, ¡ya lo creo que es preciso! Recordará, monsieur Papopolous, que hace diecisiete años tuvo usted en depósito cierto objeto que le dejó una persona importantísima. Aquel objeto desapareció de una manera muy extraña, por lo cual estaba usted lo que se dice, perdido.

Su mirada se dirigió a la muchacha, quien después de apartar a un lado su taza, escuchaba atentamente apoyando el mentón en las manos. Mirándola con el rabillo del ojo, Poirot continuó:

—Yo estaba entonces en París. Me llamó y se puso en mis manos. Si yo encontraba aquel objeto, me prometió que me guardaría un reconocimiento eterno. *Eh bien!*, yo lo encontré.

Monsieur Papopolous lanzó un profundo suspiro.

—Fue el peor momento de mi vida —confesó.

—Diecisiete años son muchos años —murmuró Poirot—. Pero yo sé que los de su religión no olvidan con facilidad.

—¿Los griegos? —preguntó Papopolous con una sonrisa irónica.

—No me refiero a los griegos.

Se hizo un silencio y, al fin, el anciano se irguió altivamente.

—Tiene usted razón, monsieur Poirot. —Hablaba despacio—. Soy judío y, como usted muy bien dice, los judíos no olvidan.

—Esto significa que me ayudará.

—Respecto a los rubíes no puedo decir nada. —Y el anciano, como había hecho hasta entonces Poirot, fue escogiendo con cuidado sus palabras—. No sé nada, no he oído nada —repetía—. Pero tal vez pueda ayudarle en otra cosa, si es usted aficionado a las carreras de caballos.

—A veces, sí —dijo Poirot, mirándole con atención.

—Hay un caballo que corre en Longchamps, que creo que merece cierta atención. No puedo darlo como cierto; estas noticias pasan por tantos antes de llegar a uno...

Se detuvo, mirando fijamente a Poirot como para asegurarse de que le comprendía.

—El nombre del caballo —señaló el anticuario echándose hacia atrás y juntando las yemas de los dedos— es Marqués. Creo, aunque no estoy muy seguro, que se trata de un caballo británico, ¿verdad, Zia?

—Creo que sí —contestó la muchacha.

Poirot se levantó.

—Muchas gracias —dijo—. Es fantástico tener noticias de la misma cuadra, como dicen en inglés. Hasta la vista, monsieur Papopolous, y muchas gracias.

Se volvió hacia la muchacha.

—Hasta la vista, mademoiselle Zia. Parece que fue ayer cuando la vi a usted en París o que, a lo sumo, han pasado dos años.

—Sí, con la diferencia que hay entre los dieciséis y los treinta y tres —repuso Zia, con pesar.

—Pues nadie lo diría —repuso galantemente Poirot.

Y añadió—: ¿Querrán ustedes cenar conmigo una de estas noches?

—Con mucho gusto —aceptó Zia.

—Entonces ya nos pondremos de acuerdo —dijo el detective—. Y ahora, *je me sauve.*

Poirot fue por la calle entonando un estribillo, jugueteando con el bastón como un muchacho. Varias veces sonrió para sí. Luego, entró en la primera oficina de telégrafos que halló a su paso y envió un telegrama. Su redacción le ocupó bastante tiempo, pues era en clave y tenía que recordarla. Se refería a la desaparición de un alfiler de corbata. El mensaje iba dirigido a Japp, inspector de Scotland Yard. Una vez descifrado, su contenido era lacónico y preciso:

«Telegrafíeme todo lo que sepa acerca de un hombre apodado el Marqués».

Capítulo 23

Una nueva hipótesis

Eran las once en punto cuando Poirot llegó al hotel donde se hospedaba Van Aldin. El millonario estaba solo.

—Es usted puntual, monsieur Poirot —dijo sonriendo, mientras saludaba al detective.

—La exactitud es una virtud que practico siempre. Sin orden y sin método... —Se detuvo—. Pero seguramente ya lo habré repetido otras veces. Vamos, pues, al objeto de mi visita.

—A su pequeña idea.

—Sí, a mi pequeña idea —repitió Poirot sonriendo a su vez—. Ante todo, quisiera interrogar a la doncella. ¿Está aquí?

—Sí.

—¡Ah!

Van Aldin le miró con curiosidad, tocó el timbre y apareció un botones a quien envió a buscar a Ada Mason.

Al verla entrar, Poirot la saludó con su proverbial cortesía, que siempre surtía efecto en aquella clase de mujeres.

—Buenos días, mademoiselle —saludó bondadosamente—. ¿Quiere usted hacer el favor de sentarse? Si el señor lo permite.

—Sí, sí, siéntese —indicó Van Aldin.

—Gracias, monsieur —dijo Mason, sentándose con cuidado en el borde de la silla.

Parecía más delgada que nunca.

—Quiero hacerle algunas preguntas más —declaró Poirot—, pues tenemos que llegar al fondo del asunto. Voy a insistir de nuevo en lo del hombre del tren. Ha visto usted al conde de la Roche. Dijo usted que era posible que fuese él, pero que no estaba segura.

—Ya le dije a usted que no vi el rostro de aquel hombre, por eso no puedo asegurar nada.

—Lo comprendo perfectamente. —Poirot hizo una pausa para seguir después—: Bueno, mademoiselle, dice usted que ha estado al servicio de madame Kettering dos meses. Durante ese tiempo, ¿cuántas veces vio usted al marido de su señora?

Mason reflexionó unos instantes y al fin respondió:

—Dos veces, nada más.

—¿Y le vio usted de cerca o de lejos?

—Una de las veces fue en casa de mi señora. Yo estaba en el piso de arriba y, al mirar por la escalera, le vi en el vestíbulo. Sabiendo todo lo que se decía de él, tenía cierta curiosidad por conocerle. —Mason terminó de hablar con una discreta tosecilla.

—¿Y la otra?

—Estaba en el parque con Annie, una de las criadas, cuando nos cruzamos con el señor, que iba paseando con una señora extranjera.

Poirot asintió de nuevo.

—Ahora, óigame, mademoiselle Mason. ¿Cómo sabía usted que el hombre que estaba en el tren, en el compartimento de su señora, no era su marido?

—¡Oh! ¿Cómo iba a estar allí?

—Pero ¿no está usted segura de que no lo fuera? —insistió Poirot.

—La verdad, como no se me ocurrió siquiera... —Mason parecía trastornada.

—Ya ha oído usted que su señor iba también en el tren. Es natural, pues, que fuera él quien, al pasar por el corredor, entrara en el compartimento de su mujer.

—Pero el caballero que hablaba con mi señora debía de haber subido entonces al tren, porque iba con traje de calle, abrigo y sombrero de fieltro.

—Bien, mademoiselle, reflexione usted un poco. El tren acababa de llegar a la Gare de Lyon. Algunos viajeros se paseaban por el andén; su señora también estaba a punto de hacerlo, por cuyo motivo se había puesto sin duda el abrigo de pieles, ¿verdad?

—Sí, monsieur.

—Monsieur Kettering pudo hacer lo mismo. En el interior de los coches hace calor, pero fuera, en el andén, hace frío. Para bajar a pasear se pondría el sombrero y el abrigo. Al mirar hacia las iluminadas ventanillas descubre de repente a su mujer. Hasta entonces ni había tenido la menor idea de que estuviese ella en el tren. Naturalmente, sube al vagón y se dirige a su compartimento. La señora lanza un grito de sorpresa al verle y enseguida cierra la puerta que comunica ambos compartimentos, pues la conversación que va a tener lugar entre ellos será de índole muy íntima.

El detective se recostó en su butaca y esperó a que la

idea que acababa de sugerir hiciera su efecto. Nadie mejor que él sabía que las personas de la clase social de Mason no quieren que las apremien; por eso le dio tiempo para que se desprendiese de las ideas preconcebidas.

Por fin habló la camarera.

—Podía haber sucedido como usted dice, aunque a mí nunca se me ocurrió tal cosa. El señor también es delgado y moreno y aproximadamente de la misma estatura, pero el abrigo y el sombrero me despistaron. Sí, es posible que fuera el señor... Pero de todas maneras no puedo asegurarlo.

—Muchas gracias, mademoiselle, no la entretengo más. ¡Ah!, un momento aún. —Y sacó de su bolsillo la pitillera que había enseñado ya a Katherine—. ¿Era de su señora esta pitillera? —preguntó.

—No, señor, no..., a menos... —Se detuvo. Una idea trataba de abrirse paso en su cerebro.

—Siga —la animó Poirot.

—Creo..., aunque no estoy segura, que es una pitillera que mi señora compró para su marido.

—¡Ah!

—Pero no sé si llegó a dársela.

—Bien, bien. Puede usted retirarse, mademoiselle, ya no la necesito.

Ada Mason se retiró, cerrando tras de sí la puerta. El millonario estaba atónito.

—¿Cree usted... que fue Derek? —murmuró—. Pero ¡si todo parece acusar al conde! ¡Si hasta se han encontrado en su poder los rubíes!

—No.

—Pero si usted mismo me lo dijo...

—¿Qué le dije yo?

—Lo de los rubíes. Me los enseñó usted.

—No.

—Me los enseñó usted ayer en el tenis.

—No.

—¿Está usted loco, monsieur Poirot, o lo estoy yo?

—Ni usted ni yo lo estamos —dijo el detective—. Afirma usted una cosa y yo le contesto. Usted afirma que yo le enseñé los rubíes ayer y yo le contesto que no, porque lo que yo le enseñé fue una magnífica imitación que solo un especialista distinguiría de la joya legítima.

Capítulo 24

Poirot hace otra advertencia

Pasaron unos momentos antes de que el millonario se diera perfecta cuenta del hecho. Luego miró a Poirot confundido. El pequeño belga movía la cabeza sonriendo.

—Sí —dijo—. Eso hace variar el aspecto del asunto, ¿verdad?

—¡Una imitación! —exclamó Van Aldin. E inclinándose hacia delante, añadió—: Por lo visto, siempre ha desconfiado usted, monsieur Poirot; nunca creyó que el conde de la Roche fuese el asesino de mi hija.

—He tenido mis dudas —concedió Poirot despacio—. Pero ya se lo dije a usted: ¿robo y asesinato? —Negó enérgicamente con la cabeza—. No, no es posible. No encaja con la psicología del conde de la Roche.

—Pero cree que él pensaba apoderarse de los rubíes.

—Claro, de eso no me cabía la menor duda. Fíjese bien; le voy a exponer el caso tal como yo lo veo: el conde, enterado de lo de los rubíes, tenía ya trazado un plan para apoderarse de ellos; por eso imaginó la romántica historia del libro que estaba escribiendo, para convencer a su hija de que llevara con ella el collar. Él se había provisto ya de una reproducción exacta de la joya con objeto de sustituirla por la legítima. Su hija, monsieur Van Aldin, no era experta en joyas. Hubiese pasado, sin duda, mucho tiempo antes de que se diese cuenta de lo ocurrido. Y cuando sucediera esto..., la verdad, no creo que tuviese valor para perseguir al conde, porque se hubiesen sabido demasiadas cosas y además el conde tenía en su poder muchas cartas de ella. Era un plan infalible, que seguramente ese tipo habrá empleado en más de una ocasión.

—Sí, está muy claro —dijo Van Aldin pensativo.

—Y encaja con la psicología del conde de la Roche.

—Bien, sí, pero..., entonces ¿qué pasó?

Poirot se encogió de hombros.

—Pues, muy sencillo, que al conde se le adelantó alguien.

Hubo una larga pausa. Van Aldin, ensimismado, parecía dar vueltas a alguna idea en su cerebro.

—¿Cuánto tiempo hace que sospecha usted de mi yerno, monsieur Poirot?

—Sospeché de él desde el primer momento porque tenía motivos para el crimen y oportunidad para cometerlo. Todos daban por seguro que el hombre que estuvo en el compartimento de su hija era el conde de la Roche. Yo también lo creí. Luego, al oírle decir a usted que una vez confundió al conde de la Roche con su yerno, me recordó que los dos hombres eran de la misma estatura y corpulencia, y que además tenían el cabello de un color parecido. Entonces se me ocurrió una idea. La doncella hacía poquísimo tiempo que estaba al servicio de su hija. No era probable que conociese bien a Mister Kettering, puesto que él no vivía con su mujer. Además, solo había visto de espaldas al hombre del tren.

—Entonces ¿fue Derek quien la mató? —preguntó Van Aldin con ronco acento.

Poirot levantó la mano enseguida.

—No, no digo eso, pero es posible, muy posible. Estaba completamente arruinado. Se hallaba en un callejón sin salida. La muerte de su mujer era su única salvación.

—¿Por qué cogió las joyas?

—Para despistar y que se atribuyera el crimen a un vulgar salteador de trenes. De otra manera, las sospechas hubieran caído de inmediato sobre él.

—De ser así, ¿qué ha hecho, pues, con los rubíes?

—Eso todavía se ha de ver. Existen varias posibilidades. Hay un hombre en Niza que puede sernos muy útil. Se trata del griego aquel del que le hablé ayer en el tenis.

Se puso en pie. Van Aldin le imitó, y apoyando la mano en el hombro de Poirot dijo con voz emocionada:

—Encuentre usted al asesino de Ruth; es todo lo que le pido.

Poirot se irguió.

—Déjelo usted en manos de Hércules Poirot —indicó orgullosamente—. Tenga la seguridad de que yo lo descubriré todo.

Quitó una motita de polvo de su sombrero, sonrió con tranquilidad al millonario y salió de la habitación. Sin embargo, al bajar la escalera, gran parte de la confianza en sí mismo que expresaba su rostro desapareció.

«Todo está yendo bien —dijo para sí—, pero hay muchas dificultades. Sí, infinidad de dificultades.»

Al salir del hotel se detuvo al ver parado ante la puerta un coche dentro del cual estaba Katherine Grey.

Derek Kettering, apoyado en la portezuela, hablaba animadamente con la joven. Poco después partió el coche y Derek Kettering se quedó mirando cómo se alejaba. La expresión de su rostro era muy extraña. Lanzó un profundo suspiro, se encogió de hombros y, al volverse, se encontró de frente a Hércules Poirot. A su pesar, se estremeció. Los dos hombres se miraron. Poirot, muy tranquilo, y Derek, con cierta desconfianza. Había cierta sorna en la voz de Derek cuando preguntó, arqueando las cejas:

—Es encantadora, ¿verdad? —Su expresión era del todo natural.

—Sí, ya lo creo, y además muy *simpathique*, ¿no le parece?

—Sí, en realidad no hay muchas como ella —contestó convencido Derek.

Poirot asintió. Luego dijo en un tono que era nuevo en él:

—Perdone, monsieur Kettering, si un viejo le dice algo que tal vez considere usted impertinente. En estos momentos me parece oportuno recordarle uno de los proverbios de su país: «Antes de empezar un nuevo amor se debe liquidar el antiguo».

Kettering le miró irritado.

—¿Qué diablos quiere usted decir?

—Ya sabía yo que se enfadaría usted —señaló serenamente Poirot—. Lo que he querido decir es que hay otro coche esperando con otra señorita dentro; si vuelve usted la cabeza, lo verá.

Derek se volvió y enrojeció de cólera.

—¡Maldita Mirelle...! —exclamó—. Voy...

Poirot le detuvo.

—¿Cree usted prudente lo que va a hacer? —le amonestó. Sus ojos brillaron con una luz extraña.

Pero Derek no estaba para consejos. La cólera le había trastornado por completo.

—¡He roto con ella, sépalo usted! —gritó.

—Sí, usted habrá roto con ella, pero ella seguramente no ha roto con usted.

Kettering lanzó otra carcajada.

—¡Claro, si puede, no querrá romper con dos millones de libras! Dejaría de ser Mirelle si lo hiciese.

Poirot arqueó las cejas.

—Juzga usted a los demás con mucho cinismo —murmuró.

—¡¿Quién, yo?! —Sonrió. Pero fue una sonrisa sin la menor alegría—. Conozco demasiado el mundo, monsieur Poirot, y sé perfectamente que todas las mujeres son iguales. —Hizo una pausa—. Es decir, todas menos una.

Miró con desconfianza a Poirot y añadió:

—Esa —e indicó con un movimiento de cabeza la dirección de Cap Martin.

—Tiene usted razón.

Su actitud estaba calculada para provocar el impetuoso temperamento de su interlocutor.

—Sé que va usted a decirme que, por la vida que he llevado, no soy digno de esa mujer, que no tengo derecho a pensar en ella. También sé que no es delicado hablar de este modo cuando solo hace unos días que asesinaron a mi esposa...

Hizo una pausa, que aprovechó Poirot para decir con su tono melifluo:

—Pero ¡si yo no he dicho nada...!

—Por si acaso...

—¿Qué...?

—Sí, podría decir que tengo poquísimas probabilidades de casarme con Katherine.

—No —dijo Poirot—, yo no diría eso. Es verdad que la reputación de usted es muy mala, pero eso a las mujeres no les importa... Si fuese un hombre de excelente carácter o de gran moralidad, que no hubiese hecho en la vida nada reprochable, *et bien*, entonces acaso dudara de su éxito. La moralidad no es romántica, no la aprecian más que las viudas.

Derek Kettering le miró; luego dio media vuelta y se dirigió hacia el automóvil en que estaba Mirelle. Poirot, muy interesado, le siguió con la vista, observando al mismo tiempo que la hermosísima Mirelle bajaba del coche y le dirigía la palabra.

Pero Derek no se detuvo; se quitó el sombrero y siguió su camino.

—*Ça y est* —dijo Hércules Poirot—. Ya es hora de que vuelva a casa.

Al llegar encontró al impasible George planchando unos pantalones.

—Hoy ha sido un día magnífico, George; algo ajetreado, pero muy interesante.

El criado escuchó aquellas palabras con su habitual imperturbabilidad.

—Sí, señor.

—La psicología de un criminal, George, es una cosa muy interesante. Algunos criminales son tipos encantadores.

—He oído decir que Mister Crippen era un caballero con el que daba gusto hablar. Sin embargo, cortó a su mujer en pedacitos.

—Siempre escoge bien los ejemplos, George.

El criado no contestó. En aquel momento sonó el timbre del teléfono y Poirot cogió el aparato.

—Dígame...

—¿Monsieur Hércules Poirot?

—Sí, soy yo mismo.

—Soy Knighton. No se retire del aparato, monsieur Poirot; Mister Van Aldin quiere hablar con usted.

Después de una breve pausa, se oyó la voz del millonario.

—¿Es usted, monsieur Poirot? Bien, deseaba decirle que la doncella ha rectificado su declaración. Dice que ha estado haciendo memoria y que está segura de que el hombre que vio en París, en el compartimento de mi hija, era Derek Kettering. Afirma que, al verle, advirtió en él algo que le era familiar, aunque hasta ahora no ha podido precisar en qué consistía. Parece que ahora no tiene ninguna duda.

—¡Ah! —dijo Poirot—. Muchas gracias, monsieur Van Aldin; esto nos facilitará el trabajo.

George le hizo una pregunta que tuvo que repetir dos veces antes de recibir contestación.

—¿Qué? —dijo Poirot—. ¿Decía algo?

—Si comerá usted aquí o fuera.

—Ni una cosa ni otra. Me acostaré y tomaré una tisana. Ha ocurrido lo que esperaba y, cuando sucede eso, siempre me emociono.

Capítulo 25

Desafío

Cuando Derek Kettering pasó junto al coche de Mirelle, esta se apeó.

—¡Derek...! Quiero hablar contigo un momento —exclamó. Pero él, saludándola con el sombrero, pasó por su lado sin detenerse.

Al entrar en su hotel, el conserje le salió al encuentro.

—Un caballero desea hablar con usted, señor.

—¿Quién es?

—No ha mencionado su nombre. Ha dicho que se trataba de un asunto muy importante y que esperaría.

—¿Dónde está?

—No ha querido esperar en el vestíbulo y ha pasado al saloncito por tratarse de un lugar más reservado.

—Bien —convino Derek, y se fue en busca del visitante.

En el saloncito no había nadie más que el hombre que le estaba esperando, quien se puso en pie y se inclinó cortésmente al entrar Kettering. Este solo había visto una vez al conde de la Roche, pero no tuvo la menor dificultad en reconocer al aristocrático personaje. ¡Aquello era el colmo de la insolencia!

—El conde de la Roche, ¿verdad? —dijo seco—. Creo que pierde usted el tiempo viniendo a verme.

—Yo creo que no —repuso sonriente el conde.

Los encantadores modales del aristócrata no producían el menor efecto en los hombres, pues todos sin excepción experimentaban un gran rechazo hacia él. Derek Kettering sentía unos deseos locos de echarle a patadas del hotel. Solo el temor al escándalo le contenía, maravillándose de que Ruth hubiese llegado a enamorarse de aquel tipo. Miró con repulsión las manos cuidadosamente arregladas del conde.

—He venido a verle —explicó este— para proponerle un negocio... Por su propio bien le aconsejo que escuche con atención lo que voy a decirle.

De nuevo sintió Derek la tentación de echar de allí a aquel hombre a empujones, pero de nuevo también se contuvo. El tono de amenaza de aquel sujeto no le pasó por alto, aunque él lo interpretó a su manera. Por varias razones, lo mejor sería oír lo que el conde tenía que decirle.

Se sentó y se puso a tamborilear nerviosamente con los dedos sobre la mesa.

—Bien —dijo con impaciencia—. ¿De qué se trata?

No era costumbre del conde ir derecho al asunto; por eso empezó diciendo:

—Permítame, ante todo, darle el pésame por el terrible dolor que pesa sobre usted.

—Si continúa usted con sus impertinencias, lo tiro por la ventana —amenazó Derek.

Y miró hacia la ventana que estaba detrás del conde. Este empezó a sentirse molesto.

—Le enviaré a usted mis padrinos, si ese es su deseo —señaló altivo.

Derek se echó a reír.

—Conque un duelo, ¿eh? Mi querido conde, yo no le tomo a usted tan en serio; pero en cambio me produciría un gran placer quitarlo a patadas de mi vista.

El conde no se ofendió; arqueó las cejas y respondió simplemente:

—Los ingleses son unos salvajes.

—Bien —repitió Derek—. ¿Qué tiene usted que decirme?

—Le explicaré enseguida el objeto de mi visita con la mayor franqueza; será lo mejor para los dos.

Y de nuevo sonrió con exquisita amabilidad.

—Vamos, dígalo ya de una vez... —soltó Derek.

El conde miró al techo y uniendo las yemas de los dedos murmuró con lentitud:

—Usted acaba de heredar una importante suma.

—¿Y eso qué diablos le importa a usted?

El otro se irguió.

—Sepa usted, señor, que mi nombre está en entredicho, pues se sospecha que yo maté a su esposa.

—Nada tengo que ver con eso —afirmó Derek fríamente—. Aunque como parte interesada que soy podría formular cualquier acusación, no lo he hecho.

—Puedo asegurarle que soy inocente, lo juro ante Dios —dijo el conde, a la vez que levantaba la mano.

—Creo que monsieur Carrége es el juez de instrucción encargado de ese suceso —murmuró cortésmente Derek.

El conde, sin hacer caso de estas palabras, siguió:

—No solo se me acusa de un crimen que no he cometido, sino que además me encuentro sin un céntimo.

Tosió de forma significativa.

Derek, indignado, se puso en pie de un salto.

—Ya esperaba yo esto —dijo con voz ahogada—. Es usted un canalla, no le daré un solo penique. Mi mujer ha muerto; por lo tanto, el escándalo no puede hacerle ya ningún daño. Seguramente tiene usted cartas comprometedoras. Si yo ahora me decidiese a comprárselas por una bonita cantidad, estoy seguro de que usted se quedaría con alguna para utilizarla en otra ocasión. Voy a decirle a usted una cosa, señor conde de la Roche: el chantaje es una palabra tan fea en Inglaterra como en Francia. Esa es mi respuesta. Buenas tardes.

—Un momento, monsieur Kettering. —Y el conde tendió la mano en actitud de detenerlo cuando Derek se disponía a abandonar la estancia—. Se equivoca usted. Le aseguro, monsieur Kettering, que está usted del todo equivocado. Yo me tengo por un caballero. —Derek se echó a reír—. Por lo tanto, toda carta escrita por una mujer es para mí sagrada. —E irguió la cabeza noblemente—. Lo que yo le iba a proponer a usted es algo muy distinto. Como le he dicho antes, estoy en una mala situación económica, y aunque mi conciencia me impele a ir a la policía con cierta información...

Derek se dirigió despacio hacia él.

—¿Qué quiere usted decir?

El conde sonrió otra vez.

—Supongo que no será necesario entrar en demasiados detalles —murmuró—. Cuando se ha cometido un crimen, lo primero que se pregunta la policía es a quién beneficia el crimen y, como he dicho hace un minuto, usted ha heredado una importante suma.

Derek se echó a reír.

—Si es eso todo...

Pero el otro negó con la cabeza y continuó:

—No, señor mío, no es eso todo. Yo no habría venido a verle a usted si no hubiese tenido una información más precisa. Creo que no es nada agradable que le detengan a uno y le acusen de asesinato.

Derek se acercó con una expresión tan horrible en su rostro que involuntariamente el conde retrocedió unos pasos.

—¡¿Me está usted amenazando?! —gritó furioso Derek.

—Le aseguro que no volveré a hablar de esto.

—¡Es la fantasía más disparatada que he oído en mi vida...!

El conde levantó su enguantada mano.

—Se equivoca usted, no es ninguna fantasía. Para convencerle, solo le diré esto: cuanto sé respecto a ese asunto me lo ha dicho una señora. Ella es quien me ha proporcionado las pruebas irrefutables de que es usted el asesino.

—¿Ella? Pero ¿quién es ella?

—Mademoiselle Mirelle.

Derek se tambaleó como si hubiese recibido un mazazo en la cabeza.

—¡Mirelle! —murmuró.

El conde quiso aprovecharse de lo que él suponía una ventaja.

—Una bagatela de cien mil francos y no diré ni una palabra.

—¿Qué? —preguntó Derek distraídamente.

—Decía, señor, que una bagatela de cien mil francos acallaría mi conciencia.

Derek, repuesto ya, miró con gravedad al conde.

—¿Desea usted conocer en este mismo instante mi respuesta?

—Si usted quiere...

—Bien, se la daré. Es esta: ¡váyase al infierno!

Y dejando al conde demasiado asombrado para decir una palabra, Kettering dio media vuelta y abandonó la habitación.

Al salir cogió un taxi y se dirigió al hotel donde se hospedaba Mirelle. Preguntó por ella al conserje, quien le dijo que estaba en su habitación. Derek entonces entregó su tarjeta.

—Pregúntele a mademoiselle si puede recibirme.

Poco después un botones le invitó a seguirle. Una oleada de perfumes exóticos envolvió a Kettering cuando entró en las habitaciones de la bailarina. El salón estaba adornado con claveles, orquídeas y mimosas. Mirelle, cubierta con una bata de espumosos encajes, estaba junto a la ventana. Apenas le vio se dirigió a él con los brazos abiertos.

—Veo, Derek, que quieres volver conmigo. ¡Ya sabía yo que lo harías!

Derek se apartó de ella y preguntó mirándola fijamente:

—¿Por qué has hecho que el conde de la Roche fuera a verme?

Ella le miró asombrada.

—¿Que yo he mandado al conde a visitarte? ¿Para qué?

—¿Para qué va a ser? Para que me chantajee.

Ella se asombró más todavía. De pronto se echó a reír y dijo moviendo la cabeza:

—Claro, debí suponerlo; *ce type là* no podía hacer otra

cosa. Era de esperar. Pero te aseguro, Derek, que yo no le envié.

Le miró como si quisiera descubrir lo que pensaba. Mirelle continuó:

—Voy a contártelo todo. Estoy avergonzada, pero lo haré. El otro día yo estaba furiosa. Comprenderás que tenía razón. —Hizo un gesto elocuente—. Ya sabes cómo soy. Quería, ante todo, vengarme de ti; por eso fui a ver al conde de la Roche. Después de hablar un rato con él, le dije: «Debe usted ir a la policía a decirle esto, esto y esto». Pero no tengas miedo, Derek, porque no perdí del todo la cabeza. Las pruebas definitivas solo las poseo yo. La policía no puede hacer nada sin mi declaración, ¿comprendes? Y ahora...

Mirelle le abrazó, mirándole con ojos brillantes. Derek la rechazó de un modo brutal.

Ella se retiró. Su respiración era entrecortada y sus ojos tenían un brillo felino.

—Ten cuidado, Derek, ten cuidado. Has vuelto conmigo, ¿verdad?

—Jamás volveré contigo —dijo secamente.

—¡Ah!

El aspecto de la bailarina, con los ojos centelleantes, era más felino que nunca.

—Conque hay otra mujer, ¿eh? Aquella con quien comiste el otro día. No me equivoco, ¿verdad?

—Sí, la misma. Pienso pedirle que se case conmigo. Tal vez estés enterada también de esto.

—¿Esa inglesa tan cursi? ¿Crees que voy a permitir una cosa así? ¡Ah, no! De ninguna manera. —Su hermoso cuerpo se estremeció—. Óyeme, Derek: ¿recuerdas la conversación que tuvimos en Londres? Dijiste que lo único que te podía salvar era la muerte de tu mujer, lamentándote de que tuviera tan buena salud, y entonces se te ocurrió la idea del accidente o algo peor.

—Supongo —dijo Derek, desdeñoso— que fue esa la conversación que repetiste al conde de la Roche.

—¿Crees acaso que estoy loca? ¿Podría hacer algo la policía con una declaración tan vaga? Te voy a dar otra oportunidad para salvarte. Si abandonas a esa inglesa y vuelves a ser mío, entonces, *chéri,* no diré ni una palabra de...

—¿De qué?

Ella se echó a reír.

—¿Crees que nadie te vio...?

—¿Qué quieres decir?

—Sí, tú crees que nadie te vio..., pero te vi yo. Derek, amigo mío: yo te vi salir del compartimento de tu mujer poco antes de que el tren entrase aquella noche en Lyon. Y sé más aún. Sé que cuando saliste del compartimento ella ya había muerto.

Derek la miró. Después, como un sonámbulo, salió tambaleándose de la habitación.

Capítulo 26

Un aviso

—De modo —dijo Poirot— que somos unos buenos amigos que tienen secretos entre ellos.

Katherine le miró porque había en la voz del detective un tono de seriedad que no había advertido hasta entonces. Estaban sentados en los jardines del casino de Montecarlo, adonde Katherine había ido con su familia. A poco de llegar se encontraron con Knighton y Poirot. Lady Tamplin cogió enseguida por su cuenta a Knighton y le abrumó con infinidad de recuerdos de la guerra, la mayoría de ellos hijos de su imaginación. Ambos iban delante agarrados del brazo. Knighton había mirado varias veces hacia atrás, miradas que advirtió Poirot, cuyos ojos brillaron.

—Claro que somos amigos —afirmó Katherine.

—Simpatizamos desde el primer momento —murmuró Poirot.

—Sí, desde que usted me dijo aquello de que las tramas de las novelas policíacas también suceden en la vida real.

—Y tenía razón. ¿No es cierto? —señaló levantando el índice de la mano derecha—. Ahora mismo estamos metidos en una. En mí es cosa natural, porque es mi *métier*, pero para usted es muy distinto. Sí, muy distinto —repitió pensativamente.

Katherine le miró con atención. Parecía como si el detective quisiera indicarle algún peligro que ella no hubiera visto.

—¿Por qué dice usted que yo también estoy metida en esto? Es cierto que estuve hablando con Mistress Kettering poco antes de su muerte, pero todo eso forma parte del pasado. Ahora nada me liga ya a ese suceso.

—¡Ah, mademoiselle! ¿Podemos decir alguna vez: «He terminado con esto o con aquello»?

Katherine se volvió hacia él y en tono conminatorio le preguntó:

—Bueno, ¿qué pasa? Hace rato que está usted queriendo decirme algo que indudablemente me interesa. Pero yo no entiendo las indirectas y preferiría mucho más que me dijera lo que sea.

—*Ah, mais c'est anglais, ça!* —murmuró—. Las cosas claras y precisas. Pero la vida no es así, mademoiselle. Hay cosas que todavía no han ocurrido y que, sin embargo, proyectan ya sobre nosotros su sombra. —Se enjugó la frente con un gran pañuelo de seda y murmuró—: Vaya, hasta me estoy volviendo poeta. Pero es preferible que hablemos de realidades. A propósito: dígame lo que piensa del comandante Knighton.

—Le aprecio mucho —dijo calurosamente Katherine. El detective suspiró—. ¿Qué le ocurre a usted, monsieur Poirot?

—Ha contestado usted con tanto entusiasmo... Si hubiese dicho, por ejemplo: «Sí, es simpático», *eh bien*, me habría gustado más.

Katherine guardó silencio. Estaba un poco incómoda. Poirot siguió:

—En fin, ¡quién sabe! Las mujeres tienen tantas maneras de ocultar lo que piensan... Tal vez el entusiasmo sea un modo como otro cualquiera de disimular.

Y de nuevo suspiró.

—No comprendo...

Poirot la interrumpió.

—No comprende usted, mademoiselle, por qué soy tan impertinente, ¿verdad? Ya soy viejo, mademoiselle, y de vez en cuando, no muy a menudo, encuentro a alguien cuyo bienestar me interesa. Hemos quedado en que somos amigos, usted misma lo ha dicho, y por eso me gustaría verla feliz.

Katherine miró fijamente el suelo. Tenía en la mano una sombrilla, con la cual trazó algunos signos en la arena.

—Le he hecho una pregunta respecto al comandante Knighton y ahora voy a hacerle otra. ¿Simpatiza usted con monsieur Derek Kettering?

—Apenas le conozco.

—Esa no es una contestación.

—Yo creo que sí lo es.

El detective la miró, intrigado por algo que advirtió en el tono de su voz. Luego movió la cabeza grave y lentamente.

—Tal vez tenga usted razón, mademoiselle, pero, como antes le he dicho, conozco bastante el mundo y sé, por lo tanto, que la vida de un hombre bueno puede quedar destrozada por amar a una mala mujer; mas también la de un hombre malo puede quedar deshecha por enamorarse de una mujer buena.

Katherine le miró con fijeza y pronunció muy despacio estas palabras:

—Sigue usted queriendo divertirse a mi costa, ¿verdad?

—No puedo leer en su corazón, mademoiselle, ni creo que usted me lo permitiese aunque fuese posible. Lo único que quiero decirle es esto: hay hombres que ejercen en las mujeres una extraña fascinación.

—Por ejemplo, el conde de la Roche —dijo sonriendo Katherine.

—Hay otros más peligrosos que el conde de la Roche, porque poseen cualidades que atraen: temeridad, valor, audacia. Usted está fascinada, mademoiselle. Lo veo bien claro, pero confío en que no pasará de ahí. El hombre a quien me refiero está sinceramente interesado por usted, pero, de todos modos...

—¿Qué?

Poirot se levantó y se quedó con la mirada clavada en ella. Luego, añadió en voz baja, pero muy clara:

—Usted puede, desde luego, amar a un canalla, pero no a un asesino.

Dicho esto, dio media vuelta y se alejó.

Oyó el ligero suspiro que ella exhaló, pero no hizo caso. Por fin había dicho lo que quería y la dejó sola para que reflexionara sobre la última e inequívoca frase.

Derek Kettering, que salía del casino, al verla sentada allí sola, se le acercó.

—Vengo de jugar —dijo riendo—. Con mala suerte, por cierto: he perdido todo lo que llevaba encima.

Katherine le miró turbada. Él notó enseguida algo raro en ella. Algo que la traicionaba de mil maneras.

—Siempre le tuve a usted por un jugador. Se ve que le atrae poderosamente el juego.

—Tiene usted razón. A todas horas, en cualquier sitio, jugaría. ¿No encuentra usted que es una cosa apasionante? ¡Arriesgarlo todo a una carta! No hay emoción igual.

A pesar de su calma y dominio de sí misma, Katherine no pudo reprimir un estremecimiento.

—Necesito hablar con usted —siguió Derek—. ¡Quién sabe cuándo volveré a tener otra oportunidad como esta! Sé que se dice que yo he matado a mi mujer... —Ella fue a hablar—. No, no me interrumpa usted. Desde luego es una afirmación absurda. —Hizo una pausa y luego siguió con voz más firme—: Ante la policía y el juez he tenido que disimular por fuerza, pero con usted voy a ser franco. Deseaba casarme con una mujer rica. Si procuré conocer a Ruth Van Aldin fue únicamente pensando en su dinero. Era una esbelta mujer, y al casarme tomé un sinfín de excelentes decisiones, pero muy pronto sufrí una amarga decepción. Mi mujer quería a otro. Nunca sintió el menor amor por mí. No es que me queje, aquello fue un honrado contrato entre los dos. Ella deseaba mi castillo de Leconbury, y yo, su dinero. Las incompatibilidades que surgieron después fueron debidas a la sangre norteamericana de Ruth. Sin hacerme el menor caso, quería que yo fuese una especie de esclavo suyo. Hasta llegó a decirme que me había comprado y que, por lo tanto, le pertenecía. El resultado fue que acabé portándome con ella de una manera abominable. Si no, que se lo diga mi suegro, aunque reconozco que él lleva razón. Cuando murió Ruth, yo estaba al borde de la más espantosa ruina. —Se echó a reír—. Uno está perdido cuando se opone a un hombre tan rico como Van Aldin.

—¿Y luego? —preguntó Katherine en voz baja.

—Luego —dijo Derek, encogiéndose de hombros— asesinaron a Ruth... providencialmente.

Se echó a reír, y el sonido de aquella risa hizo estremecer a Katherine, que retrocedió.

—Sí —añadió Derek—, sé que cuanto estoy diciendo no es muy agradable, pero es la pura verdad. Y ahora voy a decirle algo más. Desde la primera vez que la vi a usted, comprendí que era la única mujer que me había interesado de veras. Al principio me dio usted miedo; no sé por qué, creí que me traería mala suerte.

—¡Mala suerte! —exclamó vivamente Katherine.

Él la miró.

—¿Por qué ha repetido usted de esa manera lo que yo he dicho? ¿Qué está usted pensando?

—Pensaba en las cosas que me han dicho de usted.

Derek gruñó.

—Le habrán dicho tantas cosas malas de mí... Y muchas de ellas deben de ser verdad. Pero las hay todavía peores, que yo nunca le contaré. Toda la vida he sido un jugador empedernido, y no me ha importado arriesgarlo todo a una carta. Pero eso pertenece al pasado. Ahora lo único que me interesa es que crea usted una cosa: que yo no maté a mi mujer. Le juro que no la maté.

Dijo aquellas palabras con rapidez, aunque en ellas Katherine creyó advertir cierta teatralidad. Al notar él su inquieta mirada siguió:

—Cuando dije el otro día que no había entrado en el compartimento de mi mujer, mentí.

—¡Ah! —exclamó Katherine.

—No sé cómo voy a explicarle por qué entré en él, pero lo intentaré. Lo hice impulsivamente. Yo la espiaba, y por lo tanto me ocultaba de ella. Me había dicho Mirelle que mi mujer se reuniría con el conde de la Roche en París, pero como no fue así, avergonzado, decidí ver a mi mujer para tener una conversación con ella; por eso abrí la puerta y entré en su compartimento. —Hizo una pequeña pausa.

—¿Qué más? —dijo Katherine con dulzura.

—Ruth dormía en su litera, de cara a la pared. No vi más que sus cabellos. Podría haberla despertado, pero de repente reaccioné. Después de todo, ¿qué íbamos a decirnos que no nos hubiésemos repetido ya cien veces? ¡Parecía dormir tan apaciblemente...!, y salí del compartimento de la forma más sigilosa que pude.

—¿Por qué mintió entonces a la policía?

—Porque no estoy loco del todo y comprendí desde el primer momento que, dadas mis circunstancias, yo era el asesino ideal. Con solo admitir que había estado en el compartimento de mi mujer antes del crimen me condenaba por completo.

—Lo comprendo.

¿Lo comprendía ella, realmente? No hubiese podido decirlo. Se sentía atraída por la personalidad de Derek, pero había algo en ella que se resistía...

—Katherine... Bien sabe que estoy enamorado de usted. ¿Lo está usted de mí?

—No... lo sé.

¡Si al menos hubiese alguien allí, alguien conocido, o aunque no lo conociese! Desesperada, miró a su alrededor. De pronto el rubor cubrió su rostro al ver a un joven alto y elegante que, cojeando un poco, se dirigía hacia ella. Era el comandante Knighton.

El tono del saludo de la joven fue de alivio. Derek se puso en pie, rojo de cólera.

—¿Dice usted que lady Tamplin ha tenido un ataque de nervios? Voy a verla por si me necesita.

Dio media vuelta y los dejó solos. Katherine se volvió a sentar. Su corazón latía con violencia. Poco a poco, mientras hablaba de cosas triviales con el comandante, fue recobrando la serenidad. De pronto, con gran asombro de su parte, se dio cuenta de que aquel hombre también le estaba descubriendo sus sentimientos, lo mismo que Derek, aunque de distinta manera.

Era muy tímido y las palabras salían de su boca sin la menor elocuencia.

—Desde que la vi a usted... Ya sé que no debería hablarle tan pronto de esto, pero Mister Van Aldin puede marcharse de aquí el día menos pensado y tal vez no vuelva a tener ocasión. Ya sé que usted no puede quererme tan pronto... Es imposible. Por mi parte, sería una estúpida presunción esperarlo. Dispongo de una pequeña renta; no es mucho... ¡No, por favor, no me conteste ahora! Sé lo que me diría, pero, por si tengo que marcharme de repente, he querido que supiese usted que la amo.

Katherine estaba conmovida. ¡Se portaba aquel hombre de una manera tan humilde...!

—Quisiera pedirle una cosa. Que... si tiene alguna vez necesidad de algo que yo pudiera hacer...

Cogió las manos de ella entre las suyas unos instantes. Luego, las soltó y se fue rápidamente hacia el casino, sin volverse.

Katherine, inmóvil, le vio alejarse. Derek Kettering. Richard Knighton. Dos hombres distintos, ¡tan distintos! En Knighton había algo bondadoso y humilde, y en Derek...

De pronto la invadió una extraña emoción. Tuvo la

sensación de no estar sola en aquel banco de los jardines del casino, de que alguien se hallaba de pie detrás de ella y que este alguien era Ruth Kettering, la mujer que se le confió en el tren. Creyó que Ruth deseaba, sin conseguirlo, decirle algo. La impresión era tan extraña, tan real, que la emocionó intensamente. Tenía la seguridad de que el espíritu de Ruth Kettering intentaba decirle algo de una importancia capital para ella. Luego aquella impresión se desvaneció.

Katherine se puso en pie, tambaleándose. ¿Qué era lo que había querido comunicarle inútilmente Ruth Kettering?

Capítulo 27

La entrevista con Mirelle

Cuando Knighton se separó de Katherine, se dirigió al casino en busca de Poirot, a quien encontró en una de las salas de juego, arriesgando lo mínimo que se podía apostar en algunos números de la ruleta. En el momento en que Knighton se reunía con él, el crupier cantó el número treinta y tres y la raqueta se llevó las fichas de Poirot.

—No ha tenido usted suerte —dijo Knighton—. ¿Va a jugar de nuevo?

Poirot negó con la cabeza.

—Por ahora no.

—¿No siente usted la fascinación del juego? —preguntó Knighton con curiosidad.

—En la ruleta no.

Knighton le miró con atención y le preguntó con deferencia:

—¿Está usted ocupado, monsieur Poirot? Quisiera hacerle una pregunta.

—Estoy a su disposición. ¿Le parece que vayamos fuera? Es muy agradable tomar el sol paseando.

Salieron juntos y Knighton exhaló un profundo suspiro.

—Me encanta la Riviera —declaró—. La primera vez que estuve aquí fue hace doce años, durante la guerra, cuando me enviaron al hospital de lady Tamplin. Como venía de Flandes, esto me pareció el paraíso.

—Es natural.

—¡Qué lejana parece la guerra ahora! —murmuró Knighton.

Pasearon en silencio durante un rato.

—A usted le preocupa algo —dijo de repente Poirot.

Knighton le miró sorprendido.

—Tiene usted razón —confesó—. Pero no comprendo de qué modo ha llegado a esa conclusión y ha podido descubrirlo.

—Con solo mirarle salta a la vista —contestó con sequedad Poirot.

—No sabía que se notara tanto.

—Tenga usted en cuenta que mi trabajo consiste en observar las fisonomías de los que me rodean.

—Bueno, dejemos esto. Quisiera decirle a usted una cosa, monsieur Poirot. ¿Ha oído usted hablar de Mirelle, la bailarina?

—¿La *chère amie* de monsieur Kettering?

—Sí, la misma. Comprenderá usted la aversión que siente Mister Van Aldin hacia ella. Pues bien, esa mujer le ha escrito solicitando una entrevista. Mister Van Aldin me ordenó que contestara diciendo que se negaba a recibirla, cosa que, como es natural, hice. Pues bien, a pesar de ello, esta mañana se ha presentado en el hotel y ha mandado subir su tarjeta diciendo que era urgente y de interés vital que Mister Van Aldin la recibiera enseguida.

—Me está usted intrigando —dijo Poirot.

—Mister Van Aldin se ha puesto furioso. Yo he procurado suavizar en lo posible la respuesta que me ha dado para ella. Después he pensado que quizá esa mujer pueda facilitarnos alguna información valiosa. Sabemos que viajaba en el tren azul; por lo tanto, tal vez ha visto u oído algo que podría ser de gran utilidad para nosotros. ¿No cree usted lo mismo, monsieur Poirot?

—Sí —contestó este—, creo que monsieur Van Aldin ha cometido un error.

—Me alegro de que usted vea el asunto de esa manera. Aún hay algo más, monsieur Poirot. Como la actitud de Mister Van Aldin me ha parecido tan poco conveniente, he decidido tener yo mismo una breve entrevista con esa señora.

—*Eh bien?*

—El problema consistía en que Mirelle deseaba hablar en persona con Mister Van Aldin. Yo he hecho lo posible por dulcificar las palabras que él me había encargado transmitirle. Mejor dicho, le he dicho otras completamente distintas. Le he dicho que Mister Van Aldin estaba muy ocupado en aquellos momentos y que, si tenía que comunicarle algo, fuera lo que fuese, me lo dijera a mí. Pero no se ha decidido y se ha marchado sin decir ni una palabra. Yo tengo la impresión de que esa mujer sabe algo.

—¿Sabe usted dónde se hospeda?

—Sí. —Knighton le dio el nombre del hotel.

—Bueno —dijo Poirot—, tenemos que ir a verla de inmediato.

El secretario parecía indeciso.

—¿Y Mister Van Aldin?

—Monsieur Van Aldin es un hombre obstinado —añadió secamente Poirot—. Yo no discuto con individuos así. Obro sin consultarles. Iremos a ver a esa bailarina enseguida. Le diré a esa mujer que monsieur Van Aldin le ha dado poderes a usted para que obre en su lugar y usted se guardará muy bien de contradecirme.

Knighton le miró indeciso, pero el detective no hizo caso de sus dudas.

En el hotel les dijeron que la señorita estaba en sus habitaciones. Después de escribir en sus tarjetas: «De parte de monsieur Van Aldin», Poirot hizo que se las pasaran.

Poco después les dijeron que mademoiselle Mirelle los esperaba.

En cuanto entraron en el saloncito donde los recibió la bailarina, Poirot tomó enseguida la palabra.

—Mademoiselle —murmuró, con una profunda inclinación—, venimos de parte de monsieur Van Aldin.

—¡Ah! ¿Por qué no viene él mismo?

—Porque se encuentra indispuesto —mintió descaradamente Poirot—, pero nos ha dado poderes al comandante Knighton y a mí para obrar en representación suya. A no ser, desde luego, que mademoiselle prefiera esperar quince días o más.

Si de algo estaba seguro Poirot era de que, para un temperamento como el de Mirelle, la sola palabra *esperar* resultaba intolerable.

—*Eh bien!* ¡Hablaré, señores! —gritó—. He tenido ya demasiada paciencia. Le tendí la mano para evitarlo. Total, ¿para qué? Para que me insultase. Sí, para que me insultase. ¡Arrojarme a mí como se arroja un guante viejo! Ningún hombre se ha cansado jamás de Mirelle. Siempre fui yo la primera en cansarme.

Iba nerviosamente de un lado a otro de la habitación. Su grácil cuerpo temblaba de rabia. Una mesita que le impedía el paso fue a parar de un puntapié a un rincón del saloncito, donde al chocar contra la pared se partió en dos.

—¡Eso mismo quisiera hacer con él! ¡Y esto...! —gritó, cogiendo un jarrón lleno de lirios y tirándolo contra la chimenea, donde se hizo añicos.

Knighton la miraba con disgusto. Estaba incómodo. Poirot, por el contrario, la miraba con ojos brillantes y parecía encantado con la escena.

—¡Algo magnífico! —exclamó—. ¡Algo digno de verse! Mademoiselle tiene un gran temperamento, verdadero carácter.

—Soy artista —dijo Mirelle—, y todo artista tiene temperamento. Le dije a Derek que anduviera con cuidado, pero no quiso hacerme caso.

De pronto se volvió furiosamente hacia Poirot y le preguntó:

—¿Es verdad que desea casarse con esa inglesa?

Poirot tosió.

—*On m'a dit* —murmuró— que la amaba apasionadamente.

Mirelle dio un paso hacia los dos hombres.

—¡Pues bien, sepan ustedes que Derek Kettering asesinó a su mujer! —chilló—. A mí me dijo que pensaba hacerlo. Estaba en un callejón sin salida y salió de él de la mejor manera que pudo.

—¿Dice usted que monsieur Kettering asesinó a su mujer? —preguntó Poirot.

—¡Sí, sí! ¡Lo juro!

—La policía necesitará pruebas de esa acusación.

—La noche del crimen le vi salir del compartimento de su mujer.

—¿Cuándo? —preguntó Poirot.

—Poco antes de que el tren llegase a Lyon.

—¿Está usted dispuesta a jurarlo?

Era un Poirot distinto el que hablaba ahora. Su voz era aguda y perentoria.

—Sí —respondió la bailarina.

Hubo un instante de silencio, durante el cual Mirelle, jadeante, miró a los dos hombres.

—Eso es una cosa muy seria, mademoiselle —señaló el detective—, ¿se da usted cuenta?

—Desde luego.

—Perfecto —dijo Poirot—. Comprenderá usted, mademoiselle, que no se puede perder tiempo. Supongo que no tendrá inconveniente en acompañarnos al juzgado.

Mirelle dudó algunos instantes, pero, como Poirot había previsto, ya no podía retroceder.

—Bien —murmuró—. Voy a vestirme.

Una vez solos, Poirot y Knighton intercambiaron una mirada.

—Hay que trabajar el hierro en caliente —explicó Poirot—. Esta mujer tiene un carácter tan variable que tal vez dentro de una hora se arrepentirá de lo que ha dicho y se echará atrás, cosa que debemos evitar a todo trance.

Mirelle volvió a entrar, vestida de calle. Llevaba un abrigo castaño, adornado con piel de leopardo. Con los ojos brillantes de rabia, también ella parecía un felino. En el juzgado hallaron juntos al juez y a monsieur Caux, el comisario.

Tras una breve presentación hecha por Poirot, el juez

invitó a hablar a Mirelle, quien repitió, más o menos, lo dicho a Poirot y a Knighton, pero con mucha más serenidad.

—Es un relato extraordinario el que acaba usted de hacer, mademoiselle —indicó lentamente monsieur Carrége. Se recostó en su sillón y se recolocó las gafas sobre la nariz—. Acaba usted de decir que monsieur Kettering había preparado de antemano el crimen y que se lo contó a usted.

—Sí, sí. Me dijo que su mujer tenía demasiada salud. Que para morirse tenía que ser por accidente y que él lo arreglaría todo.

—¿Se da usted cuenta, mademoiselle —preguntó monsieur Carrége—, de que se está declarando cómplice del crimen, pues sabía que se iba a cometer y no dio parte a la policía?

—¿Quién, yo? De ninguna manera, señor juez. Yo ni por un momento creí que él hablara en serio. ¡De ninguna manera! Conozco muy bien a los hombres; a veces dicen cosas terribles, que una se volvería loca si se las tomase *au pied de la lettre*.

El juez de instrucción arqueó las cejas.

—Tendremos que creer entonces que usted no se tomó en serio aquellas palabras. ¿Podría decirme, mademoiselle, por qué rompió usted sus contratos de Londres y se vino a la Riviera?

Mirelle le miró con ojos húmedos.

—Porque quería estar con el hombre a quien amaba —respondió sencillamente—. ¿Es una cosa tan extraña?

Poirot le preguntó con amabilidad:

—¿Fue por deseo de monsieur Kettering por lo que usted le acompañó a Niza?

Mirelle dudó antes de responder a esa pregunta. Al fin contestó con indiferente altivez:

—En casos así, me guío solo por mi capricho.

A pesar de que todos comprendieron que aquello no era responder a esa pregunta, no dijeron nada.

—¿Cuándo se enteró usted de que monsieur Kettering había asesinado a su esposa? —le preguntó el juez.

—Como ya les he dicho, vi salir a monsieur Kettering del compartimento de su mujer poco antes de llegar a Lyon. Su rostro tenía una expresión espantosa. ¡Oh! Una expresión de horror que no olvidaré nunca.

Su voz se había vuelto aguda y movía los brazos de una manera extravagante.

—Bien, siga usted —pidió monsieur Carrége.

—Cuando luego me enteré de que madame Kettering estaba muerta al salir el tren de Lyon... lo comprendí todo.

—Sin embargo, no dio usted parte inmediatamente a la policía —dijo con suavidad el comisario.

La bailarina le miró con altivez. Estaba claro que gozaba interpretando aquel papel.

—¿Podía yo traicionar al hombre que amaba? ¡Ah, no! No puede pedírsele eso a una mujer enamorada.

—Sin embargo, ahora... —insinuó monsieur Caux.

—Ahora es muy distinto; ha sido él quien me ha traicionado. ¿Iba a soportar yo la humillación en silencio?

El magistrado trató de apaciguarla.

—Claro, claro —convino con delicadeza. Y añadió—: Bueno, mademoiselle. Ahora le van a leer su declaración; si está conforme con ella, haga el favor de firmarla.

Mirelle no prestó gran atención a la lectura.

—Sí, sí, estoy conforme —se apresuró a decir, y se puso en pie—. ¿No me necesitan ustedes más, señores?

—De momento, no, mademoiselle —repuso el juez.

—¿Detendrán a Derek Kettering?

—Enseguida, mademoiselle.

Mirelle se rio con crueldad y, envolviéndose en su abrigo, gritó:

—¡Derek debería haber pensado en esto antes de insultarme!

—Queda todavía un detalle por aclarar —expuso Poirot—. Un pequeño detalle.

—¿Cuál es? —preguntó ella.

—¿Por qué supone usted que madame Kettering estaba muerta ya cuando el tren salió de Lyon?

La bailarina abrió los ojos desmesuradamente.

—Porque estaba muerta.

—¿Está usted segura?

—Claro que sí, yo... —Se paró en seco.

Poirot, que la estaba observando, notó la inquietud que se reflejó en sus ojos.

—A mí me lo han dicho, todo el mundo lo sabe.

—¡Oh! —exclamó Poirot—. No creo que eso se haya dicho fuera del despacho del señor juez.

Ella pareció turbada.

—¡Oye una tantas cosas...! —señaló vagamente—. Yo sé que alguien me lo dijo, aunque ahora no recuerdo quién.

Se dirigió hacia la puerta; el comisario fue a abrirla, pero antes de que lo hiciera, se oyó de nuevo la voz de Poirot:

—¿Y los rubíes? Perdone usted, mademoiselle, pero ¿podría usted decirnos algo de los rubíes?

—¿Los rubíes? ¿Qué rubíes?

—Los de Catalina la Grande. Si ha oído usted tantas

cosas, imagino que habrá oído también hablar de esas piedras.

—No sé nada de ninguno de esos rubíes —replicó Mirelle. Y salió de la habitación cerrando la puerta tras de sí.

Monsieur Caux volvió a su silla. El juez suspiró:

—Es una furia, pero *diablemente chic*. Me gustaría saber si ha dicho la verdad, por más que yo creo que lo ha hecho.

—Desde luego, hay algo de verdad en lo que nos ha contado —afirmó Poirot—. Nos lo confirmó mademoiselle Grey, quien poco antes de llegar a Lyon vio entrar a monsieur Kettering en el compartimento de su esposa.

—Parece que la culpabilidad de monsieur Kettering está demostrada —dijo suspirando el comisario—. ¡Qué lástima!

—¿Qué quiere usted decir? —preguntó Poirot.

—El sueño de toda mi vida ha sido echarle el guante al conde de la Roche. Ahora creí que le tenía. Esa otra detención no me gusta tanto.

—Si cometemos un error —observó el juez cautelosamente—, sufriremos muchas molestias, porque no hay que perder de vista que monsieur Kettering es aristócrata. Una equivocación haría mucho ruido en los periódicos... —Se encogió de hombros.

—En cuanto a las joyas —añadió el comisario—, ¿qué supone usted que hizo con ellas?

—Sin duda, las cogió, porque esto formaba parte de su plan. Supongo que se habrá visto en apuros para deshacerse de ellas.

Poirot sonrió.

—Respecto a las joyas, yo tengo mi teoría. ¿Pueden

decirme, señores, qué saben ustedes de un hombre conocido como el Marqués?

El comisario se inclinó con interés hacia delante.

—¿El Marqués? —dijo—. ¿Cree usted que el Marqués está metido en este asunto?

—Pregunto nada más qué es lo que se sabe de él.

—No tanto como quisiéramos. El Marqués nunca obra personalmente. Tiene gente asalariada que trabaja para él. Pero, desde luego, se trata de una persona de posición. Estamos seguros de que no procede de los bajos fondos.

—¿Francés?

—Sí... Por lo menos, lo suponemos, aunque no estamos seguros. Ha operado en Francia, en Inglaterra y en Estados Unidos. En el último año hubo una serie de robos en Suiza que se le atribuyen. De todos modos, es un *gran seigneur*. Habla el francés y el inglés estupendamente, pero su origen es un misterio.

Poirot se levantó y se dispuso a retirarse.

—¿Puede usted decirnos algo más, monsieur Poirot? —le preguntó el comisario.

—De momento, no; pero tal vez en el hotel me esperen noticias interesantes.

Monsieur Carrége parecía inquieto.

—Si el Marqués está metido en este asunto... —Se detuvo.

—Eso echaría por tierra todas nuestras hipótesis —indicó monsieur Caux.

—La mía no —replicó Poirot—. Creo, por el contrario, que ambas encajan de maravilla. Hasta la vista, señores. Si tengo noticias importantes, se las comunicaré enseguida.

Se dirigió hacia su hotel, más preocupado que nunca. Durante su ausencia había llegado un telegrama. Lo abrió y lo leyó dos veces antes de metérselo en el bolsillo. En su habitación le esperaba George.

—Estoy cansado, George, muy cansado. ¿Quiere ordenar que me suban una taza de chocolate?

Cuando la llevaron, el criado la colocó en una mesita al alcance de su señor. Iba ya a retirarse cuando Poirot le dijo:

—George, usted debe de conocer muy bien la aristocracia inglesa.

El criado sonrió.

—De eso puede estar convencido el señor.

—Imagino que cree que los criminales proceden invariablemente de la clase social más baja.

—No siempre, señor. Un hijo del duque de Dewize, a pesar de ser un aristócrata, dio mucho que hablar. Le expulsaron de Eton a consecuencia de unos robos, y como reincidió varias veces en la misma falta, la policía no quiso aceptar la excusa de que era cleptómano. Aquel joven, a pesar de su inteligencia, tenía ese vicio metido en los huesos. Su padre, el señor duque, le envió a Australia y he oído decir que cumplió la condena con un nombre falso. Es una cosa muy extraña, pero real.

Poirot movió la cabeza, y tras una pausa volvió a decir:

—El ansia de aventuras, o quizá alguna lesión cerebral, le impulsaron a ello. Ahora me gustaría saber...

—También está el caso de la hija de lady Mary Fox —siguió el criado—. Aquella señorita robaba en las tiendas con la mayor sangre fría. Estos hechos lamentables se repiten con frecuencia en las familias aristocráticas. Y aún podría citar otros muchos casos.

—Tiene una gran experiencia de la alta sociedad —murmuró Poirot—. A veces pienso en por qué se decidió a servirme a mí, habiendo vivido siempre en ambientes aristocráticos. Tal vez fue debido a su deseo de emociones.

—No es eso, precisamente —repuso George—. Cuando estaba buscando un empleo, un día leí en *Society Snippes* que le habían recibido a usted en el palacio de Buckingham. Según aquel periódico, su majestad le había felicitado a usted efusivamente por sus éxitos.

—Bien —dijo Poirot—, a mí siempre me gusta saber el porqué de las cosas.

Se quedó pensativo algunos instantes y al fin preguntó:

—¿Ha telefoneado a mademoiselle Papopolous?

—Sí, señor; tanto ella como su padre estarán encantados de cenar con usted mañana.

—Bueno —respondió Poirot preocupado.

Se bebió el chocolate y, después de dejar con cuidado la taza y el plato en la bandeja, siguió hablando más para sí que para su criado.

—La ardilla, mi buen George, recoge las avellanas que almacena durante el otoño, lo cual más tarde redunda en beneficio suyo. Si queremos tener éxito en la vida, amigo George, debemos guiarnos por los animales, nuestros buenos hermanos. Yo así lo he hecho siempre. He sido el gato que espía al ratón, pero que sigue la pista sin despegar el hocico del suelo. Y como la ardilla con las avellanas, yo también he ido almacenando favores durante mi vida, y en estos momentos voy a buscar una avellana..., una hermosa avellana que guardé hace... A ver... Sí, hace unos diecisiete años. ¿Me entiende, George?

—Nunca creí que una avellana pudiese conservarse tanto tiempo —repuso George—. De todas maneras, he oído decir que, en cuestión de conservas, hoy día se consiguen maravillas.

Poirot le miró y se echó a reír.

Capítulo 28

Poirot hace de ardilla

Poirot se dirigió a la cita con tres cuartos de hora de antelación. En lugar de ir directamente a Montecarlo, se encaminó a casa de lady Tamplin, en Cap Martin. Una vez allí, preguntó por mademoiselle Grey. Las señoras estaban vistiéndose. El criado condujo a Poirot a un saloncito. Después de una espera de tres o cuatro minutos, entró Lenox Tamplin.

—Katherine todavía no está arreglada —indicó—. ¿Quiere que le dé yo el recado, o prefiere usted esperarla?

El detective la miró pensativo. Tardó un poco en contestar a la pregunta, como si su decisión fuera de la mayor importancia. Lo que dijo, por fin, no correspondía a tanta vacilación.

—No, no creo que sea necesario esperar a mademoiselle Grey. Hasta me parece mejor no verla. Ciertas cosas son casi siempre difíciles de decir.

Lenox aguardaba atentamente la decisión del detective.

—Traigo una noticia —informó este—. Dígale a su

amiga que esta noche han arrestado a monsieur Kettering como presunto asesino de su mujer.

—¿Y quiere usted que yo le diga eso a Katherine? —preguntó Lenox.

La joven respiraba de forma agitada. Poirot observaba que su rostro estaba pálido como el de un muerto.

—¿No querrá hacerme ese favor?

—¿Por qué teme usted que esta noticia conmueva a Katherine? ¿Cree que está enamorada de él?

—No lo sé, mademoiselle. Yo casi siempre suelo enterarme de todo lo que pasa a mi alrededor, pero en este caso no he podido descubrir nada. Seguramente estará usted más enterada que yo.

—Sí, lo estoy, pero no pienso decírselo. —Calló un momento, y al fin preguntó—: ¿Cree usted en la culpabilidad de Derek?

—La policía así lo dice.

—Pero no hay pruebas, ¿verdad?

Poirot señaló con amabilidad:

—Hace muchos años que conoce usted a Derek Kettering, ¿verdad?

—Desde niña.

Poirot movió varias veces la cabeza sin decir nada.

Con un brusco movimiento Lenox acercó una silla y se sentó con los codos sobre la mesa y la cara apoyada en las manos. En esta posición miró fijamente al detective.

—¿En qué se basan para detenerlo? —preguntó—. ¿Le beneficia en algo la muerte de su mujer?

—Hereda dos millones.

—Y si su mujer no hubiera muerto, ¿se habría arruinado?

—Sí.

—Pero eso no puede bastar para detener a una persona —insistió Lenox—. Viajaba en el mismo tren que ella, ya lo sé. Tampoco es motivo suficiente para acusarle.

—En el compartimento de madame Kettering se encontró una pitillera que no era suya. Llevaba la inicial K. Además, dos personas le vieron entrar en aquel compartimento y salir de él poco antes de llegar a Lyon.

—¿Quiénes son esas dos personas?

—Una de ellas es su amiga, mademoiselle Grey. La otra es Mirelle, la bailarina.

—Y Derek, ¿qué dice?

—Niega haber entrado en el compartimento de su mujer.

—¡Qué tonto! ¿No ha dicho usted que entró en ese compartimento antes de llegar a Lyon? ¿Sabe alguien a qué hora se cometió el crimen?

—El dictamen del forense no lo indica con exactitud. Lo único seguro es que poco después de salir de Lyon ya la habían asesinado.

—¿Cómo lo sabe usted?

—Porque alguien entró en su compartimento y la encontró muerta.

—¿Y no dio la señal de alarma?

—No.

—¿Por qué?

—Sin duda, tuvo sus razones para hacerlo.

—¿Conoce usted esas razones?

—Creo que sí.

Lenox guardó silencio, parecía preocupada. Poirot la observaba con atención.

Al fin la muchacha se irguió. Su rostro estaba ruborizado y sus ojos brillaban.

—Usted cree que la mató alguna persona que viajaba en el tren, y sin embargo quizá no haya sido así. ¿Por qué no puede ser que subiese alguien al tren cuando se detuvo en Lyon? Ese alguien pudo perfectamente entrar en el compartimento de madame Kettering, estrangularla, apoderarse de los rubíes y bajar sin que nadie le viese. Tal vez la asesinaron mientras el tren estuvo detenido en Lyon. De haber sucedido así, cuando Derek entró en el compartimento, ella aún vivía, y en cambio, cuando entró esa otra persona a quien usted alude, la encontró ya muerta.

Poirot se recostó en su sillón y exhaló un profundo suspiro. Fijó la mirada en la muchacha y, moviendo afirmativamente la cabeza, dijo:

—Mademoiselle, tiene usted mucha razón en lo que acaba de decir. Yo estaba a oscuras y usted me ha hecho ver con claridad. Había una cosa que me preocupaba, y usted acaba de descifrármela.

Se puso en pie.

—¿Y Derek? —preguntó Lenox.

—¡Quién sabe! —contestó Poirot, encogiéndose de hombros—. Le voy a confesar a usted, mademoiselle, que no estoy satisfecho. ¡No! Yo, Hércules Poirot, no estoy satisfecho. Tal vez esta misma noche me entere de algo interesante. Es decir, por lo menos lo procuraré.

—¿Tiene usted alguna cita?

—Sí.

—¿Con alguien que pueda saber algo relacionado con este asunto?

—Con alguien que puede saber algo. En estos casos, no se puede dejar de remover ni una sola piedra. *Au revoir*, mademoiselle.

Lenox le acompañó hasta la puerta.

—¿Le he... ayudado?

El rostro de Poirot se dulcificó al mirar a la muchacha, que estaba unos escalones más arriba.

—Sí, mademoiselle, me ha ayudado usted mucho. Recuérdelo.

Cuando el coche se puso en marcha, el hombrecillo se ensimismó en sus pensamientos, pero en sus ojos brillaba una luz verdosa, una luz que siempre precedía al triunfo.

Llegó a la cita con unos minutos de retraso y se encontró con que monsieur Papopolous y su hija ya estaban allí. Se deshizo en excusas y abrumó a sus invitados a fuerza de atenciones. Aquella noche el aspecto del griego era más venerable que nunca. Parecía un augusto patriarca de vida irreprochable. Zia estaba hermosísima y de excelente humor.

La cena fue deliciosa, y Poirot la amenizó con su chispeante gracia. Contó infinidad de anécdotas y chistes, y colmó de piropos a Zia Papopolous, relatando además algunos incidentes interesantes de su carrera. El menú fue selecto, y los vinos, excelentes.

Al final de la cena, monsieur Papopolous preguntó cortésmente:

—¿Y el informe que le di? ¿Ya se ha enterado de cómo es el caballo?

—Estoy en comunicación con mi agente de apuestas —replicó Poirot.

Las miradas de ambos hombres se encontraron.

—Un caballo muy conocido, ¿verdad?

—No, desconocido por completo.

—¡Ah! —exclamó pensativo Mister Papopolous.

—Ahora podemos ir a tentar un poco a la suerte en la ruleta —sugirió Poirot alegremente.

Una vez en el casino, Papopolous se fue a dar una vuelta por los salones. Entonces Poirot se dedicó por entero a Zia.

El detective no estuvo afortunado, pero en cambio Zia tuvo una buena racha y, al poco rato de llegar, había ganado ya algunos miles de francos.

—Creo que lo mejor será que me retire ahora —dijo a Poirot.

Los ojos de este brillaron.

—¡Magnífico! —exclamó—. Es usted digna hija de su padre, señorita Zia; sabe usted retirarse a tiempo. ¡Ah!, eso es un verdadero arte.

Después de mirar hacia los salones, señaló:

—No veo a su padre por ningún sitio. Iré a buscar su abrigo y podremos dar una vuelta alrededor de estos bellos jardines.

Sin embargo, no fue directo al guardarropa. Ardía en deseos de saber qué había sido del griego. De pronto le vio en el vestíbulo, apoyado en una de las grandes columnas. Hablaba con una señora que acababa de llegar. Era Mirelle.

Poirot se acercó sin hacer ruido a la columna. El griego y la bailarina hablaban animadamente, mejor dicho, la que hablaba con ardor era Mirelle, porque el griego se limitaba a pronunciar algún que otro monosílabo acompañado de algunos gestos.

—Necesito tiempo —decía ella—. Si me da usted tiempo, reuniré el dinero.

—Esperar es una cosa muy desagradable —dijo Papopolous encogiéndose de hombros.

—¡Se trata solo de unos días! —rogó Mirelle—. Usted puede hacerme este favor. Dentro de una semana..., o diez días a lo sumo, tendrá el dinero en su poder, se lo aseguro.

Papopolous tuvo de pronto la sensación de que lo observaban, miró a su alrededor y se halló con Poirot, que, detrás de él, le contemplaba inocentemente.

—¡Ah! *Vous voilà*, monsieur Papopolous. Le he estado buscando por todas partes. ¿Permite usted que me lleve a mademoiselle Zia a dar una vuelta por el jardín? ¡Ah! Buenas noches, mademoiselle —saludó inclinándose ante Mirelle—. Perdone que no la haya saludado antes, pero no la había visto.

La bailarina estaba impaciente. Saltaba a la vista que la había contrariado la interrupción de su *tête à tête*. Poirot lo advirtió, pero como Papopolous había dado ya su consentimiento, se dirigió enseguida al guardarropa. Le llevó a Zia el abrigo y salieron a los jardines.

—Aquí es donde se suicida la gente —indicó ella.

Poirot se encogió de hombros.

—Con razón se los llama locos a los hombres. Comer, beber, respirar el aire puro son cosas muy agradables, mademoiselle. Por lo tanto, es una locura prescindir de todo esto solo por no tener dinero... O porque el corazón sufre un desamor. *L'amour* produce muchas desgracias. ¿No es verdad?

Zia se echó a reír.

—No se ría usted del amor, mademoiselle —prosiguió Poirot, moviendo enérgicamente el índice ante el rostro de ella—. ¡Es usted aún muy joven y muy bonita!

—Bonita, tal vez, pero no olvide que tengo ya treinta y tres años, monsieur Poirot. Soy franca con usted porque no puedo hacer otra cosa. Como le dijo a mi padre, han pasado justo diecisiete años desde que usted nos prestó ayuda en París.

—Sin embargo, al mirarla me da la sensación de que ha pasado mucho menos tiempo —aseguró Poirot—. Ahora está usted exactamente igual, solo que entonces tenía dieciséis años, estaba un poco más pálida y delgada, y era algo más seria. Por aquella época acababa de salir del colegio. Había dejado de ser una *petite pensionnaire*, aunque era deliciosamente encantadora, mademoiselle Zia, y todos opinaban lo mismo que yo.

—A los dieciséis años, una no es más que una aturdida.

—Sin duda tiene usted razón —convino Poirot—. Sí, así es. A los dieciséis años, *una* es muy crédula, y confiada, ¿no es cierto?

Si notó la mirada que le dirigió la joven, no lo demostró.

—Aquel fue un asunto muy raro —siguió imperturbable—. Su padre nunca supo la verdad.

—¿Ah, no? —preguntó fríamente la joven.

—Cuando me preguntó por los detalles de mis investigaciones, le dije lo siguiente: «Evitando todo escándalo, le he devuelto esta joya que estaba perdida para usted. Le ruego, pues, que no me haga ninguna pregunta». ¿Sabe usted, mademoiselle, por qué le dije eso?

—No tengo la menor idea.

—Pues porque mi corazón se sintió conmovido por una ingenua colegiala, muy pálida y muy seria.

—No comprendo lo que dice —replicó Zia irritada.

—¿De veras, mademoiselle? ¿Se ha olvidado usted ya de Antonio Pirezzio?

La joven ahogó un grito.

—Trabajaba en la tienda de su padre, pero tenía miras más elevadas. Un día puso los ojos en la hija de su patrón, cosa completamente lógica, y más si se es joven, guapo y locuaz. Como no siempre podían hablar de amor, había momentos en que los enamorados charlaban de cosas que les interesaban a los dos, como el precioso objeto que guardaba en el depósito monsieur Papopolous. Como ha dicho usted muy bien antes, la juventud es aturdida y loca; por eso al galán le fue sumamente fácil que la muchacha le mostrase la inapreciable joya y el lugar donde se ocultaba. Luego, cuando aquella joya desapareció..., cuando sobrevino la inevitable catástrofe, ¿en qué situación quedaba la pobre colegiala? La infeliz estaba aterrorizada. ¿Contaría la verdad o no? Y entonces fue cuando entró en escena aquel excelente detective, Hércules Poirot. Fue un verdadero milagro: enseguida las cosas se arreglaron solas. La valiosa alhaja fue recuperada y no se hizo ninguna pregunta.

Zia se volvió irritada hacia el detective.

—¿Lo supo usted desde un principio? ¿Quién se lo dijo? ¿El... mismo Antonio?

Poirot negó con la cabeza.

—Nadie me lo dijo —contestó muy despacio—. Lo adiviné yo solo. Fui muy listo, ¿verdad, mademoiselle? Cuando no se sabe hacer trabajar el cerebro, lo mejor es no ser un detective.

Durante un rato la joven caminó en silencio. Al fin, preguntó con voz dura:

—Bien, ¿adónde va usted a parar con todo esto? ¿Piensa contárselo a mi padre?

—No —la tranquilizó Poirot—, de ninguna manera.

Ella le miró intrigada.

—Entonces es que va usted a pedirme algo.

—Eso sí. Necesito su ayuda.

—¿Por qué cree usted que yo puedo ayudarle?

—No es que lo crea, lo supongo nada más.

—Y si no le ayudo, ¿le contará a mi padre...?

—¡No, eso sí que no! Deseche semejante idea, mademoiselle; yo no soy un chantajista. No le he recordado su secreto para amenazarla con él.

—¿Y si no quiero ayudarle? —empezó a decir lentamente la joven.

—Pues me lo dice usted y asunto concluido.

—Entonces ¿por qué...? —Se interrumpió.

—Le voy a decir por qué le he contado todo esto. Las mujeres, mademoiselle, son generosas. Si pueden devolverle el favor a alguien, lo hacen siempre de buen grado. Yo me porté una vez generosamente con usted; pudiendo hablar, guardé silencio, por no hacerle daño.

Hubo un corto silencio. La joven dijo después:

—Mi padre le dio a usted el otro día una indicación.

—Sí, fue de una gran amabilidad por su parte.

—No sé —reconoció Zia hablando muy despacio— si podré añadir nada más a lo que él le dijo.

Si Poirot se sintió decepcionado, no lo demostró su rostro, que permaneció impasible.

—*Eh bien!* —exclamó risueño—; entonces vale más que hablemos de otra cosa.

Y empezó a charlar con alegría.

Sin embargo, la joven estaba distraída y daba maquinalmente sus respuestas, que no siempre tenían que ver con las preguntas.

Cerca ya del casino, pareció tomar una decisión.

—Monsieur Poirot.

—Dígame, mademoiselle.

—Crea usted que si pudiese me gustaría ayudarle.

—Es usted muy amable, mademoiselle, extraordinariamente amable.

Hubo una pausa. Poirot no quería apremiarla.

—Al fin y al cabo —dijo Zia—, ¿por qué no se lo he de decir a usted? Mi padre es muy cauto, pero yo sé que con usted es inútil la cautela. Usted nos ha dicho que solo le interesa el asesinato y que las joyas no le importan nada. Y yo lo creo. Estaba usted en lo cierto al suponer que hemos venido a Niza por los rubíes. Vinimos a recogerlos de acuerdo con el plan que habíamos trazado. Ahora están en poder de mi padre. El otro día le dio a usted, a su modo, una indicación de nuestro misterioso cliente.

—¿El Marqués? —preguntó despacio Poirot.

—Sí, el Marqués.

—¿Le ha visto usted alguna vez, mademoiselle?

—Una, pero no muy bien —explicó la muchacha—. Le vi a través del ojo de una cerradura.

—¡Claro! Así resulta muy difícil fijarse bien —observó Poirot—. De todas maneras, usted lo vio. ¿Le reconocería ahora?

Ella negó con la cabeza.

—Llevaba antifaz.

—¿Era un joven o un anciano?

—Tenía el cabello blanco, pero podría tratarse de una peluca, o quizá no, porque parecía su verdadero pelo. Yo no creo que fuera viejo, porque andaba como un joven y su voz era también juvenil.

—¿Oyó usted su voz? —Poirot pareció preocupado—. ¿La reconocería usted si la oyese de nuevo, señorita?

—Puede que sí —contestó la joven.

—Le interesa a usted ese hombre, ¿verdad? Por eso le observaba por la cerradura.

—Sí, es verdad. Yo soy muy curiosa. ¡Había oído hablar tanto de él! Porque no parece un ladrón vulgar, sino más bien una especie de leyenda.

—Y puede que así sea —dijo Poirot pensativo.

—Pero no se trata ahora de eso —replicó Zia—, sino de otro detalle que creo de gran interés para usted.

—¿Qué detalle es ese?

—Ya le he dicho a usted que los rubíes se los entregaron a mi padre en Niza. Yo no vi a la persona que los trajo, pero...

—Pero ¿qué?

—Pero sé que era una mujer.

Capítulo 29

Carta de St. Mary Mead

Querida Katherine:

Viviendo como usted vive, rodeada de comodidades y de amigos aristócratas, no creo que le interese mucho recibir noticias nuestras; pero como siempre la he tenido por una muchacha sensata, espero que no se le habrá subido la posición a la cabeza. Aquí todo sigue igual. Ha causado gran emoción la llegada del nuevo párroco.

Últimamente, mis criados me han dado mucho que hacer. Annie, aquella muchacha tan sencilla, lleva ahora las faldas por encima de la rodilla, y no quiere ponerse medias de lana, aunque se muera de frío. No hay manera de decirle ni una palabra.

Mi reumatismo me ha hecho sufrir mucho. El doctor Harris logró convencerme para que fuera a Londres a ver a un especialista. Imagínese usted que tuve que darle tres guineas por la visita, además del gasto del viaje, y menos mal que pude lograr un billete a precio reducido. El doctor de Londres puso una cara muy larga y empezó a soltar una serie de palabras técnicas que no había quién las entendiese. Por fin le interrumpí y le dije: «Mire usted, doctor, yo soy una mujer sen-

cilla y, por lo tanto, me gustan las cosas muy claras. Así que dígame usted francamente si tengo cáncer o no». Y, claro, me contestó que sí, que tenía cáncer. Un año, más o menos, con cuidados. Desde luego sufriré bastante, pero como buena cristiana, sabré resistir los dolores. Lo que más me entristece es que estoy muy sola, pues mis amigas, unas han muerto y otras se han ido del pueblo.

¡Cuánto me gustaría que estuviese usted aquí! Si al morir la pobre Jane no le hubiera dejado la herencia, yo le habría ofrecido el doble de lo que ella le daba para que se hubiera venido usted conmigo. Pero, en fin, no se debe pensar en cosas imposibles. De todas maneras, sé infinidad de historias de aventureros con títulos nobiliarios que se casaron con alguna rica heredera para desaparecer al día siguiente de la boda, llevándose el dinero de la incauta. Si a usted llegara a sucederle tal desgracia puede contar conmigo. Ya sé que es usted demasiado inteligente para que le pueda ocurrir una cosa parecida, pero como nunca le han hecho demasiado caso, pudiera ser que lograsen embaucarla. Si fuese así, disponga siempre de mi casa. Y sabe que soy franca, y que lo que le digo es de corazón.

Sin más, la saluda cariñosamente su vieja amiga

Amelia Viner

P. D.: Leí en el periódico un artículo que las mencionaban a usted y a su prima, la vizcondesa de Tamplin. Lo corté y lo guardé con mis recortes.

Cada domingo rezo por usted, para que Dios la preserve del orgullo y de la altivez.

Katherine leyó dos veces aquella particular epístola. Luego la dejó sobre la mesa y, acercándose a la ventana de su dormitorio, se concentró en la contemplación de las azules aguas del Mediterráneo. La ahogaba una extraña emoción. Una gran nostalgia de St. Mary Mead se adueñó de ella. La añoranza de las cosas que había visto, día tras día, durante diez años la dominaba. Le hubiera costado muy poco echarse a llorar. La llegada de Lenox la hizo dominarse.

—¡Hola, Katherine! —saludó Lenox—. Estaba diciendo... Pero ¿qué te pasa? —añadió al advertir su extraña expresión.

—Nada —contestó Katherine, guardando en su bolso, con cierta precipitación, la carta de Miss Viner.

—Tienes una expresión muy rara. —Después de una pequeña pausa, Lenox siguió—: Bueno, no sé si te enfadarás, pero he telefoneado a tu amigo el detective para invitarle a comer con nosotras en Niza. Como he supuesto que por mí no querría molestarse, le he dicho que tú deseabas verle.

—Pero ¿es que tú quieres verle? —preguntó Katherine.

—Sí, me ha robado el corazón. Nunca había visto a un hombre con ojos verdes como los de un gato.

—¡Ah!, no lo sabía —contestó Katherine.

Hablaba con displicencia. Los últimos días habían sido muy deprimentes, y la detención de Derek Kettering se había convertido en el tema de todas las conversaciones. El misterio del tren azul era el acontecimiento de más palpitante interés.

—He dado orden de que nos viniese a buscar un coche —dijo Lenox—, y a mamá le he soltado una mentira, aunque desgraciadamente no recuerdo cuál. Pero no importa; ella tampoco se acordará. Si supiera adónde íbamos, no dejaría de venir a meter las narices para sonsacarle lo que pudiera a monsieur Poirot.

Las dos muchachas llegaron al Negresco, donde encontraron a Poirot, que las esperaba. Con su natural cortesía llenó de atenciones a las muchachas, hasta el punto de que ambas se echaron a reír. Sin embargo, la comida no fue alegre. Katherine estaba distraída, y Lenox dejaba languidecer la conversación. Cuando pasaron a la terraza a tomar café, la última atacó a Poirot.

—¿Cómo van las cosas? ¿Sabe usted a qué me refiero?

Poirot se encogió de hombros.

—Siguen su curso —dijo.

—¿Y les permite usted seguir su curso?

Poirot miró a Lenox algo enfadado.

—Es usted muy joven. Por eso debo decirle que hay tres cosas a las que no se les debe meter prisa: *le bon Dieu*, la naturaleza y los ancianos.

—¡Qué exageración! —exclamó Lenox—. Cualquiera diría que es usted un viejo.

—Muchas gracias, es usted muy amable.

—Mire, por allí viene el comandante Knighton —exclamó la muchacha.

Katherine se volvió rápidamente y enseguida recuperó su posición anterior.

—Va con monsieur Van Aldin —añadió Lenox—. Quiero preguntarle algo al comandante Knighton. Voy a verle un momento.

Al quedarse solos, Poirot se inclinó hacia Katherine y le dijo:

—Está usted muy distraída, mademoiselle. Sus pensamientos andan muy lejos de aquí, ¿verdad?

—Tan lejos como Inglaterra.

Movida por un súbito impulso, cogió la carta que había recibido aquella mañana y se la tendió al detective para que la leyese.

—Es la primera palabra que viene a mí desde mi antigua vida. ¿Creerá usted que me ha hecho daño?

Poirot leyó la carta y luego se la devolvió.

—¿De manera que vuelve usted a St. Mary Mead? —preguntó lentamente.

—No. ¿Qué podría hacer allí?

—Por lo visto me he equivocado —señaló Poirot. Y añadió—: ¿Me permite usted un momento?

Se dirigió hacia donde estaba Lenox Tamplin hablando con Van Aldin y Knighton. El millonario parecía más viejo que otras veces. Saludó a Poirot con un ligero movimiento de cabeza, pero sin el menor entusiasmo.

Al volverse para contestar a una pregunta de Lenox, Poirot se llevó a Knighton a un lado.

—Monsieur Van Aldin parece enfermo —dijo.

—¿Acaso le extraña? —preguntó Knighton—. El escándalo de la detención de Derek Kettering le ha destrozado por completo. Hasta lamenta haberle contratado a usted para descubrir la verdad.

—Debería volver a Inglaterra —sugirió Poirot.

—Pasado mañana nos vamos.

—¡Ah, me alegro! —Y añadió mirando a la terraza—: Supongo que querrá usted comunicarle eso a mademoiselle Grey.

—¿Comunicarle qué?

—Que usted..., mejor dicho, que monsieur Van Aldin se vuelve a Inglaterra.

Knighton le miró un poco sorprendido, pero enseguida dejó al detective y fue a reunirse con Katherine.

Poirot, satisfecho, le vio alejarse y, moviendo la cabeza, fue a reunirse con Lenox y Van Aldin. Poco después estaban todos en la terraza. Charlaron durante un rato. Luego, el millonario y su secretario se marcharon. Poirot también se dispuso a retirarse.

—¡Un millón de gracias por su hospitalidad, mademoiselle! —exclamó—. Ha sido una comida deliciosa. *Ma foi!*, bien la necesitaba. —Dilató el torso y, golpeándoselo con las manos, dijo—: ¡Soy un león! ¡Un gigante! ¡Ah, mademoiselle Katherine! Usted no sabe quién soy. Solo conoce usted al amable y pacífico Hércules Poirot, pero hay en mí otro Hércules Poirot a quien no ha visto aún. Sí, quiero amedrentar, aterrorizar a los que me escuchen.

Las miró satisfecho. Parecía realmente que sus palabras habían impresionado a las muchachas, aunque Lenox se mordía el labio inferior y la boca de Katherine estaba apretada de una manera muy sospechosa.

—Y lo haré —afirmó gravemente—. Sí, lo conseguiré.

Había dado ya unos cuantos pasos cuando la voz de Katherine le hizo volverse.

—Monsieur Poirot, quiero decirle una cosa. Tenía usted razón antes al decir que volvería a Inglaterra inmediatamente.

Poirot clavó los ojos en ella. Su escrutadora mirada hizo enrojecer a Katherine.

—Es natural —respondió con tono serio.

—¿Qué quiere usted decir? —preguntó Katherine.

—Yo sé mucho más de lo que usted supone, mademoiselle.

Se separó de ella con la sonrisa en los labios. Subió en el coche que le esperaba y se dirigió a Antibes.

Hipolyte, el criado del conde de la Roche, estaba muy atareado en villa Marina limpiando la magnífica cristalería de su dueño. El conde de la Roche había ido a Montecarlo a pasar el día. Al mirar por una de las ventanas, Hipolyte vio llegar a un desconocido. Era un tipo singular. Llamó a Marie, su mujer, que estaba ocupada en la cocina, para que viese lo que él llamaba *ce type là*.

—¿No será un policía? —preguntó con inquietud.

—Convéncete por ti misma, Marie.

—No, no lo parece —dijo la mujer—. Me alegro mucho.

—La verdad es que no nos han molestado. De no haberme avisado el conde, nunca hubiera descubierto que aquel hombre de la taberna era un policía.

Sonó el timbre e Hipolyte fue a abrir la puerta.

—¿El señor conde? Lo siento mucho, pero no está en casa.

El hombrecillo de grandes mostachos movió plácidamente la cabeza.

—Ya lo sabía —replicó—. Usted es Hipolyte Flavelle, ¿verdad?

—Sí, señor, ese es mi nombre.

—Y está casado con una mujer llamada Marie.

—Sí, señor, pero...

—Deseo verles a los dos —dijo el visitante, y pasando

ante Hipolyte, entró en el vestíbulo—. Su mujer debe de estar en la cocina —añadió—, iré allí.

Antes de que el criado pudiera oponerse, el detective ya estaba en la cocina, donde encontró a Marie, que se quedó con la boca abierta al verle entrar.

—*Voilà*, yo soy Hércules Poirot —anunció el hombrecillo, dejándose caer en una silla.

—Bien, señor.

—¿No han oído ustedes nunca mi nombre?

—No, señor —respondió Hipolyte.

—Pues perdonen que les diga que les han educado muy mal. Poirot es uno de los hombres más célebres del mundo.

Y lanzó un profundo suspiro a la vez que se cruzaba de brazos.

Hipolyte y Marie le miraban con inquietud; no sabían qué pensar del extraño visitante.

—¿El señor desea...? —murmuró Hipolyte.

—Deseo saber por qué mintieron ustedes a la policía.

—¡Oh, señor! ¿Mentir yo... a la policía? Nunca he hecho una cosa así.

Poirot movió la cabeza.

—Se equivoca usted; ha mentido en varias ocasiones. Permítame un momento. —Sacó una libretita de su bolsillo y la hojeó—. ¡Ah, sí! Al menos en siete ocasiones. Se las voy a recordar.

Y con voz indiferente fue precisándolas. Hipolyte estaba asombradísimo.

—¡Que no ha mentido nunca! —refunfuñó Poirot—. Procure, amigo mío, no caer en la costumbre de verse con tan buenos ojos. Pero no vengo ahora a hablar de cosas pasadas. Solo me ocuparé de la mentira que me interesa;

o sea, de la declaración que hizo usted, según la cual el conde de la Roche llegó aquí en la mañana del día catorce de enero.

—Pero eso no es una mentira, señor; es la pura verdad. El señor conde llegó aquí la mañana del martes, día catorce, ¿verdad, Marie?

Ella se apresuró a confirmarlo.

—Sí, eso es, me acuerdo perfectamente.

—Muy bien —dijo Poirot—. ¿Quiere usted decirme qué le dio a su señor de comer aquel día?

—Le... —La mujer se detuvo a reflexionar.

—Es curioso —observó Poirot— cómo uno recuerda ciertas cosas y olvida otras.

Se inclinó hacia delante y dio un puñetazo sobre la mesa. Sus ojos brillaban iracundos.

—Sí, sí. Me ratifico en lo dicho. Dicen ustedes las mentiras y creen que nadie se da cuenta de ellas. Pero hay dos seres que lo saben todo: Dios y... —Levantó una mano al cielo y luego, recostándose en su silla, murmuró mientras entornaba los ojos—: Hércules Poirot.

—Le aseguro a usted que está completamente equivocado; el señor conde salió de París el lunes por la noche...

—Es verdad —concedió Poirot—, salió en el rápido. Lo que no sé es dónde pasó el día; supongo que ustedes tampoco lo saben, pero me consta que llegó aquí el miércoles por la mañana, en lugar del martes, como dicen ustedes.

—El señor está en un error —insistió la mujer.

Poirot se puso en pie.

—Bien, entonces tendrá que intervenir la justicia..., lo siento por ustedes.

—¿Qué quiere usted decir, señor? —preguntó ella inquieta.

—Pues que los arrestarán como cómplices del asesinato de madame Kettering, esa inglesa que mataron en el tren azul.

—¡Un crimen!

El criado palideció intensamente. Sus rodillas se entrechocaron. Marie soltó el rodillo pastelero y se echó a llorar.

—¡Eso es imposible! Yo creía...

—Ya que insisten ustedes en su historia, no hay más que decir. Pero que conste que son ustedes unos necios.

Se dirigía hacia la puerta cuando una voz agitada le detuvo.

—Un momento, señor, un momento. Yo... nunca pude figurarme que se tratara de una cosa así. Creíamos que era simplemente algo relacionado con alguna mujer como había sucedido ya otras veces. Pero, si se trata de un asesinato, es muy distinto.

—¡Ya no me queda paciencia para discutir con ustedes! —gritó Poirot, agitando el puño ante la nariz de Hipolyte—. ¿Es que voy a pasarme el día discutiendo con un par de idiotas? Yo quiero saber la verdad. Si no me la quieren decir, peor para ustedes. Por última vez: ¿cuándo llegó el conde a villa Marina? ¿El martes o el miércoles por la mañana?

—El miércoles —murmuró el criado. Su mujer lo confirmó.

Poirot los miró unos instantes.

—Diciendo la verdad se han librado ustedes de muchos perjuicios. —Y salió de villa Marina sonriendo.

«Una suposición confirmada —murmuró para sus adentros—. ¿Tendré suerte con la otra?»

Eran las seis cuando le presentaron a Mirelle la tarjeta de monsieur Hércules Poirot. Ella la miró y, después de una ligera vacilación, mandó que le hicieran pasar. Cuando el detective entró, la bailarina, que estaba paseándose por la habitación, se volvió furiosa hacia él.

—¡Bueno! —gritó—. ¿Qué pasa ahora? ¿No me torturó ya bastante el otro día? ¿No me hizo usted traicionar a mi pobre Derek? ¿Qué más quiere de mí?

—Solo quiero hacerle una pregunta, mademoiselle. Cuando poco después de salir el tren de Lyon entró usted en el compartimento de madame Kettering...

—¿Qué está usted diciendo?

Poirot la miró con reproche y volvió a decir:

—Que cuando usted entró en el compartimento de madame Kettering...

—¡Yo no entré en ese compartimento!

—Y la encontró...

—*Ah sacré!*

—¡¿Es que quiere usted engañarme a mí?! —gritó Poirot irritado, acercándose a ella—. Le aseguro que sé lo que ocurrió aquella noche tan bien como si lo hubiese presenciado. Entró usted en el compartimento de madame Kettering y la encontró muerta. ¡Estoy seguro de ello! Tenga usted en cuenta que mentirme a mí es peligroso. Ándese con cuidado, mademoiselle Mirelle.

La bailarina bajó la vista, no podía resistir la mirada del detective.

—Yo... no... —Se interrumpió.

—Yo solo quiero una cosa, mademoiselle: que me diga usted si encontró lo que buscaba, o bien...

—O bien, ¿qué?

—O bien si alguien se le había adelantado ya.

—¡No le contestaré a usted! —gritó la bailarina.

Y, huyendo del detective, se tiró al suelo y empezó a revolcarse por la alfombra lanzando agudos chillidos. A los gritos acudió una doncella.

Poirot se encogió de hombros y salió despacio de la habitación. Parecía muy satisfecho.

Capítulo 30

Los consejos de Miss Viner

Katherine miró por la ventana del dormitorio de Miss Viner. Llovía, no de forma violenta, pero sí persistentemente. La ventana daba a un jardín cruzado por un sendero que conducía a la verja de la calle. A ambos lados se levantaban macizos de flores donde crecían las rosas, los geranios y los jacintos.

Miss Viner reposaba en un amplio lecho, en uno de cuyos lados había una bandeja con los restos de la merienda. En aquellos momentos abría la anciana su correspondencia, emitiendo de vez en cuando algún comentario mordaz.

Katherine tenía en la mano una carta abierta que estaba leyendo por segunda vez; llevaba el membrete del hotel Ritz y estaba fechada en París.

Decía así:

Chère *mademoiselle Katherine:*

Espero que esta la encontrará a usted en perfecto estado de salud y que su vuelta al invierno inglés no la habrá deprimido. Yo continúo haciendo mis investigaciones con la mayor diligencia posible. No crea usted que estoy divirtiéndome en París.

Tengo el gusto de comunicarle que dentro de poco iré a Inglaterra, donde espero tener la alegría de verla a usted otra vez. Ya le escribiré desde Londres. ¿Recuerda usted que somos socios en este asunto? Yo creo que no lo habrá olvidado.

Le reitera sus más sinceros saludos su buen amigo

Hércules Poirot

Katherine frunció el ceño. Había algo en aquella carta que la intrigaba.

—Muy bien —dijo Miss Viner—; quieren que contribuya a una merienda para los niños del coro, pero si no excluyen a Tommy Saunders y a Albert Dykes, no doy ni un centavo. Yo no sé para qué se han creído esos muchachos que van los domingos a la iglesia. Tommy canta las primeras estrofas del salmo y ya no vuelve a abrir la boca. Y si Albert no se dedica a masticar chicle es que no tengo nariz.

—Son unos chicos muy traviesos —asintió Katherine.

Abrió la otra carta y un súbito rubor enrojeció sus mejillas, provocándole la sensación de que la voz de Miss Viner sonaba muy lejos. Cuando por fin recobró la conciencia de cuanto la rodeaba, la buena dama estaba terminando triunfalmente su larga perorata:

—... Y entonces le dije: «De ninguna manera, lo que pasa es que Miss Grey es prima de lady Tamplin». Estuve bien, ¿verdad?

—Ha sido usted muy buena conmigo al defenderme así.

—Por muy mujer del vicario que sea, es una verdadera víbora. Insinuaba que usted había tenido que pagar para que la introdujesen en la alta sociedad.

—Tal vez no estaba del todo equivocada.

—Ya ve —siguió Miss Viner—, podría usted haber vuelto hecha una gran dama, ¿verdad?, y en lugar de eso sigue tan sencilla como siempre, con unas buenas medias de lana y con unos zapatos normalísimos. Ayer mismo, sin ir más lejos, hablando con Ellen, le dije: «¿Te has fijado, Ellen, en Miss Grey? Después de haber alternado con algunas de las personas más importantes del mundo, ¿va acaso como tú, con las faldas sobre las rodillas, medias de seda y los zapatos más ridículos que he visto en mi vida?».

Katherine sonrió para sí, puesto que se había vestido de aquella manera para satisfacer a la anciana, tan llena de prejuicios.

Miss Viner siguió con más entusiasmo que nunca:

—Para mí ha sido una gran alegría que no perdiese usted la cabeza. El otro día precisamente me entretuve en mirar mis recortes. Tengo varios que hablan de lady Tamplin y de su hospital de guerra, pero no pude encontrarlos. Tal vez a usted le gustaría verlos. Búsquelos, su vista es mejor que la mía. Están en mi escritorio, en un cajón.

Katherine miró la carta y se dirigió hacia el escritorio, de donde sacó la caja de recortes y se puso a mirarlos. Desde su vuelta a St. Mary Mead sentía gran admiración por el valor y el estoicismo de la anciana. Pero sabía la enorme importancia que tienen para los ancianos las cosas más insignificantes.

—Aquí hay una fotografía —dijo Katherine—. «La vizcondesa de Tamplin, que ha convertido su villa de Niza en un hospital de oficiales, acaba de ser víctima de un robo sensacional. Todas sus joyas han desaparecido. Entre ellas se encontraban unas magníficas esmeraldas, patrimonio de la familia Tamplin.»

—Seguramente serían una imitación. La mayoría de las alhajas de esas grandes señoras casi siempre son falsas.

—Aquí hay otra fotografía; debajo dice: «Hermoso estudio fotográfico de la vizcondesa de Tamplin y de su hija Lenox».

—A ver... —empezó Miss Viner. Y añadió—: La cara de la niña no se distingue bien, pero no parece muy guapa. Siempre suele suceder así; de madres hermosas, hijas feísimas. Estoy segura de que lo mejor que el fotógrafo hizo por la niña fue retratarle la parte superior de la cabeza.

Katherine se echó a reír y siguió leyendo recortes.

—«Una de las damas más elegantes que viven durante el invierno en la Riviera es la vizcondesa de Tamplin, que posee una villa en Cap Martin. Su prima, Miss Grey, quien heredó recientemente una cuantiosa fortuna, pasa una temporada allí.»

—Eso es lo que yo buscaba —dijo Miss Viner—. Imagino que alguna revista publicó también alguna fotografía de usted, pero se me debió de pasar por alto. Ya sabe cómo son esa clase de fotografías: «La señora Fulana, jugando al golf», y se ve a una mujer con una pierna levantada y un bastón de golf en la mano. Algunas hasta deben de avergonzarse de verse retratadas así.

Katherine no contestó. Por fin se decidió y, sacando la segunda carta del sobre, la leyó otra vez. Luego se volvió hacia su amiga.

—Miss Viner, un amigo mío de la Riviera desea venir a verme.

—¿Un hombre?

—Sí.

—¿Qué clase de hombre es ese?

—Es el secretario de Mister Van Aldin, el célebre millonario.

—¿Y cómo se llama?

—Knighton; es un comandante retirado.

—Ejem... ¿Secretario de un millonario, dice usted? ¿Y quiere venir aquí? Mire, Katherine, le voy a decir algo por su bien. Usted es una muchacha muy buena y muy sencilla. Y aunque su cabeza es firme, no hay mujer que en su vida no cometa alguna tontería. Apuesto diez contra uno a que ese hombre va detrás de su dinero.

Con un ademán contuvo la réplica de Katherine.

—Ya me esperaba yo algo así. ¿Quién es el secretario de un millonario? Apuesto diez contra uno a que es un tipo a quien le gusta vivir bien, de modales agradables, que adora el lujo y que no tiene cerebro. Si existe algo más agradable para él que ser secretario de un ricacho, es casarse con una mujer rica. No quiero decir que usted sea incapaz de inspirar amor a un hombre. Tampoco es una belleza. Yo le aconsejo que no cometa ninguna locura, pero si, por encima de todo, llega a cometerla, procure usted que su dinero esté a su nombre. Y nada más. ¿Qué tiene que decir?

—Nada —contestó Katherine—, únicamente quisiera saber qué le parecería a usted que ese hombre viniese a verme.

—Yo me lavo las manos. He cumplido con mi deber y, si pasa algo, allá usted. ¿Quiere que venga a comer o a cenar? Me parece que Ellen sabría hacer perfectamente la comida, siempre que no se ponga nerviosa.

—Lo mejor será que venga a comer. Es usted muy bondadosa, Miss Viner. —Y añadió—: En la carta me dice que le telefonee si le autorizo a venir, de modo que voy a hacerlo y le diré que estamos encantadas de que venga a comer con nosotras. Se acercará en coche desde Londres.

—Ellen puede cocinar un asado con tomate, que es lo único que le sale un poco bien. Como las tartas que hace se parecen mucho a una piedra, será mejor que prepare un *pudding*. Eso no se le da del todo mal. También podría usted comprar un trozo de queso de Stilton. Tengo entendido que ese queso les gusta mucho a los hombres. Además aún está bastante surtida la bodega de mi padre. Tal vez lo más indicado sea una botella de Moselle.

—¡Pero, Miss Viner, no es necesario tanto!

—Sí, hija mía. A los hombres les gusta el buen vino en las comidas. También hay algunas botellas de excelente whisky de antes de la guerra. Vamos, haga lo que le digo y no discuta. La llave de la bodega está en el tercer cajón de la cómoda, a la izquierda, en el segundo par de medias.

Katherine se dirigió a buscar la llave en el escondite señalado.

—En el segundo par, ¿me entiende? En el primero están mis pendientes de brillantes y mi broche.

—¡Oh! —exclamó Katherine extrañada—. ¿Quiere usted que los ponga en el joyero?

—De ninguna manera. Sé muy bien lo que hago. Mi padre hizo instalar una caja fuerte en los sótanos. Estaba orgullosísimo de ella y dijo a mi madre: «Ahora, Marie, cada noche guardarás las joyas en el joyero y me lo darás a mí para que lo meta en la caja de caudales». Mi madre era una mujer de mucho tacto y sabía que a los hombres les gusta que se haga lo que ellos dicen; por eso le entregaba cada noche a mi padre el joyero cerrado con llave. Una noche entraron ladrones en casa, y, naturalmente, lo primero que hicieron fue dirigirse a la caja de caudales. Mi padre había hablado tanto a todo el pueblo de su caja de caudales y la había alabado tanto que cualquiera hubiese creído que guardaba en ella los tesoros del rey Salomón. Los ladrones se lo llevaron todo: las copas de plata, la bandeja de oro que le habían regalado a mi padre y el joyero.

Miss Viner suspiró ante aquel desagradable recuerdo.

—Mi padre no hacía más que pensar en las joyas de mamá. Entre ellas había un magnífico anillo veneciano, algunos preciosos camafeos de coral y dos sortijas de diamantes. Al fin, claro está, mi madre tuvo que decirle que había guardado todas sus joyas entre un par de corsés y que, por lo tanto, se habían salvado.

—¿Y el joyero estaba vacío?

—¡Oh, no! Hubiera pesado muy poco y mi padre lo habría notado. El joyero estaba lleno de botones. En el primer estante estaban los botones de zapatos; en el segundo, los de pantalones, y en el tercero, una mezcla de varias clases. Lo curioso fue que mi padre se enfadó con ella y la reprendió diciendo que no le gustaban los engaños... Pero la estoy entreteniendo a usted; vaya, vaya enseguida a telefonear a su amigo y acuérdese de encargar un buen trozo de buey. Dígale a Ellen que no salga a servir la mesa con las medias rotas.

Cuando Knighton llegó a la casa, la lluvia había cesado. Un pálido rayo de sol caía sobre la cabeza de Katherine, que había salido a la puerta para darle la bienvenida. Él la saludó con entusiasmo juvenil.

—Estoy contentísimo de volver a verla, Miss Grey. Espero que no le disgustará a su amiga mi visita.

—Entre y hágase amigo suyo —dijo Katherine—. Físicamente no es muy agradable, pero tiene el mejor corazón del mundo.

Miss Viner estaba sentada con aire majestuoso en el salón. Lucía algunos de los bellos camafeos que su madre había salvado de milagro del robo. Saludó a Knighton cortés, pero tan seria que hubiese encogido el ánimo a cualquiera. Pero este estaba tan contento que no era fácil desconcertarlo; por eso a los diez minutos Miss Viner se había amansado visiblemente.

La comida fue muy alegre, y Ellen, con unas medias de seda nuevas, hizo prodigios en el servicio. Luego Katherine y Knighton salieron a dar un paseo, mientras Miss Viner se acostaba.

Cuando por fin se marchó el secretario, Katherine, que subía lentamente la escalera, oyó que la llamaba Miss Viner y entró en su habitación.

—¿Se ha marchado ya su amigo?

—Sí. Muchas gracias por haberme permitido que le recibiese aquí.

—No hay de qué. ¿Cree usted acaso que soy una vieja gruñona, de esas que no quieren hacer nada por nadie?

—Lo que creo es que es usted buenísima —dijo Katherine afectuosamente.

—¡Hum! —murmuró conmovida Miss Viner.

Cuando Katherine iba a salir del cuarto, la anciana volvió a llamarla:

—Oiga, Katherine.

—Dígame.

—Confieso que estaba equivocada respecto a este amigo suyo. Cuando un hombre quiere conseguir algo puede mostrarse cordial, galante, hacerse el simpático a fuerza de pequeñas atenciones. Pero cuando un hombre está realmente enamorado lo demuestra en sus miradas. Y cada vez que ese amigo suyo la miraba a usted, parecía salírsele el alma por los ojos. Por lo tanto, me retracto de todo lo que he dicho esta mañana. Es un hombre sincero.

Capítulo 31

Una comida para Mister Aaron

—¡Ah! —exclamó satisfecho Mister Aaron.

Y, apurando de un trago el contenido de su copa, la dejó sobre la mesa. Luego, secándose los labios con la servilleta, se inclinó hacia su anfitrión, monsieur Hércules Poirot.

—Donde esté un buen filete y un buen vaso de vino, sobran todas las artificiosidades de la cocina francesa. Sírvame otro pedazo de esa magnífica carne.

Poirot le sirvió sonriendo.

La comida continuó en silencio. Al fin, exhalando un suspiro, Mister Aaron colocó dentro de su plato el tenedor y el cuchillo, y se puso a comer un pedazo de queso. Luego, dirigiéndose al detective, dijo:

—Creo que hemos venido aquí para tratar de un asunto. Me alegraría infinitamente poder hacer algo por usted.

—Muchas gracias, es usted muy amable —aseguró Poirot—. Pues verá: voy a contarle de qué se trata. Hace días me dije: «Si quieres enterarte de algo relacionado con el teatro, lo mejor que puedes hacer es recurrir a tu viejo amigo Joseph Aaron, que sabe todo cuanto puede saberse».

—Y no se equivoca usted —afirmó el otro—. Cualquier cosa que quiera usted saber. Ya sea presente, pasada o futura, Joseph Aaron se la dirá.

—*Précisément!* Entonces ¿quiere decirme lo que sepa acerca de una muchacha llamada Kidd?

—¿Kidd? Será Kitty Kidd.

—Sí, la misma.

—Una chica muy inteligente, que salía siempre vestida de hombre. Cantaba, bailaba... ¿Es esa?

—Sí.

—Era muy inteligente, mucho. Había madera de artista en ella. Fuera de su manía de salir vestida de hombre, no podía decirse nada de su arte. Nunca le faltó un contrato.

—Ya he oído hablar de su talento —dijo Poirot—. Hace tiempo que no trabaja, ¿verdad?

—Sí, se retiró de las tablas y se fue a Francia. Creo que la protegía un noble francés. No es fácil que vuelva al teatro.

—¿Cuánto tiempo hace de eso?

—A ver, un momento. —Reflexionó unos instantes—. Sí, eso es, tres años. Hace tres años que se retiró, y créame que fue una verdadera pérdida para la escena.

—¿Tan inteligente era?

—Una verdadera maravilla.

—¿Y no sabe usted cómo se llamaba el hombre que la sacó del teatro?

—Creo que se trataba de un gran personaje, un conde... o un marqués... No sé, no estoy seguro. ¡Ah, sí!, ahora me acuerdo. Era un marqués.

—¿Y desde entonces no ha sabido usted más de ella?

—Ni una palabra, no la he vuelto a ver. Seguramente estará viajando por el extranjero, viviendo como una verdadera marquesa. Y estoy seguro de que representará su papel de maravilla. ¡Era mucha mujer la tal Kitty!

—Bien, bien —dijo pensativamente Poirot.

—Siento no poderle decir nada más, monsieur Poirot —repuso Aaron—. Me hubiera gustado mucho poder hacer algo más por usted. Nunca olvidaré el favor que me hizo.

—No se preocupe, también usted me ha hecho un favor importantísimo.

—¡Favor con favor se paga! —exclamó riendo Mister Aaron.

—Tiene usted una profesión muy interesante —siguió Poirot.

—Ah, sí, sí. No me puedo quejar, pero hay que estar siempre alerta, porque nunca se sabe con seguridad lo que gusta al público.

—La danza parece que se ha puesto muy de moda durante los últimos meses —murmuró Poirot.

—A mí, la verdad, eso de los *ballets* rusos me parece una vulgaridad, pero el público se emboba con ellos y hay que complacerle.

—Ahora, cuando estuve en la Riviera, conocí a una bailarina, mademoiselle Mirelle.

—¿Mirelle? Sí, es muy famosa. Siempre hay algún primo que carga con sus gastos. Pero, aparte de eso, la chica baila muy bien; la vi trabajar una vez y sé lo que digo. No he estado nunca en tratos con ella, pero he oído decir que es el terror de los empresarios. Creo que tiene un genio inaguantable.

—Sí —dijo pensativo Poirot—, no le han engañado a usted.

—Y a eso, que es bestialidad pura, lo llaman ellas temperamento. Mi mujer, antes de casarse conmigo, fue bailarina, y crea usted, monsieur Poirot, que he dado mil veces gracias a Dios porque nunca fue una artista de *temperamento*. Para mí, eso está de más en el hogar.

—De acuerdo, amigo Aaron.

—Las mujeres han de ser apacibles, bondadosas y, sobre todo, muy buenas cocineras.

—Hace poco que actúa Mirelle, ¿verdad? —preguntó Poirot.

—Dos años y medio, poco más o menos. Fue un duque francés quien la lanzó. He oído decir que ahora está desplumando al expresidente del Consejo de Ministros de Grecia. ¡La verdad es que los hay tontos!

—Hombre, no sabía yo eso —indicó Poirot.

—Mirelle no es de las que esperan sentadas. Se dice por ahí que el joven Kettering asesinó a su mujer por su culpa. No sé si será verdad, pero no me extrañaría nada. Por de pronto, él está en la cárcel, y ella, sin pérdida de tiempo, encontró a otro imbécil dispuesto a arruinarse por su linda cara. También dicen que se ha comprado un rubí como un huevo de paloma. Yo nunca he visto un huevo de paloma, pero como siempre que se habla de piedras preciosas se las compara con esos huevos...

—¡Un rubí como un huevo de paloma! —exclamó Poirot—. ¡Qué interesante!

—A mí me lo ha contado una amiga —dijo Aaron—. Pero cualquiera se fía de estas mujeres. ¡Mienten de una manera...! Apostaría cualquier cosa a que ese famoso rubí no tiene de tal más que el color. Y ella va diciendo por ahí a todo el mundo que es el famoso Corazón de Fuego.

—Si mal no recuerdo, el rubí Corazón de Fuego es la piedra más importante de cierto collar.

—¿Lo ve usted? Lo que le decía. Cuando esas mujeres se ponen a mentir, se quedan solas. Creo que lleva esa piedra, engarzada en un aro de platino, colgada al cuello por una cadena también de platino. Pero apuesto doble contra sencillo a que ese famoso rubí es falso.

—No —repuso suavemente Poirot—. No sé por qué me parece que no se trata de una piedra falsa.

Capítulo 32

Katherine y Poirot cambian impresiones

—La encuentro a usted muy cambiada, mademoiselle Grey —dijo Poirot.

Estaban sentados, los dos frente a frente, a una mesita del hotel Savoy, en Londres.

—Sí —repitió—, la encuentro a usted muy cambiada.

—¿En qué sentido?

—Es difícil de explicar. Sí, ha envejecido usted, pero no en el sentido que se le da corrientemente a esa palabra, sino en el de que así como antes miraba usted la vida por el lado divertido, ahora...

—Ahora, ¿qué?

—Pues que ahora ya no la mira usted así. Tal vez será absurdo, pero me da la sensación de que está usted llevando a cabo una tarea que es superior a sus fuerzas.

—La anciana a quien cuido —dijo sonriendo Katherine— tiene a veces un genio inaguantable, sobre todo cuando se discute con ella. Pero siempre evito darle motivos para discutir. Tiene usted que ir a verla algún día, monsieur Poirot; se quedará muy admirado de su valor.

Mientras el camarero les servía un pollo *en casserole*

guardaron silencio. Cuando el mozo se retiró, Poirot preguntó:

—¿Me ha oído usted hablar alguna vez de mi amigo Hastings? Él siempre dice que yo soy una ostra. *Eh bien,* en usted, mademoiselle, he encontrado a mi semejante. A usted le gusta infinitamente más que a mí ser reservada.

—Eso me parece que es una solemne tontería.

—Hércules Poirot nunca dice tonterías. Lo que yo le digo es la pura verdad, aunque usted no quiera reconocerlo.

De nuevo guardaron silencio. Al cabo de un rato, Poirot preguntó:

—¿Ha visto usted a alguno de sus amigos de la Riviera?

—Sí, hace algunos días vino a visitarme el comandante Knighton.

—¡Ah!

Poirot miró a Katherine. Había algo en la mirada del detective que hizo bajar los ojos a la joven.

—Entonces ¿Mister Van Aldin está en Londres?

—Sí.

—Puede que mañana o pasado vaya a verle.

—Debe usted de tener alguna noticia importante para él, ¿verdad?

—¿Por qué me pregunta usted eso?

—No..., por nada. Era una simple pregunta.

Él la miró fijamente.

—Me parece que está usted deseando preguntarme algo. Al fin y al cabo es una cosa natural. ¿No es el misterio del tren azul nuestro *roman policier*?

—Pues sí, me gustaría hacerle algunas preguntas.

—*Eh bien.*

—¿Qué ha estado haciendo en París, monsieur Poirot?

Este sonrió.

—Pues... visitar la embajada rusa.

—¡Oh!

—Ya sé que eso no le dice nada a usted; por lo tanto voy a serle franco. Supongo que ya habrá notado que yo no estoy convencido de la culpabilidad de Derek Kettering.

—No, no lo había notado. Pero, de todas maneras, me extrañaba que siguiese usted investigando. Después de lo que pasó en Niza, era de esperar que hubiese terminado con el asunto.

—Me parece que usted me oculta algo. Pero tanto da. De no ser por mí, Derek seguiría en libertad y el juez estaría todavía esforzándose inútilmente en probar la culpabilidad del conde de la Roche. *Eh bien*, mademoiselle, no me arrepiento de nada de lo que he hecho. Mi obligación es la de descubrir la verdad y ella me ha llevado hasta monsieur Kettering. ¿Se detiene la pista en él? La policía cree que sí, pero Hércules Poirot no está satisfecho. —Se detuvo un momento y de pronto preguntó—: ¿Ha tenido últimamente alguna noticia de Lenox Tamplin?

—Solo una breve carta. Parece como si estuviera disgustada conmigo por haberme vuelto a Inglaterra.

Poirot movió dudoso la cabeza.

—El día en que arrestaron a monsieur Kettering, sostuve con ella una conversación muy interesante. —Y de nuevo guardó silencio, que fue respetado por Katherine—. Mademoiselle —dijo al fin—, tengo que decirle algo de índole muy delicada. Creo haber descubierto que una mujer ama a Derek Kettering. Por el interés que me inspira esa mujer quisiera demostrar la inocencia del detenido. ¿Conoce usted a la mujer a que me refiero?

Se hizo un silencio y al fin ella contestó:

—Sí, la conozco.

Poirot se inclinó hacia su compañera.

—No estoy satisfecho, no. Todo parece conjurarse contra Derek Kettering. Sin embargo, hay un detalle que no se ha tenido en cuenta.

—¿Cuál?

—El de la desfiguración del rostro de la víctima. Varias veces me he preguntado si Derek Kettering fue capaz de destrozar el rostro de su mujer después de asesinarla. ¿Qué fin podía perseguir? ¿Es propio de monsieur Kettering un acto así? La contestación a todas estas preguntas no es nada satisfactoria. Nos encontramos ante una incógnita y para despejarla solo cuento con esto.

Sacó algo de su cartera y se lo mostró a Katherine.

—¿Recuerda usted cuando cogí estos cabellos en el tren? —Katherine miró los cabellos—. Veo que no le sugieren nada.

—He pensado en un sinfín de cosas —dijo lentamente Katherine—. Algunas de ellas muy fantásticas; por eso le he preguntado qué había hecho en París.

—Cuando le escribí...

—Desde el Ritz.

Una alegre sonrisa iluminó el rostro del detective.

—Sí, desde el Ritz —asintió Poirot—. Me gusta mucho hospedarme en buenos hoteles, sobre todo cuando paga un millonario.

—¿Y lo de la embajada rusa? No comprendo qué hacía usted allí.

—Nada importante. Me interesaba solo obtener ciertos informes... Hablé con un personaje muy importante y le amenacé. Sí, mademoiselle. Yo, el detective Hércules Poirot, le amenacé.

—¿Con denunciarle a la policía?

—No, nada de policía. Le amenacé con la prensa, que es un arma mucho más importante.

Miró sonriendo a Katherine, quien le dijo:

—Me parece que se está usted volviendo otra vez una ostra.

—No, no seré reservado con usted. Voy a decirle la verdad. Desde un principio sospeché que ese hombre había desempeñado un papel muy importante en la venta de los rubíes a Van Aldin. Tras un sinfín de discusiones y de amenazas, logré hacerle hablar. Me explicó dónde efectuó la entrega del collar y que, mientras tanto, un hombre había paseado ante la casa: un hombre de venerables cabellos blancos, pero que caminaba con la ligereza de un joven. A ese hombre le di yo enseguida un nombre: el Marqués.

—¿Y ahora ha venido usted a Londres para entrevistarse con Mister Van Aldin?

—No es esta precisamente la única razón. Tengo otras muchas cosas que hacer. Desde que estoy en Londres he visitado ya a dos personas: a un agente teatral y a un cirujano. De los dos he obtenido informes muy valiosos. ¿Puede usted deducir algo de lo que le he dicho?

—¿Qué quiere usted que deduzca?

—Sí, es verdad. Bueno, pues ahora voy a decirle una cosa: durante mucho tiempo dudé si el ladrón y el asesino eran una misma persona.

—¿Y ahora ya lo sabe?

—Sí, ya lo sé.

Hubo una pausa. Al fin Katherine levantó la cabeza: sus hermosos ojos tenían un brillo inusitado.

—Yo, monsieur Poirot, no soy tan lista como usted. De la mayor parte de las cosas que me ha contado no he sabido sacar nada en limpio. Lo poco que yo he descubierto ha sido de un modo muy distinto.

—Siempre pasa así. La verdad se refleja ante nosotros como un espejo, pero todos nos hallamos en lugares distintos, y así, aun viendo lo mismo, lo vemos desde otro sitio.

—Quizá la que yo me figuro sea una cosa absurda, pero...

—Pero ¿qué?

—Tal vez le sea de alguna utilidad esto.

Y tendió a Poirot un recorte de periódico. Este lo miró y afirmó con la cabeza.

—Como le he dicho antes, todos nos vemos en el espejo desde distintos ángulos, pero estamos todos ante él, y por lo tanto vemos también lo mismo.

Katherine se puso de pie.

—Debo marcharme —dijo—. Tengo el tiempo justo para coger el tren. Monsieur Poirot, le suplico que esto no se prolongue más. ¿Me comprende? No lo resistiría.

Y su voz se quebró en un sollozo.

El detective estrechó cariñosamente su mano.

—Tenga valor, mademoiselle; no se vaya usted a rendir ahora que el fin está cerca.

Capítulo 33

Una nueva hipótesis

—Monsieur Poirot telefonea diciendo que desea verle.

—¡Que se vaya al infierno! —exclamó Van Aldin.

Knighton esperó en silencio. El millonario se puso en pie y empezó a pasear por la habitación.

—Supongo que habrá usted leído los diarios de la mañana —dijo.

—Sí, les he echado una ojeada.

—¿No habrá manera de hacerlos callar?

—Creo que no.

El millonario se apretó las sienes con las manos.

—¡Si llego a figurarme esto, no le hubiera encargado nunca a ese belga el esclarecimiento de la verdad...! Entonces solo me preocupaba descubrir al asesino de Ruth.

—Pero usted no hubiese querido que el criminal quedara impune.

Van Aldin suspiró.

—Yo hubiera preferido tomarme la justicia por mi mano.

—No creo que sea un procedimiento recomendable.

—Al fin y al cabo... —Se detuvo, y después de una

breve vacilación añadió—: ¿Dice usted que ese detective desea verme?

—Sí, señor; asegura que es algo muy urgente.

—Bueno, contéstele que puede venir esta misma mañana.

Fue un Poirot alegre y rozagante el que entró en las habitaciones de Van Aldin, algo más tarde. Sin fijarse en lo poco cordial de la acogida, charló plácidamente de cosas sin importancia.

Dijo que había ido a Londres para ver a un médico y citó el nombre de un eminente cirujano.

—No, no, *pas la guerre*. Se trata de un recuerdo de mis tiempos de policía. La bala de un enfurecido monsieur. —Se tocó el hombro izquierdo e hizo un gesto expresivo—. Yo siempre le he creído a usted, monsieur Van Aldin, un hombre de suerte. Usted no responde a la idea que tenemos de los multimillonarios de su país, todos víctimas de la dispepsia.

—Sí, estoy fuerte gracias a la vida sencilla y ordenada que he llevado.

—Ha visitado usted a mademoiselle Grey, ¿verdad? —preguntó Poirot, inocentemente, volviéndose hacia Knighton.

Este se sonrojó un poco y Van Aldin dijo sorprendido:

—Es raro que no me haya dicho usted nada, Knighton.

—Creí que no le interesaría a usted.

—Pues se equivoca; esa muchacha me resulta muy simpática —contestó el millonario.

—Es una lástima que haya vuelto a enterrarse en St. Mary Mead —mencionó Poirot.

—Es una acción admirable —alabó Knighton calurosamente—. Poquísimas personas en su situación se hubieran prestado a ir a cuidar a una vieja achacosa que no tiene el menor parentesco con ella.

—Yo no quiero decir nada —añadió Poirot, cuyos ojos brillaban—, pero de todas maneras es una lástima. Y ahora, señores —añadió—, vamos a trabajar.

Van Aldin y Knighton le miraron sorprendidos.

—No se alarmen ni se extrañen de lo que voy a decirles. —Y encarándose con el millonario continuó—: Supongamos, monsieur Van Aldin, que, a pesar de todo, Derek Kettering no fuera el asesino de su mujer.

—¿Qué? —respondieron los dos hombres estupefactos.

—Supongamos, repito, que Derek Kettering no matara a su mujer.

—¡¿Está usted loco, monsieur Poirot?! —gritó Van Aldin.

—No, no estoy loco. Quizá parezca algo excéntrico; por lo menos, hay gente que afirma que lo soy. Pero, respecto a mi profesión, soy la cordura personificada. Ahora le voy a hacer una pregunta, monsieur Van Aldin. ¿Se alegraría usted de que su yerno no fuera un asesino?

Van Aldin le miró con fijeza.

—Naturalmente que me alegraría —aseguró al fin—. ¿Se trata solo de una simple suposición, o hay algo de verdad en lo que acaba de decir?

Poirot miró al techo.

—Hay una probabilidad de que sea el conde de la Roche; por fin he conseguido desmontar su coartada.

—¿Cómo lo ha logrado usted?

El detective se encogió modestamente de hombros.

—Tengo mi método propio. Con tacto y un poco de atención, llega a esclarecerse todo.

—Pero los rubíes —dijo Van Aldin—, esos rubíes que tenía el conde en su poder, eran falsos...

—Y él, claro, solo hubiese cometido el crimen para apoderarse de los verdaderos, ¿no es eso? Pero olvida usted un detalle, monsieur Van Aldin, y es que otro ladrón pudo adelantarse al conde.

—Entonces se trata, por lo visto, de una nueva hipótesis —observó Knighton.

—¿Y usted se cree ese enredo, monsieur Poirot? —preguntó el millonario.

—La cosa no está aún probada —repuso en voz baja Poirot—. De momento, es solo una hipótesis. Ahora se están haciendo averiguaciones para esclarecer lo que haya de verdad en ella. Usted, monsieur Van Aldin, debería venirse conmigo al sur de Francia y ayudarme en las investigaciones.

—¿Cree usted que es realmente necesario que vaya yo?

—Me parecía que ese sería su deseo —señaló Poirot.

Pero había un oculto reproche en el tono del detective que no escapó al millonario.

—Bueno, bueno —contestó este—. ¿Cuándo quiere usted que salgamos, monsieur Poirot?

—Recuerde, Mister Van Aldin, que tiene usted ahora muchos asuntos pendientes —murmuró Knighton.

Pero el millonario había tomado ya su decisión y desechó las objeciones de su secretario.

—Este asunto me interesa más —respondió—. Bien, monsieur Poirot, nos iremos mañana. ¿En qué tren?

—Probablemente en el tren azul.

Capítulo 34

De nuevo en el tren azul

El tren de los millonarios, como suele llamárselo, tomó con velocidad vertiginosa una curva. Van Aldin, Knighton y Poirot iban en silencio. Knighton y Van Aldin habían reservado dos compartimentos contiguos, como hicieron Ruth y su doncella en aquel desgraciado viaje. El compartimento de Poirot estaba en el mismo vagón, pero más adelante. El viaje resultaba terriblemente depresivo para Van Aldin, pues cuanto le rodeaba reavivaba su dolor.

Poirot y Knighton hablaban en voz muy baja para no molestarle. Cuando el tren se detuvo en París, en la Gare de Lyon, Poirot desplegó una gran actividad. Entonces comprendió Van Aldin que el principal objeto del detective, al viajar en aquel tren, era reconstruir el crimen. Él mismo interpretó todos los papeles. Fue sucesivamente la doncella a la que encerraban en su compartimento, madame Kettering reconociendo con sorpresa a su marido, y Derek Kettering descubriendo que su mujer viajaba en el tren. También intentó varias veces ocultarse en el compartimento que ocupaba la doncella.

De pronto pareció asaltarle una idea. Cogió a Van Aldin del brazo y exclamó:

—*Mon Dieu!* ¡Se me ha ocurrido una cosa de repente! ¡Debemos quedarnos en París! ¡Corran ustedes! ¡Vamos, deprisa! ¡Bajemos enseguida!

Recogió las maletas y saltó al andén.

Van Aldin y Knighton le obedecieron, rezongando. El millonario vio desvanecerse el alto concepto que se había formado de la habilidad de Poirot.

A la salida de la estación les interceptaron el paso, pues sus billetes los tenía el empleado del coche cama y los tres lo habían olvidado.

Las rápidas explicaciones de Poirot no sirvieron de nada ante el empleado.

—Terminemos de una vez —dijo Van Aldin—. Supongo que tiene usted prisa, monsieur Poirot. ¡Vamos, pague los billetes desde Calais y salgamos cuanto antes de aquí!

Pero Poirot se había quedado mudo de pronto. Parecía haberse vuelto de piedra. Sus brazos colgaban inertes a lo largo del cuerpo, como si le hubiera dado un ataque de parálisis.

—¡He sido un imbécil! —exclamó al fin—. *Ma foi!*, a veces pierdo la cabeza. Volvamos al tren y continuemos tranquilamente nuestro viaje. Por fortuna no ha salido todavía.

Tuvieron el tiempo justo para alcanzarlo, pues arrancaba ya cuando Knighton, que era el último de los tres, subió a él.

El empleado los reconvino con amabilidad y los ayudó a llevar los equipajes a sus compartimentos.

Van Aldin no dijo nada, aunque se veía claramente

que la extraña conducta de Poirot le había disgustado mucho. Al quedarse un momento solo con Knighton se lamentó:

—Estamos haciendo el idiota. Ese hombre, por lo visto, ha perdido la cabeza, y cuando a un hombre, por listo que sea, le pasa eso, ya no se puede esperar nada bueno de él.

Poco después entró el detective y se deshizo en humildes excusas. Hubiera sido cruel abrumarle con reconvenciones. Van Aldin le escuchó con gravedad, pero tuvo que contenerse para no dedicarle algunos agrios comentarios.

Después de cenar, ante la sorpresa de sus compañeros, Poirot propuso que pasaran los tres la noche en el compartimento de Van Aldin.

El millonario le miró atentamente.

—Usted nos oculta algo, monsieur Poirot —señaló.

—¿Yo? —replicó con inocencia Poirot, fingiéndose sorprendido—. ¡Qué ocurrencia!

Van Aldin guardó silencio, pero no quedó satisfecho.

Poirot pidió al empleado del tren que no hiciese las camas. Si a este le produjo alguna sorpresa aquella petición, no lo manifestó, sobre todo al recibir la espléndida propina de Van Aldin.

Los tres hombres se sentaron en silencio. El detective parecía inquieto. De pronto se volvió hacia el secretario.

—Comandante Knighton, ¿está cerrada la puerta de su compartimento? Me refiero a la del pasillo.

—Sí, la he cerrado hace un momento.

—¿Está usted seguro?

—Si usted quiere, iré a cerciorarme —dijo Knighton, sonriendo.

—No, no se moleste, iré yo mismo.

Entró en el compartimento contiguo y a los pocos momentos volvió moviendo la cabeza.

—Sí, estaba cerrada; tenía usted razón.

Cerró la puerta que había entre los dos compartimentos y volvió a su sitio.

Pasaron las horas. Los tres hombres cabecearon de vez en cuando, despertándose sobresaltados. Seguramente era la primera vez que tres personas pagaban el pasaje del tren más lujoso del mundo para pasar la noche en las peores condiciones. De cuando en cuando, Poirot miraba su reloj. Luego se recostaba de nuevo en los almohadones y volvía a cabecear.

En una ocasión abrió la puerta que comunicaba con el otro compartimento y echó una rápida ojeada a su interior; después, moviendo la cabeza, volvió a sentarse.

—¿Qué le pasa a usted? —preguntó Knighton—. Parece como si esperase que ocurriera algo.

—Son los nervios. Estoy sobre ascuas. El ruido más pequeño me hace saltar.

Knighton murmuró bostezando:

—¡Vaya viaje! Supongo que sabrá usted lo que se propone, monsieur Poirot.

Luego, se acomodó lo mejor que pudo para descansar.

Tanto él como el millonario se habían dormido ya cuando, de pronto, después de mirar por centésima vez el reloj, Poirot se inclinó hacia el millonario y le tocó en el hombro.

—¿Qué pasa? —preguntó sobresaltado.

—Dentro de cinco minutos llegaremos a Lyon.

—¡Dios mío! —exclamó Van Aldin, cuyo rostro se demudó—. ¡Es poco más o menos la hora a la que asesinaron a mi pobre Ruth!

Se quedó mirando hacia delante. Sus labios temblaban al evocar la terrible tragedia que había deshecho su vida. Se oyó el ruido de los frenos y el tren, aminorando la marcha, entró en Lyon. Van Aldin abrió la ventanilla y miró hacia fuera.

—Si su nueva hipótesis no es equivocada y Derek no fue el asesino, el verdadero criminal debió de bajarse del tren en esta estación —indicó, mirando a Poirot por encima de su hombro.

Con sorpresa vio que este negaba con la cabeza.

—No —dijo pensativo—, no se bajó aquí ningún hombre. En cambio, estoy seguro, sí, completamente seguro, de que bajó una mujer.

Knighton lanzó una exclamación.

—¿Una mujer? —preguntó con viveza Van Aldin.

—Sí, una mujer —afirmó Poirot moviendo la cabeza—. Quizá no lo recuerde usted, pero mademoiselle Grey habló en su declaración de un muchacho con gorra y abrigo que se había bajado del tren para estirar las piernas. Yo estoy seguro de que aquel muchacho era una mujer.

—Pero ¿quién era esa mujer? —preguntó Van Aldin, cuyo rostro expresaba incredulidad.

Poirot contestó seria y categóricamente.

—El nombre por el que se la conoció durante muchos años... es el de Kitty Kidd; pero usted, monsieur Van Aldin, la conoce por otro..., por el de Ada Mason.

Knighton se puso en pie de un salto.

—¿Qué? —exclamó.

Poirot se volvió hacia él.

—¡Ah!, antes de que se me olvide...

Sacó algo de un bolsillo y se lo tendió al secretario.

—Permítame ofrecerle un cigarrillo de su misma pitillera. Fue una verdadera imprudencia, por su parte, el perderla cuando subió usted al tren en las inmediaciones de París.

Knighton le miró estupefacto. Luego hizo un movimiento, pero Poirot le contuvo con un ademán.

—No se mueva usted —dijo con voz suave—; la puerta del compartimento está abierta, la abrí yo mismo cuando salimos de París. Nuestros amigos los policías están dentro para impedirle la huida. Supongo que ya sabrá usted que la policía francesa le busca, comandante Knighton, o Marqués, como prefiera.

Capítulo 35

Explicaciones

¡Explicaciones!

Poirot sonrió. Estaba sentado a una mesita, frente al millonario, en las habitaciones de este en el Negresco. Se encontraba frente a un hombre que se había quitado un enorme peso de encima, pero que seguía intrigadísimo. Poirot se recostó en su sillón y encendió uno de sus minúsculos cigarrillos. Luego clavó la vista en el techo.

—Sí, monsieur Van Aldin, se lo voy a explicar a usted todo y empezaré por lo que más me intrigó. ¿Sabe lo que fue? *La desfiguración del rostro.* No se trata de nada extraordinario, más bien es un hecho vulgar que siempre obedece a un motivo: evitar la identificación del cadáver. Esto, naturalmente, fue lo que se me ocurrió a mí. ¿Era en realidad madame Kettering la asesinada? La declaración de mademoiselle Grey alejaba toda duda. La muerta era Ruth Kettering.

—¿Cuándo empezó usted a sospechar de la doncella?

—No hace mucho. Fue un pequeño detalle el que me hizo recelar de ella: la pitillera encontrada en el compartimento de madame Kettering. Según Ada Mason, era un regalo de su señora a su marido. Aquello resultaba la cosa más inverosímil del mundo, conociendo como conocía yo la tirantez existente en el matrimonio, y me hizo sospechar de la veracidad de las declaraciones de la doncella. Además, la aludida hacía solo dos meses que estaba al servicio de su hija. Claro que yo no creía que tuviese nada que ver con el crimen. Sabía que ella se había quedado en París y a madame Kettering la vieron con vida varias personas mucho después de haber salido el tren de allí.

Poirot se inclinó ante el millonario y levantando un dedo dijo con tono enfático:

—Pero soy un buen detective. Sospecho siempre. No hay nada ni nadie de quien no desconfíe. Nunca creo lo que se me dice. Por eso pensé: «¿Cómo sabemos que Ada Mason se quedó realmente en París?». En un principio la contestación a esa pregunta parecía satisfactoria; teníamos la declaración del comandante Knighton, su secretario, persona sobre la que no había ninguna sospecha, y, por lo tanto, había que suponer que su declaración era por completo imparcial. Además, debían tenerse en cuenta las palabras que dijo madame Kettering al empleado del coche cama, aunque de momento prescindí de ello, porque me asaltó una idea muy curiosa, acaso fantástica, pero que, de resultar cierta, invalidaba la declaración de su hija.

»Entonces procuré comprobar la veracidad de la declaración del comandante Knighton, que confesó haber visto a Ada Mason en el Ritz poco después de haber salido de París el tren azul. Esta declaración parecía concluyente. Sin embargo, al examinar con más detenimiento los hechos, comprobé dos cosas. Primera: que, por una extraña coincidencia, hacía también dos meses que su secretario estaba al servicio de usted. Segunda, que su apellido empezaba con K. Entonces se me ocurrió hacer una suposición, claro que una suposición nada más: que la pitillera encontrada en el coche fuera suya. Si Ada Mason y Knighton estaban compinchados, resultaba lógico que, al reconocer ella la pitillera, contestara como lo hizo. Como la cogió desprevenida, tuvo que inventar una historia que acusaba a Derek. *Bien entendu,* que aquella historia no formaba parte de su plan. Habían elegido al conde de la Roche como cabeza de turco. Por eso Ada Mason no quiso reconocerle, por si tenía alguna coartada.

Poirot hizo una pequeña pausa y, después de dejar en el cenicero la colilla, prosiguió:

—Ahora recuerde usted lo sucedido el día de mi último interrogatorio a la doncella y se dará cuenta de un hecho muy significativo. Aquella mañana le sugerí que el hombre que ella había visto en el tren no era el conde de la Roche, sino Derek Kettering. De momento persistió en sus dudas, pero en cuanto llegué a mi hotel me telefoneó usted para decirme que la doncella, después de hacer memoria, le había dicho que estaba convencida de que el hombre que había visto en París era Derek Kettering. Yo ya esperaba algo por el estilo. Esta repentina seguridad expresada por ella no tenía más que una explicación. Ada Mason había consultado con alguien y recibió instrucciones, de acuerdo con las cuales procedió. ¿Quién le dio tales instrucciones? El comandante Knighton. Había, además, otro detallito que lo mismo podía significar mucho que nada. Un día, hablando con Knighton, aludió a un robo de joyas ocurrido en una casa de Yorkshire en la que él se encontraba accidentalmente. Aquel hecho tanto podía ser una simple coincidencia como un eslabón más de la cadena de fechorías.

—Pero hay algo que no comprendo, monsieur Poirot —dijo Van Aldin—. Debe de ser porque soy torpe, pues por más que he pensado en ello, nunca lo he entendido. ¿Quién fue el hombre que habló con mi hija en París? ¿Derek Kettering o el conde de la Roche?

—Eso es lo más sencillo de todo. *Ese hombre* no existió nunca. *Ah, mille tonnerres!* ¿No ve usted la verdad? ¿Quién nos habla de ese hombre? Únicamente Ada Mason, y si creemos lo que nos cuenta es porque Knighton nos confirma que la vio en París.

—Pero la misma Ruth le informó al empleado que había dejado a su doncella en París —murmuró Van Aldin.

—¡Ah! A eso voy. Tenemos y no tenemos la declaración de madame Kettering, monsieur Van Aldin, porque una muerta no puede hablar. No se trata de lo que dijo ella, sino de lo que dijo el empleado, lo cual es muy distinto.

—Entonces ¿cree usted que el empleado mintió?

—¡No, no! El hombre contó lo que para él era verdad. Pero la mujer que le comunicó que había dejado a su camarera en París no era madame Kettering.

Van Aldin le miró asombrado.

—A su hija, señor Van Aldin, la habían asesinado antes de que el tren llegase a la Gare de Lyon. Fue Ada Mason quien, vestida con las inconfundibles ropas de su señora, hizo aquella necesaria declaración al empleado.

—¡Imposible!

—No, monsieur Van Aldin, no. No se trata de nada imposible. *Les femmes* jóvenes se parecen todas hoy día, tanto que más bien se las identifica por sus trajes antes que por sus rostros. Envuelta en el magnífico abrigo de su señora, y con el sombrerito rojo echado sobre los ojos y unos cabellos rojizos asomando por él, junto a las orejas, no es de extrañar que el empleado se confundiese. Además, debe tenerse en cuenta que hablaba por primera vez con madame Kettering. También había visto a la doncella, pero la impresión que tuvo de ella no fue más que la de que era una mujer alta y delgada. Si hubiera sido un hombre inteligente, se habría fijado en que la criada y la señora tenían una figura semejante, pero eso, dada la clase de tipo de que se trata, no era de esperar. Además, recuerde también que Ada Mason o Kitty Kidd es una artista capaz de transformar su rostro y el timbre de su voz en un momento determinado. No, no era fácil que el empleado descubriese a la doncella vestida con las ropas de su señora; pero, en cambio, existía el peligro de que, al descubrirse el cadáver, se diese cuenta de que aquella no era la mujer con la que él habló la noche anterior. Por eso desfiguraron el rostro de la víctima. El mayor peligro que corría Ada Mason era el de que Katherine Grey la fuese a ver a su compartimento después de que el tren saliese de París. Aquel peligro lo evitó comprando la cesta de provisiones en una estación y encerrándose en su compartimento.

—Pero ¿quién mató a Ruth y cuándo la mató?

—Ante todo, recuerde usted, monsieur Van Aldin, que el crimen lo planearon y cometieron los dos... Knighton y Ada Mason. Knighton había ido a París aquel día por asuntos de usted. Subió al tren azul aprovechando alguna de las paradas que hace poco antes de entrar en París. Madame Kettering se debió de sorprender mucho al verle, pero no es fácil que sospechara de sus intenciones. Seguramente, él atrajo su atención hacia la ventanilla y, cuando ella se volvió, Knighton le echó el cordón al cuello y todo terminó en unos segundos. Como la puerta del compartimento está cerrada, Knighton y Ada Mason se ponen a trabajar. Despojan a la muerta de sus ropas, envuelven el cuerpo en una manta y lo dejan sobre el asiento del compartimento contiguo, entre maletas y cajas. Después Knighton baja del tren con el maletín de los rubíes. Como el crimen se supondrá cometido casi doce horas más tarde, él está completamente a salvo. Su declaración y las supuestas palabras de madame Kettering al empleado asegurarán la coartada a su cómplice. En la Gare de Lyon, Ada Mason compra una cesta de víveres. Luego se encierra en el baño y enseguida se viste con las ropas de su señora, se pone unos bucles de cabellos rojizos bajo el sombrero y procura parecerse lo más posible a la muerta. Cuando el empleado entra a hacerle la cama, le dice que ha dejado a su doncella en París, y mientras él permanece en el compartimento, ella se pone a mirar por la ventanilla, de espaldas al pasillo y a las personas que pasan por allí. Fue una sabia precaución, porque, como sabemos, Miss Grey fue una de las personas que pasaron ante el compartimento. Por lo cual más tarde jurará, como los demás, que a aquella hora madame Kettering vivía aún.

»Antes de llegar a Lyon, Ada Mason colocó el cuerpo de su señora en el lecho, colgó con cuidado las ropas de la difunta a los pies de la cama y, después de vestirse de hombre, se preparó para abandonar el tren. Cuando Derek Kettering entró en el compartimento de su mujer, creyó verla dormida, pero en realidad todo había acabado.

Ada Mason, oculta en el otro compartimento, esperaba el momento de apearse sin despertar sospechas. Tan pronto como el tren se detuvo, salió sin ser vista al andén y se puso a pasear como si estuviese tomando el fresco. Después, aprovechando un momento en que creyó que nadie la miraba, pasó al otro andén y tomó el primer tren que salió para París. Se instaló en el hotel Ritz, donde una de las cómplices de Knighton había registrado su nombre. Ya no tenía que hacer más que esperar con tranquilidad la llegada de ustedes. Las joyas no estaban ni habían estado nunca en su poder. Como su secretario no despierta la menor sospecha, lleva impunemente los rubíes a Niza. La entrega de la joya a monsieur Papopolous está convenida con anterioridad. Pero a última hora decide que sea la misma Ada Mason la que se las lleve al griego. Hay que reconocer que es un golpe planeado de forma magnífica. No se podía esperar menos de un maestro como el Marqués.

—¿De modo que asegura usted que Richard Knighton es un criminal y un ladrón, que ha estado cometiendo robos durante años y años?

—Uno de los espejuelos de ese caballero llamado el Marqués era su exquisita educación. Usted mismo fue víctima de su encanto cuando le contrató como secretario suyo sin conocerle.

—Le puedo jurar que él nunca me lo pidió. La plaza se la ofrecí yo mismo.

—Obró muy astutamente, tan astutamente que logró engañar a alguien como usted, que tanto conoce a los hombres.

—Miré sus antecedentes y eran irreprochables.

—Sí, sí, eso formaba parte de su plan. Con el nombre

de Richard Knighton su vida estaba libre de toda sospecha. Richard Knighton era hijo de una honorable familia, se había portado como un héroe en la guerra, y era todo un caballero; pero cuando empecé a seguir la pista del misterioso Marqués encontré varios puntos en común entre los dos. Knighton hablaba el francés como un verdadero francés. Había estado en Francia, Inglaterra y Estados Unidos casi al mismo tiempo que el Marqués operaba en esos países. El Marqués últimamente cometió algunos robos en Suiza y fue en Suiza donde trabó usted amistad con el comandante Knighton: fue justo en aquellos momentos cuando empezó a decirle usted que estaba negociando para adquirir los famosos rubíes.

—Pero ¿por qué asesinó a mi hija? Seguramente un ladrón de su talento podría haber cometido el robo sin necesidad de ello.

Poirot movió la cabeza.

—No es el primer asesinato que tiene en su haber el Marqués. Es un criminal nato. No quiere dejar nunca detrás de sí ninguna prueba. Los muertos no hablan. El Marqués sentía una verdadera pasión por las joyas históricas. Cuando empezó a trabajar como secretario suyo, ya tenía dispuesto el plan. Por eso hizo que su cómplice se colocase como doncella en casa de su hija, porque suponía que los rubíes serían para ella. Pero aunque el plan madurado era este, no vaciló en ordenar a unos delincuentes que le atacaran a usted la noche en que fue a buscar las piedras a casa del ruso. La intentona falló y no creo que a él le sorprendiese. Quedaba todavía por realizar el plan principal. Ninguna sospecha podía recaer sobre Richard Knighton. Como les sucede a los grandes hombres, y hay que reconocer que Richard Knighton lo es, tenía su debilidad. Estaba enamorado de mademoiselle Grey y, sospechando que ella quería a Derek, no pudo resistir la tentación de endosarle el crimen al otro.

Hizo una pequeña pausa, durante la cual encendió un nuevo cigarrillo.

—Y ahora, monsieur Van Aldin, voy a decirle algo muy curioso. Mademoiselle Grey no es ninguna mujer imaginativa; sin embargo, está firmemente convencida de que sintió la presencia de su hija detrás de ella, en cierta ocasión, en los jardines de Montecarlo. Fue un día que estuvo hablando durante largo rato con Knighton. Tuvo la convicción de que la muerta trataba de decirle algo, ocurriéndosele de pronto que quería decirle que Knighton era su asesino. Aquella idea le pareció a Katherine tan fantástica que prefirió no hablarle de ella a nadie. Sin embargo, estaba tan convencida de que era verdad que obró en consecuencia aparentando un gran interés por Knighton y diciéndole que creía en la culpabilidad de Derek.

Van Aldin suspiró.

—¡Extraordinario! —exclamó.

—Sí, es una cosa extraña; uno no puede explicarse ciertas cosas. Bueno, pero de todas maneras había algo en el caso del Marqués que me desconcertaba. Su secretario cojeaba debido a una herida que recibió en la guerra; en cambio, el Marqués andaba sin la menor dificultad. Este detalle me obstruía el camino. Pero mademoiselle Lenox me dijo un día que la cojera de Knighton fue una verdadera sorpresa para los cirujanos que le operaron en el hospital de su madre. Aquello me hizo creer en una simulación. Por eso, tan pronto llegué a Londres me fui a ver al cirujano que había curado a Knighton y obtuve de él ciertos detalles que me reafirmaron en mi creencia. Recordará usted que anteayer nombré a ese cirujano delante de Knighton. Lo más lógico hubiera sido que dijese que ese doctor le había atendido durante la guerra. Pero se calló, y este último detalle me convenció de que mi idea respecto al verdadero culpable no era equivocada. Mademoiselle Grey también me ayudó enseñándome un recorte de periódico en el que hacía mención de un robo de joyas en el hospital de lady Tamplin durante la estancia de Knighton en él. Mademoiselle Grey se dio cuenta de que yo seguía la misma pista que ella al escribirle desde el hotel Ritz de París. Allí tropecé con bastantes dificultades, pero al fin conseguí lo que deseaba, o sea: la seguridad de que Ada Mason había llegado al hotel a la mañana siguiente del crimen, no la tarde anterior.

Hubo un largo silencio; luego el millonario tendió la mano a Poirot por encima de la mesa.

—Me gustaría poder expresar lo que significa esto para mí, monsieur Poirot —dijo con afecto—. Esta misma mañana le enviaré un cheque. Pero ningún cheque del mundo podría expresarle el agradecimiento que siento hacia usted por lo que ha hecho. Es usted el hombre más grande que he conocido. Siempre será usted único.

Poirot se puso en pie, muy erguido.

—Yo no soy más que Hércules Poirot —respondió modestamente—. Como usted dice, sí, soy un hombre grande, como usted también lo es. Estoy muy satisfecho de haberle podido hacer un favor. Y ahora, con su permiso, voy a reparar los destrozos que ha hecho el viaje en mis ropas.

En el vestíbulo del hotel encontró a un amigo, al venerable Papopolous, a quien acompañaba su hija.

—Le creía a usted fuera de Niza, monsieur Poirot —murmuró el griego, mientras estrechaba calurosamente la mano que le tendía el detective.

—Sí, me fui, pero los negocios me han hecho volver, mi querido Papopolous.

—¿Los negocios?

—Sí, los negocios. Y a propósito, ya que hablamos de negocios, supongo que su salud habrá mejorado.

—Sí, mucho mejor; mañana mismo volveremos a París.

—No sabe usted cuánto me alegro de tan buena noticia. Supongo también que no habrá usted arruinado por completo al expresidente del Consejo de Ministros de Grecia.

—¿Yo? ¿Por qué?

—Tengo entendido que le ha vendido usted un rubí maravilloso que, aquí entre *nous*, luce en la actualidad Mirelle, la bailarina. ¿Es cierto?

—Sí —murmuró el señor Papopolous—, esa es la pura verdad.

—Un rubí muy parecido al Corazón de Fuego.

—Sí, tiene cierto parecido —dijo distraídamente el griego.

—Es usted muy hábil con las joyas, monsieur Papopolous, le felicito. —Y añadió, dirigiéndose a su hija—: Siento mucho, mademoiselle Zia, que vuelva usted a París, mucho más ahora que he terminado el trabajo.

—Si no es indiscreción, ¿querría usted decirnos qué clase de trabajo era el suyo? —preguntó el griego.

—¡Ya lo creo, no faltaba más! Mi trabajo ha consistido simplemente en echarle el guante al Marqués.

Monsieur Papopolous aparentó reflexionar.

—¿El Marqués? Me suena ese nombre... En fin, no puedo recordarlo.

—No se moleste usted, estoy seguro de que no le conoce. Se trata de un célebre ladrón de joyas y, además, es un criminal. Acaban de detenerlo por el asesinato de madame Kettering.

—¿De veras? Pues ha realizado usted un trabajo muy notable.

Se despidieron y, cuando Poirot se hubo alejado, monsieur Papopolous se volvió hacia su hija.

—Zia, ese hombre es el mismo diablo —afirmó convencido.

—A mí me resulta muy simpático.

—A mí también; pero, de todos modos, es el diablo en persona.

Capítulo 36

Junto al mar

La mimosa, que empezaba a marchitarse, impregnaba el aire de un olor poco grato.

Las grandes matas de claveles y rosados geranios que, en grandes macetas, se alineaban sobre la balaustrada de villa Marguerite saturaban el ambiente de un denso y delicioso aroma. El azul del Mediterráneo era aquel día más intenso que de costumbre.

Poirot, sentado ante Lenox Tamplin, acababa de repetirle la misma historia que dos días antes le había contado a Van Aldin. Lenox siguió el relato con gran atención. Cuando Poirot terminó, dijo sencillamente:

—¿Y Derek?

—Ayer le pusieron en libertad.

—¿Dónde está ahora?

—Salió de Niza ayer noche.

—¿Ha ido a St. Mary Mead?

—Sí.

Hubo una pausa.

—Me equivoqué con Katherine —dijo Lenox—. Creí que no le quería.

—Mademoiselle Grey es muy reservada.

—Al menos podría haberme contado la verdad a mí —dijo Lenox con cierta amargura.

—Sí —dijo gravemente Poirot—, podría haberse confiado a usted, pero hay que tener en cuenta que ha pasado parte de su vida escuchando las confidencias de los demás. Las personas que se acostumbran a escuchar se reconcentran en sí mismas y no se abren con nadie.

—Fui una verdadera tonta al creerla enamorada de Knighton. Creía que la conocía mejor. Tal vez deseaba que fuera así...

Poirot cogió una de las manos de la joven y la estrechó entre las suyas.

—Sea usted valiente, mademoiselle —dijo con bondad.

Lenox fijó la mirada en el lejano horizonte y su rostro adquirió por un momento una trágica belleza.

—¡Bueno! —dijo al fin—. De todas maneras era imposible. Soy demasiado joven para él. Además, Derek es como un niño que necesita una madre cariñosa que le vigile.

Se hizo un largo silencio. Al fin Lenox se volvió hacia Poirot y dijo:

—Por lo menos le ayudé, ¿verdad, monsieur Poirot?

—Sí, mademoiselle. Usted me hizo entrever la verdad al decirme que no era preciso que la persona que cometió el crimen viajase en el tren. Antes no tenía yo la menor idea de cómo podía haber ocurrido.

Lenox suspiró.

—Me alegro. Por lo menos he hecho algo de provecho.

Se oyó el silbido de un tren.

—¡Es el maldito tren azul! —exclamó Lenox—. Ese tren es algo monstruoso. Se comete en él un asesinato y sigue en marcha como si tal cosa. Parece que estoy diciendo una sarta de tonterías, pero me comprende, ¿verdad?

—¡Claro que la comprendo! ¡La vida, como el tren, hija mía, sigue adelante! ¡Y es una suerte que sea así!

—¿Por qué?

—Porque tanto la vida como el tren tienen un destino. Hay un refrán que dice...

—«En el curso del viaje se encuentra el amor» —se apresuró a declamar Lenox, echándose a reír—. Pero eso no casa conmigo.

—¿Por qué no? Es usted muy joven, mucho más de lo que usted se figura. El tren llegará a donde debe llegar, no lo dude. Es el *bon Dieu* quien lo conduce.

De nuevo se oyó el silbido del tren, cada vez más lejano.

—Confíe usted en el tren de la vida, mademoiselle. Crea usted en Hércules Poirot.

